DAS NEUE TESTAMENT ENTDECKEN

H. Jaeger / J. Pletsch

DAS NEUE TESTAMENT ENTDECKEN

Das Arbeitsbuch für Bibelunterricht,
Jugend- und Hauskreis, Schule und Familie

Leiterhandbuch mit allen Arbeitsblättern
und Kopiervorlagen

Der Brief an die Philipper
Der Brief an die Kolosser
Der Brief an Philemon

CIP-Titelaufnahme der Deutschen Bibliothek

Jaeger, Hartmut u. Pletsch, Joachim:
Das Neue Testament entdecken
Arbeitsbuch für Bibelunterricht, Jugend- und Hauskreis, Schule und Familie
Dillenburg
Christl. Verl.-Ges. 1996
ISBN 3 - 89436 - 116 - 6

Gesamtgestaltung: Eberhard Platte, Wuppertal
Illustrationen: Eberhard Platte, Andreas Fett u.a.

Druck: Brockhaus, Dillenburg
Printed in Germany

Inhalt

Vorwort

Das Wort des Christus wohne reichlich in euch. Kolosser 3,16a

Wir sind dankbar, einen weiteren Band unseres Unterrichtsmaterials für junge Leute vorlegen zu können. Diesmal geht es darum, jungen Menschen einzelne Bücher der Bibel nahezubringen. „DAS NEUE TESTAMENT ENTDECKEN" ist deshalb Titel und Zielsetzung des Arbeitsbuches zugleich.

Einsatzmöglichkeiten
Aufbau und Gestaltung bieten vielseitige Einsatzmöglichkeiten, z.B. im Bibelunterricht, Jugend- und Hauskreis, Schule und Familie. Zielgruppe sind junge Leute ab ca. 14 Jahren. Sie sollen mit Hilfe des Materials Zugang zu biblischen Büchern finden und mit ihren Inhalten vertraut werden. Eine Verwendung dieses Materials kann man durchaus für ältere Jugendliche und Erwachsene in Erwägung ziehen.

Aufbau des Unterrichtsprogramms

Nach bewährtem Muster werden zu jedem biblischen Buch wieder eine ausführliche Sachanalyse (Einleitungsfragen, Kurzkommentar) und Vorüberlegungen zur Situation des Schülers angeboten. Der 3. Punkt, Aufbau der Unterrichtseinheit, vermittelt einen kurzen Überblick über die Lernziele und einzelnen Arbeitsschritte, sowie Vorschläge zum Stundenverlauf.
Die Unterteilung in Einzelstunden gibt dem Lehrer allerdings nur einen groben Anhaltspunkt für den zeitlichen Rahmen. Wir empfehlen, je nach Bedarf von einer starren Stundeneinteilung abzuweichen und einen individuellen Zeitrahmen zu setzen. Der zeitliche Aufwand hängt stark von der Gruppe und deren Bereitschaft zum Gespräch ab. Der Lehrer sollte auch ausreichend Gelegenheit geben, am Bibeltext zu arbeiten. Deshalb wird der Bibeltext auch jeweils als Kopiervorlage mitgeliefert. Ein lebendiger Unterricht lebt von der Spontanität und Flexibilität. Deshalb möchten wir jeden zu einem flexiblen Umgang mit dem angebotenen Material ermutigen.

Arbeitsblätter - kopieren oder STUDIENHEFT besorgen (siehe Seite 197)!

Die Arbeitsblätter werden je einmal als Kopiervorlage und mit Lösungen angeboten. Um von den Vorlagen DIN A4 Arbeitsblätter für die Schüler zu erstellen, müssen sie mit 122% vergrößert und fotokopiert werden. Die empfehlenswerte Alternative ist allerdings die Anschaffung des als Begleitmaterial angebotenen Studienhefts mit allen Arbeitsblättern und Bibeltexten.

Stichwortverzeichnis
Wer nicht fortlaufend ein biblisches Buch durcharbeiten möchte, sondern bestimmte Themen anhand von Bibeltexten bearbeiten will, kann sich mit Hilfe des Stichwortverzeichnisses orientieren.
Dort sind alle auf den Arbeitsblättern behandelten Themen mit den entsprechenden Verweisen auf die Arbeitsblätter alphabetisch aufgelistet.

Wir wünschen, daß der Einsatz des Materials neue Freude zum Studium neutestamentlicher Briefe weckt, damit der Wunsch des Paulus für die Kolosser (s. o.) mehr und mehr eine persönliche Erfahrung für Lehrer und Schüler wird.

Hartmut Jaeger und Joachim Pletsch

NS: Alle Bibeltexte sind der revidierten Fassung der Elberfelder-Bibel 1985 entnommen.

HINWEISE ZUR DURCHFFÜHRUNG DER UNTERRICHTS-EINHEITEN

- Grundsätzliche Überlegungen zur Situation des Schülers
- Hinweise zum Umgang mit den Bibeltextvorlagen
- Musterseite Bibeltext
- Wie lese und studiere ich meine Bibel?

Hinweise zur Durchführung

1. Grundsätzliche Vorüberlegungen zur Situation der Schüler

Mit welchen Schwierigkeiten muß man rechnen, wenn es um die Erarbeitung von biblischen Texten geht?

Die Auseinandersetzung mit einem biblischen Text bedeutet für den Schüler eine Anforderung, die ihm einiges abverlangt. Seine Begegnung mit biblischen Texten geschah bisher weitgehend so, daß ihm biblische Stoffe mündlich und auf sein spezifischen Wissensstand abgestimmt vorgestellt wurden, etwa in der Sonntagschule, Kinder- oder Jungscharstunde. Biblische Texte werden hier vorwiegend als Erzähltext aufbereitet und umgestalt in eine zeitgemäße Ausdrucksweise. Auch die verschiedenen Kinderbibeln bereiten den Bibeltext mehr oder weniger so auf. Wenn der Schüler als Kind nicht selbstständig in einer eigenen Bibel gelesen hat, ist er kaum mit den Eigenarten und Begriffen der biblischen Sprache vertraut. Wörtlich genauen Bibeltext kennt er dann nur aus Bibelversen, die er irgendwann einmal auswendig gelernt hat. Vom persönlichen Eindruck her stuft er biblische Texte als schwierig ein, schwierig zu lesen und schwierig zu verstehen. Der Bibeltext wirkt auf ihn u. U. so wie ein mit Fremdworten überladener Text auf einen durchschnittlichen erwachsenen Leser. Die unbekannten Worte bilden Bollwerke gegen das sofortige und umfassende Aufnehmen der Textaussage, ihre Bedeutung muß erst mühsam erschlossen werden, eine Arbeit, die sich in der Alltagspraxis kaum jemand macht. Und doch ist jedem klar, der eine Ausbildung genossen hat, daß es unumgänglich ist, sich auch mit einer Fachsprache auseinanderzusetzen, wenn man sein Leben einigermaßen bewältigen will.
Durch eine Bibellesehilfe kann die Begegnung mit dem Text der Bibel ebenfalls stattgefunden haben. Dies hängt aber ab von dem persönlichen Engagement des Einzelnen. Eine Erhebung über solche Gewohnheiten würde vielleicht ergeben, daß nur ein relativ geringer Prozentsatz junger Christen dauerhaft auf diese Weise in der Bibel liest.
Die Bibel ist die Stütze und Grundlage unseres geistlichen Lebens, und von daher ist es von entscheidender Bedeutung ihre Aussagen kennenzulernen - und zwar aus erster Hand. Selbst erworbenes Wissen prägt und nützt dem Lernenden und Lesenden am meisten. Es bewahrt auch vor falschen Abhängigkeiten und Einflüssen.
Im NT werden Gläubige immer wieder aufgefordert in bezug auf die Inhalte und Wahrheiten des Glaubens für ihre eigene Mündigkeit zu sorgen. Es liegt also nahe, auch in bezug auf die Bibel dafür zu sorgen, daß der Schüler sie aus erster Hand kennenlernt und eine Grundlage für das Verständnis ihrer einzelnen Bücher erwirbt.

Wenn man die Schwelle der Grammatik, Begrifflichkeit und des Stils erst einmal überwunden hat, findet man freien Zugang zu ungeahnten Schätzen, die das persönliche Glaubensleben fördern und stärken.

Diese Erfahrung ist aber bereits auf einer sehr einfachen Stufe möglich. Auch bei weniger Geübten im Umgang mit Sprache kann auf einfache Weise ein Verstehen biblischer Texte angebahnt werden. Die Arbeitsblätter in Zusammenhang mit dem entsprechend gegliederten und strukturierten Bibeltext versuchen diesen Ansatz zu ermöglichen.

Exkurs: Schulischer Wissensstand im Umgang mit Texten

Bis zur zehnten Jahrgangsstufe werden im allgemeinen die grundlegenden Fähigkeiten und Fertigkeiten der Textbearbeitung und -erarbeitung vermittelt. Ob ein Schüler dieses Wissen auch sicher anwenden kann, hängt jedoch auch sehr von seinen konkreten Voraussetzungen und Möglichkeiten ab. Um Überforderungen zu vermeiden, sollte sich der Unterrichtende darüber ein Bild machen und seine Hilfen darauf abstellen.

Dazu einige Hinweise:

- Die grammatischen Grundstrukturen (wie Satzbau, Satzgliederung, Satzgefüge usw.) sind zwar eingeübt, der Umgang mit den in Bibeltexten vorkommenden komplizierteren Satzgebilden dürfte jedoch vielfach Schwierigkeiten bereiten.
- In der Textproduktion kann man sicher die einfacheren Formen des Erzählens, Berichtens und Beschreibens als gekonnt voraussetzen, schwierigere Formen wie Darlegungen und Erörterungen (Besinnungsaufsätze) werden eher nur ansatzweise beherrscht. Als Hauptschwierigkeit erweist sich dabei, das im mündlichen Sprachgebrauch geübte Argumentieren, Begründen, Darbieten in eine gegliederte schriftliche Form zu bringen.
- Im Literaturunterricht wird zwar an Prosatexten und lyrischen Texten gearbeitet, der Brief als eine besondere literarische Form spielt aber eher eine untergeordnete Rolle. So dürfte es auch für Schüler schwer sein, die Adressatenbezogenheit eines Briefes zu erkennen (z.B.: Worauf spielt der Briefschreiber an? Auf welche gestellte Frage gibt er Antwort? In welche Situation hinein treffen die Aussagen des Briefschreibers? ...).
- Bei der relativ freien Form des interpretierenden Sprechens und Schreibens stößt man häufig bei Schülern auf eine recht hinderliche Wort(schatz)armut. Die Aufgabe: Sag's mal mit deinen Worten ... wird ohne Hilfen allzu oft nur unbefriedigend gelöst.
- Überschaubare Textsequenzen können Schüler in diesem Alter im allgemeinen gliedern (Kernaussagen finden, Haupt- und Nebengedanken unterscheiden usw.). Der bei Bibeltexten häufig anzutreffenden Komplexität (Rückbezüge, Aussagedichte ...) sollte man durch Strukturierungshilfen Rechnung tragen.

Günter Dürr, Gummersbach

Hinweise zur Durchführung

Allgemeine Hinweise und Hilfen für den Umgang mit Bibeltexten

Der Schüler sollte hier nicht überfordert werden. Aus den vielfältigen Gedanken und Wahrheiten eines Paulusbriefes müssen Einzelheiten ausgewählt und Schwerpunkte gesetzt werden, die für das Verständnis des ganzen Briefes von Bedeutung sind. Das genau ist das Ziel dieses Arbeitsbuches, wobei die Fortsetzung der Studien durch zusätzliche Anregungen ermöglicht wird, jedoch freiwillig bleibt und je nach Ermessen und Alter aufgegriffen werden kann. Die einfachste Möglichkeit, einen Zugang zum Bibeltext zu finden, sind genaues Beobachten und die Konzentration auf bedeutsame Begriffe und Formulierungen. Fragen an den Text bieten ebenfalls eine grundlegende Möglichkeit zu den Aussagen eines Textes vorzudringen. Solche Fragen sind auf den Arbeitsblättern in einen Zusammenhang gestellt, der versucht, den Gedankengang des Autors nachzuempfinden.
Der Bibeltext wird auf den Vorlagen in Spaltenform lediglich mit Versangaben und Leerzeilen zur Absetzung der Textabschnitte (entsprechend der Gliederung der Revidierten Elberfelder Übersetzung), die das Einfügen von Überschriften ermöglichen, wiedergegeben. So bleibt ausreichend Freiraum für den Schüler, eigenständig am Bibeltext zu arbeiten (s. a. nächstes Kapitel).
Was das Lesen betrifft, so empfehlen wir eher stilles Lesen, jeder für sich, als lautes Vorlesen durch einen Schüler. Stilles Lesen gewährleistet in der Gruppe eher genaues (Mit)Lesen als lautes Lesen.

2. Hinweise zum Umgang mit dem Bibeltext
(für Lehrer und Schüler)

Wenn man gemeinsam mit anderen ein Buch der Bibel studiert, ist es hilfreich, wenn allen die gleiche Übersetzung vorliegt. Wir haben uns für die Revidierte Elberfelder Übersetzung entschieden, weil sie ziemlich genau dem Grundtext folgt (Originalsprachen der Bibel - hebräisch und griechisch) und trotzdem noch gut verständlich ist.

Um die Arbeit mit dem Text zu erleichtern, haben wir einige Hilfen eingebaut, die nachfolgend näher erklärt werden:

2.1. Kapitel-Kopfzeile

Kolosser 1

Diese Zeile findest du am Anfang eines jedes neuen Kapitels. Sie gewährt eine bessere Übersicht und zeigt auch, wo du eigene Notizen aufschreiben kannst.

2.2. Leerzeile

Der Bibeltext ist in Abschnitte unterteilt. Sie entsprechen in der Regel den Angaben auf den Arbeitsblättern, welcher Text jeweils für die Beantwortung der Fragen gelesen werden muß. Zwischen diesen Abschnitten befindet sich jeweils eine solche Leerzeile. Du hast auch die Möglichkeit, passend zu dem Inhalt des Abschnitts eine Überschrift einzufügen. Tu das aber erst dann, wenn dir wirklich klar ist, was in diesem Abschnitt gesagt wird und welches der Hauptgedanke ist.

2.3. Was du sonst noch mit den Bibeltextblättern machen kannst

Du kannst selber den Text bearbeiten:

- Worte oder Sätze, die dir wichtig erscheinen, kannst du farbig markieren.
- An den Rand des Textes kannst du Erklärungen für einzelne Begriffe schreiben.
- Du kannst auch selber Fragen zum Text stellen und sie neben den Text schreiben.

Um dir zu zeigen, wie vielfältig man einen Bibeltext mit eigenen Notizen und Markierungen bearbeiten kann, haben wir auf auf der nächsten Seite ein Muster abgedruckt. So kannst du am besten erkennen, welche Möglichkeiten du hast.
Noch ein Tip: Arbeitsblätter und Bibeltext gehören zusammen, weil sich die Fragen fast immer auf den Bibeltext beziehen. Am besten legst du das Arbeitsblatt immer neben das Textblatt, dann hast du beides genau im Blick.
Selber einen Bibeltext zu untersuchen, kann viel Freude bereiten. Je früher man damit anfängt, desto besser, denn es stärkt den Christen in seinem Glaubensleben. Viele haben das schon erfahren, und wir wünschen es auch Dir.
Viel Spaß!

Hinweise zur Durchführung

Musterseite Bibeltext

Kolosser 1

1 Paulus, Apostel Christi Jesu durch Gottes Willen, und Timotheus, Absender/Verfasser
der Bruder,
2 den heiligen und gläubigen Brüdern in Christus zu Kolossä: Gnade
euch und Friede von Gott, unserem Vater!
Paulus dankt für die Kolosser
3 Wir danken Gott, dem Vater unseres Herrn Jesus Christus, allezeit,
wenn wir für euch beten,
4 da wir von eurem Glauben an Christus Jesus gehört haben und von
der Liebe, die ihr zu allen Heiligen habt,
5 wegen der Hoffnung, die für euch in den Himmeln aufbewahrt ist.
Von ihr habt ihr zuvor gehört im Wort der Wahrheit des Evange-
liums,
6 das zu euch gekommen ist, wie es auch in der ganzen Welt ist und
Frucht bringt und wächst, wie auch unter euch von dem Tag an, da
ihr es gehört und die Gnade Gottes in Wahrheit erkannt habt.
7 So habt ihr es gelernt von Epaphras, unserem geliebten Mitknecht, Einzelner Christ, der die
der ein treuer Diener des Christus für euch ist Kolosser intensiv betreut
8 und uns auch eure Liebe im Geist kundgetan hat.
Paulus bittet für die Kolosser
9 Deshalb hören auch wir nicht auf, von dem Tag an, da wir es gehört Paulus und (...)??
haben, für euch zu beten und zu bitten, daß ihr mit der Erkenntnis
seines Willens erfüllt werdet in aller Weisheit und geistlichem
Verständnis,
10 um des Herrn würdig zu wandeln zu allem Wohl-gefallen, frucht-
bringend in jedem guten Werk und wachsend durch die Erkenntnis
Gottes,
11 gekräftigt mit aller Kraft nach der Macht seiner Herrlichkeit, zu
allem Ausharren und aller

Hinweise zur Durchführung

2.4. Wie studiere ich meine Bibel?

Fragen, die ich mir vorher stellen sollte

- Bin ich überzeugt, daß jedes Wort der Bibel Gottes Wort ist? 1Thes 2,13; 2Tim 3,16)
- Habe ich ein reines Gewissen vor Gott? (Apg 24,16)
- Habe ich Gott um Einsicht und Belehrung gebeten? (Ps 119,33.73)
- Will ich Gottes Willen wirklich tun? (Jak 1,21-25)
- Will ich mich „trainieren"? (2Tim 2,15)
- Will ich bestens gerüstet sein? (2Tim 3,17)
- Bin ich begeistert von der Bibel? (Ps 119)

Praktische Schritte beim Bibelstudium

- Ich bete (im Sinne von Punkt 1).
- Ich lese, lese und lese nochmals ...
  - fortlaufende Bibellese (um einen allgemeinen Überblick zu gewinnen)
  - wiederholtes Lesen eines Textes (immer tiefer „graben", um noch mehr zu entdecken)
  - Lesen in verschiedenen Übersetzungen (um schwierige Stellen besser zu verstehen)
- Ich markiere mit verschiedenen Farben
  - Aussagen über Gott, Jesus Christus ... (blau)
  - Aufforderungen, Ermunterungen, vorbildliche Verhaltensweisen ... (rot)
  - negative Aussagen über den Menschen, negatives Verhalten - (grün)
    Gedankengänge, Auffälligkeiten (Wiederholungen) ... (versch. Farben)
- Ich stelle die W-Fragen
  - **Wer?** *Personen:* Wer handelt? Wer schreibt? Wer wird direkt angesprochen?
  - **Wo?** *Orte:* Welche Ortsangaben werden im Text genannt? Wo befinden sich die verschiedenen Personen? (Geographische Lage, Entfernungen, Kultur ...)
  - **Wann?** *Zeit:* Welche Angaben stehen im Text? Wann geschah es? Wann wird es geschehen?
  - **Was?** Was geschieht? Was wird gesagt? (Den Inhalt zusammenfassen.)
  - **Wie?** Wie geschieht es? Wie ist der Aufbau des Berichtes? Wie ist der Gedankengang? (Tieferes Eindringen in das Geschehen.)
  - **Warum?** Warum tut er das? Warum sagt er das? (Weiteres Erfragen der Hintergründe.)
- Ich frage nach dem Kontext (Zusammenhang):
  - Was geht voraus? (Aussagen vorher und nachher - im Sinnabschnitt)
  - Was ist die Hauptaussage des Buches?
  - Wie ist der historische und heilsgeschichtliche Zusammenhang?
- Ich achte auf die grammatikalische Struktur des Textes
  - Wie ist die sprachliche Form der Wörter und in welcher Beziehung stehen sie zueinander?

- Dafür sind folgende Bindewörter wichtig:

„und“	=	Fortsetzung oder Aufreihung
„aber“	=	Gegensatzbildung, Kontrast
„denn“	=	Begründung
„weil“„daher“	=	Ursache
„auf daß“„damit“„deshalb“	=	Absicht, Zweck, Ziel
„wenn“	=	Bedingung

- Ich betrachte einzelne Wörter und versuche, sie zu verstehen
  - Sprache unterliegt einem Wandel. Was bedeuten einzelne Begriffe heute? Was bedeuteten sie damals?
  - Wo und wie wird der Begriff im unmittelbaren Textzusammenhang gebraucht? (Kapitel, Buch, Testament)
  - Wo kommt der Begriff das erste Mal in der Bibel vor? (Hinweis auf das Buch der Anfänge = 1. Mose)
  - Hilfsmittel für das „Wortstudium“: Konkordanz, Biblisches Wörterbuch, Herkunftswörterbuch
- Ich suche Überschriften und Hauptgedanken
  - zu jedem Vers oder zu einzelnen Abschnitten
  - zu dem Text (erste Auswertung der Erarbeitung)
- Ich stelle weitere Fragen und schreibe sie auf

Hinweise zur Auslegung und Anwendung

Beschäftige dich zunächst mit der Frage, was der Text zur Zeit der Abfassung zu sagen hat und welche allgemeingültigen Aussagen er enthält, bevor du fragst, was der Text heute zu sagen hat. Beachte, daß die Heilige Schrift ein zusammenhängendes Ganzes bildet. Zunächst noch unverständliche Textstellen können mit Parallelstellen verglichen werden. Die Schrift kann mit der Schrift ausgelegt werden! Nachdem du dir den Bibeltext erarbeitet hast, muß er zur Anwendung kommen:

- Wie kannst du diese Wahrheiten in deinem Leben umsetzen?
- Was muß sich bei dir verändern?

DER BRIEF AN DIE PHILIPPER

THEMENSCHWERPUNKTE:

- Der Brief im Überblick
- Unterwegs zum Ziel
- Paulus als Vorbild im Einsatz für das Evangelium
- Leben in der Gesinnung Jesu
- Mittel zur Umsetzung der Gesinnung Jesu
- Religion oder Christus?
- Völlige Hingabe an Christus
- Leben in der Freude
- Aus der Kraft Christi Leben

PHIL Der Brief an die Philipper

Der Brief an die Philipper

1. Sachanalyse

1.1. Einleitungsfragen

1.1.1. Verfasser

Die Selbstvorstellung (1,1), sein persönliches Zeugnis (3,4-9), die historischen Einzelheiten und der Stil des Briefes verweisen deutlich auf Paulus als Autor des Philipperbriefes.
Als Mitabsender wird Timotheus erwähnt (siehe auch Kol 1.1.1.).

1.1.2. Empfänger

Der Brief ist an Christen in Philippi gerichtet (1,1).
Philippi in Mazedonien liegt etwa 15 km nördlich der Hafenstadt Neapolis. Philippi liegt in einer Ebene an der römischen Handelsstraße, der Via Egnatia, die wichtige Ost-West-Achse, der verbindende Landweg zwischen Europa und Asien. Bis heute kann man Reste dieser gewaltigen Straße besichtigen. Sie verbindet auch Philippi mit Neapolis. Zwischen beiden Städten liegt das Simvolon-Gebirge, das nach Süden die Ebene von Philippi zur Ägäis abgrenzt. Die Stadt hat ihren Namen von Philipp von Mazedonien, dem Vater von Alexander dem Großen, der die Siedlung etwa im 3. Jhdt v. Chr. aufbaute. Sie wurde aufgrund ihrer strategisch wichtigen Lage zum Schauplatz großer Schlachten (z. B. 42 v. Chr.: Sieg von Antonius und Octavianus, der spätere Kaiser Augustus, über Brutus und Cassius, die Mörder Cäsars). 168 v. Chr. wurde sie von den Römern eingenommen, 31 v. Chr. machte Oktavian sie zu einer römischen Kolonie. Die Kolonisten genossen römisches Bürgerrecht. Somit bildeten die Römer zur paulinischen Zeit die breite Mittelschicht dieser Stadt, außerdem gab es Griechen und Asiaten, also eine multikulturelle Gesellschaft mit ihrer religiösen Vielfalt und den sozialen Unterschieden.

(siehe Landkarte Phil.AB 1)

(vgl. dazu die Aussage in Phil 3,20: Christen haben ihr Bürgerrecht im Himmel)

In keinem anderen Brief wird so sehr die Mitarbeit am Evangelium betont. Offenbar hatten die Christen in Philippi eine besonders starke missionarische Prägung.

1.1.3. Historischer Zusammenhang

Paulus erreichte Philippi auf seiner zweiten Missionsreise etwa im Jahr 50 n. Chr. Er wurde begleitet von Silas, Timotheus, sowie Lukas, dem Verfasser der Apostelgeschichte (vgl. Wir-Bericht ab Apg 16,10). Als die Brüder, von Neapolis kommend, auf dem Simvolon-Gebirge standen, lag diese große Ebene mit der römischen Kolonie Philippi vor ihnen.
Die Entstehungsgeschichte der christlichen Gemeinde ist sehr eindrucksvoll (siehe Apg 16,12-40). Zunächst wurde Lydia Christin,

eine Purpurhändlerin und wohlhabende Frau aus der Oberschicht, die als „Gottesfürchtige“ dem Judentum nahestand; dann erlebte eine griechische Magd Befreiung von okkulter Bindung (Wahrsager- oder Orakelgeist), eine Frau aus der Unterschicht, die von ihren Herren durch ihr Wahrsagen als Erwerbsquelle benutzt wurde. Paulus und Silas trieben diesen Geist aus und wurden daraufhin angeklagt und inhaftiert. Ihr vorbildliches Verhalten und Gottes Eingreifen brachte den Gefängnisaufseher zum Nachdenken, ein Mann aus der breiten römischen Mittelschicht - auch er wurde Christ. Diese unterschiedlichen Menschen (Nationalität, soziale Stellung) bildeten mit ihren Angehörigen die erste christliche Gemeinde auf europäischem Boden. Im Philipperbrief erfahren wir weitere Namen von Gemeindegliedern, z. B. Epaphroditus (2,25-30), Euodia und Syntyche (4,2) und Klemens (4,3).

1.1.4. Abfassungsort und -zeit

Paulus schreibt aus einer Gefangenschaft (vgl. 1,7.13.17). Über den Ort seiner Gefangenschaft gibt es unterschiedliche Theorien. Ephesus, Cäsarea und Rom werden in Erwägung gezogen. Bis zum 18. Jh. galt unbestritten die traditionelle Ansicht, daß der Brief während der ersten römischen Gefangenschaft in Rom ca. 60 n. Chr. geschrieben wurde. Dieser Auffassung schließen wir uns an.

1.1.5. Inhalt

Der Philipperbrief hat keinen systematischen Aufbau. Das Kernstück bildet der Christushymnus (2,5-11). In jedem Kapitel zeigt Paulus, was ihm der Christus (über vierzig Mal wird der Titel CHRISTUS erwähnt) bedeutet:

Kapitel 1: **Christus mein Leben** (1,21).
Der Schwerpunkt liegt auf dem Einsatz für das Evangelium des Christus.

Kapitel 2: **Christus mein Vorbild** (2,2 ff.).
Der Schwerpunkt liegt auf der Gesinnung des Christus.

Kapitel 3: **Christus mein Ziel** (3,13).
Der Schwerpunkt liegt auf der Erkenntnis des Christus (3,8).

Kapitel 4: **Christus meine Freude** (4,4 ff.).
Der Schwerpunkt liegt auf einem Leben aus der Kraft des Christus (3,13).

(weitere Einzelheiten, siehe Kurzkommentar 1.2.)

Der Anlaß und die Absicht des Briefes kann an fünf Gesichtspunkten festgemacht werden:
- Dankesschreiben für eine empfangene Gabe (4,10-20).
- Aufklärung über den Verbleib des Epaphroditus (2,25-30)
- Ermutigung in der Verfolgung (1,29)
- Warnung vor Uneinigkeit (2,1 ff. u. 4,2)
- Warnung vor Gesetzlichkeit (3,1 ff.)

1.1.6. Literarische Eigenart und Bedeutung im neutestamentlichen Kontext

Es handelt sich um einen Brief, verfaßt nach damaligen Grundsätzen der Korrespondenz. Allerdings hat der Philipperbrief im Gegensatz zu den Lehrbriefen (z. B. Epheser u. Kolosser) viel mehr privaten und persönlichen Charakter.
Das herzliche Verhältnis zwischen Paulus als dem Gemeindegründer und geistlichen Vater und den Geschwistern in Philippi prägt dieses Schreiben außerordentlich. Man erfährt viel über die persönliche Situation des Paulus und wie er sie verarbeitet.
Diesem Brief verdanken wir auch einen außerordentlichen Einblick in das Wesen des Herrn Jesus. Im sogenannten Christushymnus im 2. Kapitel wird uns ein tiefgehender Eindruck von der Demut und Niedriggesinntheit des Herrn gegeben und davon, was es bedeutete, daß er Mensch wurde.
Außerdem wird nirgendwo deutlicher, wie sehr die Freude im Herrn das Denken, Handeln und Fühlen eines Christen durchdringen kann, allein durch die Tatsache, daß er von Christus erfüllt ist.
Dies ist umso bemerkenswerter, je mehr man berücksichtigt, in welcher bedrängenden Situation Paulus sich befand (Gefangenschaft).

1.2. Kurzkommentar

Die Gliederung folgt der Revidierten Elberfelder Übersetzung. Bestimmte Gedanken beziehen sich auf den genauen Wortlaut dieser Übersetzung und können daher von anderen Übersetzungen ausgehend nicht ohne weiteres nachvollzogen werden.

Allgemeiner Überblick

Paulus schreibt aus verschiedenen Blickwinkeln zu folgenden Aspekten:

in bezug auf die Philipper

- ihre **Mitarbeit am Evangelium und ihrem Glaubenskampf**, zurückliegend wie gegenwärtig. Offenbar hat Paulus tiefgreifende Erlebnisse mit den Geschwistern dort gehabt, als er einige Wochen bei ihnen war (vgl. die Haft). Wir würden heute sagen, daß in Philippi eine missionarisch ausgerichtete Gemeinde tätig war.
- die Notwendigkeit der **Einheit und Einmütigkeit** durch das Innewohnen der Gesinnung Christi in den Gläubigen.
- ihre **enge Verbundenheit** mit ihm, die sich u. a. darin äußert, daß sie Paulus finanziell unterstützen. Seine besondere Anteilnahme an den Philippern sowie seine innige Liebe zu ihnen.

in bezug auf sich selbst

- von seiner derzeitigen **Gefangenschaft**. Die Erinnerung an das Gefangensein in Philippi veranlaßt ihn sicher mit, so ausführlich über seine persönliche Situation Mitteilung zu machen.
- von seiner übermäßigen **Freude in Christus**, die er auch den Philippern vermitteln will. Sie wird vielleicht ausgelöst durch die konkrete Erwartung, mit Christus vereint zu werden (viell. rechnet Paulus mit der Verurteilung zum Tod - vgl. 1,20b-24; 2,17; 3,10-11; vgl. aber auch 1,25-26). Auf jeden Fall ist sein ganzes Denken vermehrt auf den Himmel und auf die ewige Gemeinschaft mit Christus dort gerichtet (vgl. 1,6.10.23; 2,16; 3,14.20-21; 4,5).
- von seiner **Herkunft und Karriere** im Judentum, die er aber um Christi willen verwirft (3,4-6).

in bezug auf Christus

- seine **Demut und Erniedrigung** als Vorbild für den Christen, vielleicht ebenso ausgelöst durch seine derzeitige bedrängende Situation.
- die **kompromißlose Hingabe** an ihn aus Liebe.

in bezug auf seine Mitarbeiter

- er gibt ausführliche **Auskünfte** und spricht umfangreiche **Empfehlungen** von zwei Mitarbeitern aus, die den Philippern bekannt und vertraut waren (Timotheus und Epaphroditus). Letzterer ist der Überbringer des Briefes.

in bezug auf Widerstände und Gefahren

- er erwähnt Leute, die ihren **Dienst für Christus** dazu **mißbrauchen**, gegen ihn zu arbeiten.
- er nennt ausdrücklich als Gefahr für die Philipper die **Vertreter des Gesetzes und der Beschneidung** und warnt vor ihnen.
- er weist deutlich auf die Gefahr hin, daß die **Einmütigkeit zerbrechen** kann und erwähnt diesbezüglich zwei Frauen, die miteinander im **Unfrieden** sind (4,2).

Zusammenfassend kann man sagen, daß im Philipperbrief sehr stark die persönliche Situation des Paulus durchschimmert (Gefangenschaft). Offenbar benutzt der Heilige Geist seine persönliche Lage, um bei Paulus die Erkenntnis Jesu als der, der sich erniedrigt hat, groß werden zu lassen.

Kapitel 1
Verse 1-2

Paulus stellt sich und Timotheus als **Knechte** Christi Jesu anstatt als Apostel vor. Das entspricht dem Vorbild Christi, das er in diesem Brief ja besonders herausstellen will.
Die besondere Erwähnung der **Aufseher** und **Diener** neben den Heiligen fällt auf. Dies ist ein Hinweis auf die einfache Struktur der Gemeinden in der Anfangszeit: Heilige, Aufseher, Diener.

Der Brief an die Philipper

Paulus beginnt so wie auch in anderen Briefen mit dem Hinweis auf seine **Gebete**: Verse 3-11

Im Rückblick:

- dankt er mit Freuden für die beständige **Teilnahme am Evangelium** auf Seiten der Philipper.

Im Blick nach vorn:

- äußert er Zuversicht für die Vollendung des guten Werkes in den Philippern im Hinblick auf den **Tag Christi Jesu**. Die besondere Verbundenheit des Paulus mit den Philippern bringt er ebenfalls gleich zu Beginn zum Ausdruck:
- Er hat sie im Herzen bzw. sie ihn.
- Er sehnt sich mit der herzlichen Liebe Christi Jesu nach ihnen.

Auch erwähnt er zu Beginn seine derzeitige Gefangenschaft („Fesseln").

Auffällig ist außerdem die besondere Bezeichnung der Philipper: Sie sind **Mitteilhaber der Gnade**. Die Gnade Gottes rahmt diesen Brief ein. Den Hinweis darauf findet man im Segensgruß am Anfang wie auch am Ende des Briefes. Diese Gnade wird in der Sendung Christi und im Handeln Gottes deutlich.

Seinen derzeitigen Dienst beschreibt Paulus trotz der Gefangenschaft als Verteidigung und Bekräftigung des **Evangeliums**.

Seine Aussagen über **Gott**:

- Er ist ein **persönlicher Gott** (V. 3)
- Er ist **Zeuge** dessen, was Paulus denkt, redet oder tut (V. 8)

Als **weitere Gebetsanliegen** in bezug auf die Philipper nennt Paulus:

- das Überreich-Werden in der **Liebe**
- das Wachsen in **Erkenntnis** und **Einsicht**, um Unterscheidungsvermögen zu gewinnen (prüfen)
- mit dem Ziel, **lauter** und **unanstößig** zu sein (auf den **Tag Christi**)
- mit **Frucht der Gerechtigkeit** erfüllt zu sein

Paulus fährt fort mit **persönlichen Mitteilungen** über seine derzeitige Lage (Umstände). Seine Umstände (Gefangenschaft) haben … Verse 12-26

… die **Förderung des Evangeliums** bewirkt,

- weil der Grund für seine Gefangenschaft allen bekannt geworden ist: Christus („meine Fesseln in Christus").
- weil seine Mitbrüder dadurch den Mut gewonnen haben, selbst für Christus zu zeugen.
- weil selbst die, die ihm schaden wollen, zwar mit falschen Motiven, aber doch auch das Evangelium verkünden.
- weil die Chance besteht, daß Christus an seinem Leib groß gemacht werden wird, ob durch Leben oder Tod.

… eigenartigerweise **Freude** statt Hader ausgelöst,

- weil er weiß, daß alles ihm zum Heil ausschlagen wird.
- weil er um die Gebete der Philipper weiß.
- weil er den Beistand des Geistes Jesu Christi erfährt.

- weil er voller Zuversicht ist, daß er von seinem Herrn nicht enttäuscht wird.
- weil er überzeugt ist, daß er um der Gläubigen willen gerettet wird und zu den Philippern zurückkehren kann.

In diesem Abschnitt deutet Paulus schon an, wie sehr er sich mit Christus identifiziert. Dies gipfelt in der Aussage in Vers 21: **Denn das Leben ist für mich Christus**. In Kapitel 3 äußert er sich noch einmal dazu, wird aber noch konkreter und beschreibt in Einzelheiten, was er damit meint: Diese Identifikation geht so weit, daß er sogar so zu leiden bereit ist, wie Christus gelitten hat, und auch bereit ist, wie dieser den Tod am Kreuz zu erleiden (3,10). Die Erkenntnis seines Herrn geht ihm über alles, und wie weit diese gediegen ist, wird in Kapitel 2,5-10 deutlich.

So ist auch die Freude des Paulus zu erklären. Für Christus kam nach Leiden und Tod die Erhöhung. Gleiches darf Paulus erwarten, wenn er im Dienst am Evangelium Leiden erträgt und sein Leben läßt (vgl. 2,16; 3,14).

Verse 27-30

Paulus möchte, daß auch die Philipper sich im Einsatz für das Evangelium bewähren. Er richtet deshalb einen ersten **Appell** an sie. Er fordert sie auf zu einem dem Evangelium würdigen **Wandel**, indem sie

- fest stehen in einem Geist.
- mit einer Seele für den Glauben an das Evangelium kämpfen.
- sich nicht erschrecken lassen von Widersachern.
- auf Rettung von Gott vertrauen.
- bereit sind, für Christus zu leiden.
- sich darüber im Klaren sind, daß sie mit ihrem Leidenskampf in der „Tradition“ Christi selbst und seines Dieners Paulus stehen und daß dieses Leiden sogar ein besonderes „Geschenk“ ist.

Dies alles sollen sie nicht von seiner Anwesenheit oder von seinem Kommen abhängig machen, sondern sich als eigenständige **Gesinnung** aneignen. Paulus verspricht ihnen auch, daß sie Rettung von Gott erfahren werden, wenn sie diesen Weg beschreiten.

Diese Ermahnung steht spiegelbildlich den Erfahrungen gegenüber, die Paulus selbst gemacht und gerade eben beschrieben hat. Auch er

- läßt sich nicht von seinem Auftrag abbringen.
- erlebt, daß andere seinem Beispiel folgen (V. 14).
- erfährt Widerstand (V. 17).
- aber auch die Zusage der Rettung durch Gott (V. 20.25).
- leidet im Glaubenskampf für Christus (V. 20b).

Kapitel 2
Verse 1-11

Paulus macht jetzt deutlich, daß, wenn sie seinem Beispiel und seinen Ermahnungen folgen, auch der Gesinnung ihres Herrn entsprechen. Er deckt die Quelle auf, aus der heraus er selbst lebt: **Jesus Christus.**

Die folgenden wichtigen seelsorgerlichen **Tugenden**
- Ermunterung,
- Trost der Liebe,
- Gemeinschaft des Geistes,
- herzliches Mitleid,
- Erbarmen

können die Philipper umsetzen und so die schon vorhandene Freude des Paulus bekräftigen und sogar zur Fülle bringen, wenn sie
- dieselbe Gesinnung haben,
- dieselbe Liebe haben,
- einmütig und eines Sinnes sind,
- nicht aus Eigensucht oder Ruhmsucht handeln,
- in Demut den anderen höher achten,
- nicht auf das eigene, sondern auch auf das der anderen sehen.

Wenn sie so handeln, dann handeln sie nach der **Gesinnung Christi**, der genau dies in seiner Menschwerdung praktiziert hat. Seine Ausgangsposition war folgendermaßen:

Er war in Gestalt Gottes, aber er hielt nicht krampfhaft an der Gottgleichheit fest. Er beschritt anstelle dessen in sieben Stufen den **Weg der Erniedrigung** zur Rettung verlorener Menschen.

- Er machte sich selbst zu nichts (entleerte sich, entäußerte sich).
- Er nahm Knechtsgestalt an (Diener).
- Er wurde den Menschen gleich (wesensgleich).
- Er wurde auch dem äußeren Erscheinungsbild nach zum Mensch (Aussehen).
- Er erniedrigte sich (er ließ sich mißhandeln).
- Er wurde gehorsam bis zum Tod (er nahm sogar den Tod auf sich),
- ja, sogar bis zum schmachvollen Tod am Kreuz (er ließ sogar zu, daß man ihn zum Verbrecher stempelte).

Auf diese sieben Stufen der Erniedrigung antwortet Gott mit der **Erhöhung** Christi
- Er hat ihn hoch erhoben.
- Er hat ihm einen Namen verliehen, der über alle Namen ist.
- Jedes Knie soll sich vor ihm beugen.
- Jede Zunge soll bekennen, daß Jesus Herr ist.

Alles geschieht zur Ehre Gottes, des Vaters.
Die unausgesprochene Schlußfolgerung aus diesem Christushymnus ist: Wenn schon Christus sich nicht zu schade war, einen sol-

chen Weg der Erniedrigung zu beschreiten, dann sollten auch die Philipper sich nicht zu schade sein, diesem Beispiel zu folgen, denn jede Form von Eigensinn und Egoismus muß demgegenüber als unerhörte Anmaßung eingestuft werden.

Verse 12-18 Paulus erklärt jetzt, in welcher Haltung sie diese Gesinnung umsetzen können, bis zu dem Augenblick, wo sie das Heil (die Errettung **und** die Erlösung des Leibes) vollständig erlangt haben werden:

- durch Gehorsam,
- mit Furcht und Zittern (d. h. dem empfangenen Heil entsprechend in der Ehrfurcht vor Gott leben),
- im Vertrauen auf das Wirken Gottes in ihnen (vgl. 1,6),
- alles tun ohne Murren und Zweifel,
- durch Festhalten am Wort des Lebens.

Sie sind dann

- tadellos,
- lauter,
- unbescholtene Kinder Gottes,
- leuchtende Himmelslichter.

Paulus macht ihnen klar, daß seine Belohnung, sein Ruhm am Tag Christi, von ihrer Frucht und Glaubenstreue abhängt, d. h. geschmälert oder vermehrt werden kann. Hier schließt sich auch der Kreis, der in Vers 2 mit dem Hinweis begann, daß die Philipper die Freude des Paulus vermehren können. Das geschieht, wenn ihrer beider Dienst zusammenwirkt zu einem Gott wohlgefälligen Opfer, wobei die Philipper durch ihren Dienst das Hauptopfer darstellen, während Paulus sich selbst demütig als Trankopfer (d. h. als veredelnde Zugabe) versteht. Dann wird nicht nur auf seiner Seite Freude sein, sondern auch auf ihrer.

Verse 19-30 Paulus kommt nun auf **zwei Mitarbeiter** zu sprechen, die für die Zukunft der Philipper eine Rolle spielen und über die Paulus deshalb einige Einzelheiten weitergibt. Den einen sendet er zu ihnen, um sie zu stärken. Der andere ist von ihnen (als Überbringer der Gabe der Philipper) und wird von Paulus mit dem Dankesbrief an sie zurückgesandt.

Timotheus

- Er ist dem Paulus wie kein anderer gleichgesinnt.
- Er ist aufrichtig um das Wohl der Philipper besorgt.
- Er ist selbstlos und ...
- Er ist bewährt, indem er mit Paulus wie ein Kind dem Vater für das Evangelium gedient hat.

Sobald es seine Lage erlaubt, will er Timotheus zu ihnen senden.

Epaphroditus

- Der Bruder, Mitarbeiter und Mitstreiter und Diener von Paulus.
- Der Abgesandte der Philipper.

- Ihn verlangt sehnlich nach seinen Geschwistern.
- Er ist in Unruhe, weil sein Kranksein den Philippern zu Ohren kam.
- Er war krank und dem Tod nahe um des Werkes Christi willen.
- Er hat sein Leben gewagt, um den mangelnden Dienst der Philipper für Paulus auszugleichen.

Epaphroditus ist jedoch gerettet worden, nicht nur zur Freude der Philipper, sondern auch zur Freude des Paulus. Die Philipper sollen ihn mit Freuden aufnehmen und ihn in Ehren halten. Sie sollen die Aufopferung und den Dienst dieses Bruders recht würdigen.

Kapitel 3
Verse 1-16

Paulus setzt jetzt mit einem neuen Thema an, nachdem er zunächst noch einmal ganz bewußt den Aufruf zur Freude wiederholt. Denn dadurch erhofft er sich Festigkeit. Er geht auf eine konkrete Gefahr ein, die den Philippern droht. Sie stehen offenbar in der Gefahr, unter den Einfluß von Vertretern der Beschneidung (jüdische Gesetzeslehrer) zu geraten, die den Christen das Joch des alttestamentlichen Gesetzes auferlegen wollen. Diese Leute stützen und legitimieren sich offenbar durch ihr „makelloses“ Stammbuch als Angehörige des irdischen Gottesvolkes Israel.

Paulus nennt das „Vertrauen auf Fleisch“, d. h. auf Vergängliches. Paulus zeigt in Verbindung mit einem Wortspiel, daß die wahre „Beschneidung“ auf einer ganz anderen Grundlage beruht: Sich von aller eigenen Gerechtigkeit und „Rechtgläubigkeit“ zu lösen („abzuschneiden“) und allein auf Christus zu vertrauen und sich ganz an ihn zu binden.

Paulus macht deutlich, daß er genau dies getan hat. Er zählt bis ins kleinste seine **jüdische Karriereleiter** auf:

- beschnitten am achten Tag,
- vom Geschlecht Israel,
- vom Stamm Benjamin,
- Hebräer von Hebräern,
- in bezug auf das Gesetz ein Pharisäer, (die es sehr genau nahmen),
- in bezug auf seinen Eifer ein Verfolger der Gemeinde,
- in bezug auf die Gerechtigkeit aufgrund des Gesetzes untadelig.

Ein „Konto“ mit einem aus jüdischer Sicht gewaltigen „Guthaben“. Jeder Jude wäre stolz darauf und würde das niemals preisgeben. Doch Paulus hat genau das getan. Er hat seine jüdische Karriere „in den Wind geschrieben“, weil er eine bessere und die einzige Grundlage gefunden hat, um wahre Gerechtigkeit zu erlangen: **Jesus Christus.**

Wenn jemand so viel aufgibt, dann muß er wirklich von der Unvergleichlichkeit dessen überzeugt sein, dem er sich dann zuwendet. Was hinter ihm liegt, bezeichnet er im Vergleich zu dem, was er gewonnen hat, als Verlust, ja sogar als Dreck.
Er schätzt die Erkenntnis seines Herrn Jesus Christus unermeßlich höher ein, denn in ihm hat er das gefunden, was das Gesetz nicht zu geben vermag: die Gerechtigkeit aus Gott auf Grund des Glaubens. Damit nennt Paulus in einem Satz das Kernstück seines Evangeliums.

Er stellt auch das **„Programm“** seines neuen Lebensinhaltes vor:

- Er will Christus gewinnen.
- Er will in ihm erfunden werden.
- Er will ihn, die Kraft seiner Auferstehung und die Gemeinschaft seiner Leiden erkennen, indem er den gleichen Tod erduldet wie Christus, den Kreuzestod.
- Er will ebenso die Auferstehung erleben.

Man könnte meinen, daß Paulus hier einen „geistlichen Höhenflug“ gestartet hat. Schießt er nicht ein bißchen über das Ziel hinaus? Um diesem Gedanken vorzubeugen, zeigt Paulus, daß er angesichts dieses hohen Zieles nicht den Blick für die Realität verloren hat. Er hat dieses Ziel noch nicht erreicht, aber er streckt sich mit aller Kraft danach aus, er jagt ihm nach; er kann gar nicht anders, weil er von Jesus Christus „ergriffen“ (d. h. fasziniert, begeistert, erfüllt) ist.

Dieses Nachjagen beschreibt er in drei Aspekten. Offenbar hat er dabei das Beispiel eines **Wettläufers** vor Augen:

- Vergessen dessen, was in der Vergangenheit liegt (totale Lösung von allen Bindungen, Stützen in der Vergangenheit).
- Sich ausstrecken nach dem, was vor ihm liegt.
- Das Ziel im Auge haben und darauf zujagen.

Dieses Ziel ist: Droben (im Himmel) bei Christus zu sein und die Belohnung für den Glaubenskampf zu empfangen (im Grunde strebt Paulus das vollkommene Einssein mit Christus an).
In diese Zielperspektive nimmt Paulus auch die Philipper mit hinein. Selbst wenn sie noch nicht so weit sind, wird Gott ihnen aber auch diese Berufung offenbaren. Es geht nach vorn, deshalb sollen sie sich nicht wieder zurücklocken lassen zu etwas, worauf sie vielleicht früher einmal vertraut haben (nämlich auf die Gerechtigkeit aus dem Gesetz).

Verse 17-21 Die Philipper sollen darum bemüht sein, sich an die rechten Vorbilder zu halten, nämlich an Paulus oder solche, die so wandeln wie er.
Die anderen, die möglicherweise um die Philipper eifern, charakterisiert er

- als Feinde des Kreuzes Christi,
- als solche, die am Ende Verderben erwartet (weil sie auf die „falsche Karte“, auf das Gesetz gesetzt haben),
- als solche, die fleischlichen Begierden erlegen sind,
- als solche, die auf Irdisches sinnen (also nicht den Blick nach oben auf Christus gerichtet haben),
- als solche, die sich nicht mehr als durch ihre Schande auszeichnen (und deshalb keinen Lohn erhalten werden).

Den letzten Satz dieses Kapitels kann man als Zusammenfassung des vorher Gesagten verstehen. Darin wird die Ausrichtung und Hoffnung aller wahren Gläubigen herausgestellt:
- das Bewußtsein, im Himmel und nicht auf der Erde ein Zuhause zu haben,
- die Erwartung des wiederkommenden Herrn als Retter aus der gegenwärtigen Not,
- die Umgestaltung in sein vollkommenes Bild,
- die Herrschaft des Christus über alles.

Kapitel 4
Verse 1-9

Nun folgen Ermahnungen, die aus dem bisher Gesagten abgeleitet sind. Sogar die Anrede der Gläubigen ist ganz von dem Geist erfüllt, durch den Paulus die vorhergehenden Ausführungen geschrieben hat. Er bringt erneut seine Verbundenheit zum Ausdruck, indem er sie
- als **geliebte** und **ersehnte** Brüder,
- als seine **Freude** und seinen **Siegeskranz**,
- und als **Geliebte** bezeichnet.

Paulus spricht jetzt auch einzelne direkt an bzw. nennt Namen einzelner **Gemeindeglieder**:
- **Evodia** und **Syntyche**,
- einen nicht namentlich bezeichneten **„Gefährten“** (besonders vertrauter Mitarbeiter in Philippi?),
- **Klemens**, ein Mitarbeiter,
- alle übrigen **Mitarbeiter** vor Ort.

Hier wird auch erkennbar, warum Paulus im ersten Teil seines Briefes so sehr die Einheit und Gleichgesinntheit betont hat. Offenbar waren Meinungsverschiedenheiten aufgebrochen, die die Einheit der Gemeinde bedrohten.
Es ist bezeichnend, daß Paulus seine direkte Ermahnung diesbezüglich erst ausspricht, nachdem er Christus als das überragende Beispiel der Demut und Niedriggesinntheit vorgestellt hat.

Es folgen weitere praktische **Ermahnungen und Zusprüche**, die das „Grundprogramm“ eines Lebens in der Nachfolge ausmachen:
- Freude (Die folgenden Dinge können auch als Voraussetzung zum erfahren und genießen der Freunde eingestuft werden.)
- Gelindigkeit (nicht auf das eigene Recht pochen)

- Naherwartung Jesu (auch im Sinne von Beistand im Zusammenhang mit der Milde, d. h.: Wer auf sein Recht verzichtet, darf damit rechnen, daß Gott ihm zur Seite steht.)
- Umgang mit Sorgen (Aussprechen der Sorgen im Gebet und Flehen mit einer Grundhaltung der Dankbarkeit Gott gegenüber mit der Folge des Erlebens eines übernatürlichen inneren Friedens)
- Beschäftigung mit den göttlichen Dingen (alles Wahre, Ehrbare, Gerechte, Reine, Liebenswerte, Wohllautende, jede Tugend, jedes Lob)
- Nachahmung des Vorbilds von Paulus (alles von Paulus Gelernte, Empfangene, Gehörte, Gesehene)

Wer dieses „Grundprogramm des Lebens" beachtet, darf sich der Nähe Gottes (als Gott des Friedens!) sicher sein.
Dieser Abschnitt atmet eine bemerkenswerte Zuversicht und freudige Beschwingtheit, die nur aus dem Erfülltsein des Paulus mit Christus heraus zu erklären ist. Man spürt deutlich die Absicht des Paulus, die Philipper mit in dieses Erfülltsein hineinzunehmen.

Verse 10-20

Jetzt kommt Paulus auf den praktischen Anlaß des Briefes zu sprechen: Die (wahrscheinlich) finanzielle Gabe der Philipper an Paulus, überbracht durch Epaphroditus.

Er nimmt dies zum Anlaß, auch hier wieder seine innere geistliche Einstellung zu ganz praktischen Fragen des Lebens preiszugeben. Er hat gelernt, die Kraft des Herrn in Anspruch zu nehmen und sich auf jeden Zustand und jede äußere Situation einzustellen:

• Erniedrigung	◁▷	• Überfluß
• Hunger	◁▷	• Sattsein
• Mangel	◁▷	• Überfluß
• Bedrängnis	◁▷	• Freiheit

Paulus kann die Unterstützung, die er erhält richtig einordnen und würdigen. Gleichzeitig wird hier die geistliche Dimension einer aus reinen Motiven gegebenen materiellen Gabe deutlich.

Er kennzeichnet sie
- als Frucht ihres Glaubens,
- als „Guthaben" auf ihrem „himmlischen Konto",
- als ein Gott wohlgefälliges Opfer.

Er würdigt sie,
- indem er diese und auch die beiden vorangegangenen Gaben nicht aus dem Gedächtnis verliert.

Er spricht ihnen Lohn dafür zu,
- indem er ihnen die Hilfe dessen zusagt, der aus unermeßlichem Reichtum geben kann, nach dem Grundsatz, daß Gott einen fröhlichen Geber liebt und diesen segnet (vgl. 2Kor 9,7-8).

Er weist abschließend darauf hin, daß letztlich alles der Verherrlichung Gottes dient.

Verse 21-23

Paulus schließt den Brief wie üblich mit einem Grußwort, das hier sehr kurz ausfällt. Es fällt auf, daß er keine Namen nennt. Neben den Brüdern, die bei ihm sind, erwähnt er auch Christen, die in kaiserlichen Diensten stehen und sich mit den Philippern verbunden wissen.
Der Segensspruch im letzten Satz findet sich in drei weiteren Briefen (Galater, 2. Timotheus und Philemon). Er erinnert an die Grußformel (Gnade) sowie an die Aufforderung im ersten Kapitel, festzustehen in einem Geist in bezug auf den Glaubenskampf des Evangeliums.

2. Vorüberlegungen zur Situation der Schüler

Welchen Wissensstand, auf den Philipperbrief bezogen, kann man bei den Schülern voraussetzen?

Man kann wohl kaum davon ausgehen, daß der Brief bereits einmal ganz durchgelesen wurde. Allenfalls sind einzelne Verse bekannt, die irgendwann einmal ohne Bezug zum Zusammenhang auswendiggelernt wurden (z. B. Phil 1,21a; 4,4). Der Christushymnus aus dem zweiten Kapitel (2,5-11) könnte vom Vorlesen in der Gemeinde her vertraut sein.
Die zeitgeschichtlichen Hintergründe sind, wenn überhaupt, sicher nur lückenhaft bekannt. Kenntnisse über den Verfasser Paulus können vielleicht vorausgesetzt werden (z. B. seine Bekehrung vor Damaskus, seine Missionsreisen). Spezifisch biblische Begriffe wie z. B. Evangelium, Beschneidung, Freude usw. sind sicher bekannt, jedoch ohne Bezug zu diesem Brief. Andere biblische Spezialbegriffe wie z. B. „Tag Christi" bedürfen grundlegender Klärung. Zusammengefaßt kann man also von einer **Erstbegegnung** mit diesem biblischen Buch sprechen.

Welche Anknüpfungspunkte ergeben sich aus dem Brief zum Leben des Schülers?

- *Heranführung an das Leben als Christ in der Gesinnung Jesu*
Wesensähnlichkeit bzw. -gleichheit mit Jesus Christus ist ein weithin unbekannter Aspekt christlichen Glaubens. Auch Christen orientieren sich oft eher an den Regeln dieser Welt als an der Person, der sie ihre Rettung verdanken. Demut und Niedriggesinntheit sind in der modernen Gesellschaft vergessene Qualitäten. Das Gegenteil - Durchsetzung um jeden Preis - wird propagiert. Das Leben des Einzelnen ist daher weithin von Egoismus geprägt. Nach der Gesinnung Christi zu leben, ist aber eine wesentliche Voraussetzung dafür, Gefallen und Gunst bei Gott zu finden und sich auf den Lohn zu konzentrieren, der treue Christen im Himmel erwartet. Diese Perspektive soll auch der junge Mensch begreifen und so verstehen, daß Christsein nicht ein abstraktes Denkmodell ist, sondern völliges Verändertwerden bedeutet.

- *Christusorientierung als Schlüssel zu einem Leben in der Freude (trotz Not und Schwierigkeiten)*
Persönliches Glück und Zufriedenheit wird oftmals mit einem Wohlstandschristentum verbunden, bei dem (fast) alle materiellen Wünsche möglich sind und erfüllt werden. In diesem Verständnis von Christsein haben Not und Leid oder auch entmutigende Schwierigkeiten keinen Platz, sondern werden als Ausnahme oder einfach als „Pech" herabstilisiert. Daß aber Nöte, Schwierigkeiten

und Probleme ein notwendiges Erziehungsmittel für Gott sind, um den Christen geistlich reifen und wachsen zu lassen, gerät völlig aus dem Blickfeld. Der „Himmel auf Erden“, den die Wohlstandsgesellschaft verspricht, ist und bleibt für die meisten Menschen Utopie. Wer sich diesen „Himmel“ als Christ zu verwirklichen sucht, verfehlt seine Bestimmung von Gott her total und wird von dem eigentlichen Himmel, auf den er hoffen soll, völlig abgelenkt. Der junge Mensch soll begreifen, daß wahre Freude nur in der Gemeinschaft mit Jesus Christus und der damit verbundenen Trennung (innere und ggf. auch äußere Loslösung) von irdischen Glücksangeboten erreicht werden kann. Dies ist u. U. ein lebenslanger Lernprozeß, der aber bei jungen Christen schon beginnen und in ein Leben im Dienst für Gott münden kann.

● *Die Mitarbeit an der Verbreitung des Evangeliums als zentrale Aufgabe des Christseins*
Echtes Christsein ist kein Leben in einem geistlichen Schonraum, sondern ist erfüllt von dem Wunsch auch anderen Menschen vom Evangelium mitzuteilen. Mitarbeit am Evangelium ist in vielen Gemeinden eine Aufgabe für Spezialisten geworden und aus dem täglichen Programm vieler Christen ersatzlos gestrichen. Gerade der Philipperbrief zeigt aber auf vielfältige Art und Weise, daß die Verbreitung des Evangeliums wesentlicher Aspekt des Gemeindelebens und des Lebens der einzelnen Gläubigen ist.
Der junge Mensch, der sich Christus zugewandt hat, soll deshalb bezogen auf seinen Horizont darüber nachdenken, welche Möglichkeiten es für ihn gibt, an dieser Aufgabe des Zeugendienstes teilzunehmen und darin zu wachsen.

● *Christus als ganzer Lebensinhalt und alleinige Stütze des Glaubens*
Gerade im Leben junger Menschen, die im christlichen Elternhaus und in der Gemeinde aufwachsen, besteht die Gefahr einer latenten Werkgerechtigkeit, weil die Anerkennung heranwachsender Christen oft mit dem Einhalten bestimmter Normen und Verhaltensregeln verbunden ist. Auch hier kommt es u. U. zu Erstreben einer „christlichen Karriere“ mit der Folge, daß das Bewußtsein der eigenen Wertigkeit weniger mit der Hinwendung zu und Erneuerung durch Jesus Christus verbunden wird, sondern eher mit dem Absolvieren bestimmter „Leistungsstufen“ (Taufe, Teilnahme am Abendmahl, Ausüben bestimmter Funktionen usw.).
Wer seine Identität als Christ auch nach einer Bekehrung von solchen „Leistungen“ her begreift, statt allein von Christus, liefert sich einem ständigen Erfolgsdruck und Konkurrenzdenken aus, das den Bruder oder die Schwester nicht als zu liebendes Gegenüber, sondern eher als zu bekämpfende(n) Rivalen/Rivalin betrachtet.
Der junge Mensch soll begreifen, daß sein Heil allein von Christus und nicht von einer „christlichen Karriere“ abhängt. Auch sein Leben als Christ gelingt nur dann, wenn er sich ganz und gar von Christus gefüllt und getragen weiß.

3. Aufbau der Unterrichtseinheit

Lernziele	**Lern- und Arbeitsschritte**
1. Stunde: Entstehungsgeschichte der Gemeinde und die Hintergründe und den Hauptinhalt des Briefes kennenlernen.	Anhand der Begebenheit von Apg 16 Paulus auf dem Weg nach Philippi begleiten. Fakten über die Stadt zur Kenntnis nehmen. Briefschreiber und Briefempfänger klären. Einen Überblick über den Brief verschaffen. Christus als den zentralen Inhalt des Briefes erfassen und über die eigene Beziehung zu ihm nachdenken. Ergänzende Information zur Situation des Paulus aufnehmen (Gefängnisse, römisches Bürgerrecht).
2. Stunde: Die Gemeinschaft und Verbundenheit unter Christen als notwendige und bereichernde Elemente des Glaubenslebens in der Zeitspanne von Bekehrung bis zur Wiederkunft Jesu erfassen.	Ausdrucksformen gegenseitiger Verbundenheit am Beispiel des Verhältnisses zwischen Paulus und den Philippern sammeln und reflektieren. Vergegenwärtigung der zeitlichen Eckpunkte und zentralen Inhalte eines Lebens als Christ. Überprüfung des eigenen Reifungsgrades im persönlichen Glaubensleben.
3. Stunde: Paulus als nachahmenswertes Vorbild im Einsatz für das Evangelium begreifen und Einzelheiten seines Lebensprogramms in ihrer Bedeutung für das eigene Leben erfassen.	Meßbare Glaubensschritte auflisten und aus den biographischen Angaben des Paulus ableiten, wie sie umgesetzt werden. Das Leiden für Christus als besonderes Vorrecht einstufen und über seine positiven Aspekte nachdenken. Über den Stellenwert evangelistischer Arbeit im persönl. und gemeindlichen Leben sprechen.

4. Stunde: Die Gesinnung als Ausgangspunkt alles Denkens und Handelns begreifen und die Wesensgleichheit mit Christus als Bestimmung für den Christen erkennen.	Klärung des Begriffs „Gesinnung". Gesinnungen versch. Personengruppen definieren. Im Kontrast dazu die Gesinnung Jesu erarbeiten und beschreiben. Die Auswirkungen der Gesinnung Jesu im Verhältnis untereinander am Beispiel der Philipper und Paulus sammeln und reflektieren.
5. Stunde: Mittel und Wege erkennen, wie man sich die Gesinnung Jesu aneignen und praktisch umsetzen kann.	Klärung des Begriffs „Gehorsam" unter besonderer Berücksichtigung seiner positiven Aspekte. Die Problematik richtigen und falschen Gehorsams diskutieren. Vier konkrete Gehorsamsforderungen im Text in ihrer Bedeutung und praktischen Umsetzung bearbeiten. Zwei positive Beispiele für die Umsetzung der Gesinnung Jesu kennenlernen (Timotheus, Epaphroditus) und Einzelheiten ihrer Personenbeschreibung auflisten.
6. Stunde: Ein religiöses Leben als gefährliches Gegenstück zu einem Leben, das sich allein auf Christus stützt, erkennen.	Ausgehend vom Vergleich mit dem Straßenverkehr häufige Gefahren für einen Christen nennen. Die „religiöse Karriere" des Paulus in ihren Einzelheiten erfassen, den Wendepunkt seines Lebens markieren und seine neue Basis unter den Begriffen „Gnade" und „Gerechtigkeit" im Gegenüber zu „Gesetz" und „Leistung" beschreiben.
7. Stunde: Die völlige Hingabe an Jesus Christus als den Lebensinhalt des Christen erkennen.	Am Beispiel eines Rennläufers die Notwendigkeit eines zielorientierten Lebens aufzeigen. Das Lebensprogramm des Paulus als Beispiel für ein christusorientiertes Leben erarbeiten. Dabei die Notwendigkeit der Vergangenheitsbewältigung reflektieren.

Die zentralen Tätigkeiten dieses Lebensprogramms in Form eines Tests persönlich anwenden.
Die Kennzeichen von echter und falscher Nachfolge (Diesseitsorientierung / himmlische Orientierung) erarbeiten und gegenüberstellen.

8. Stunde:
Ermahnungen als vorwärtsbringende Appelle auf dem Weg zu einem Leben in Frieden und Freude begreifen.

Problematisierung von Ermahnungen unter Berücksichtung von Bezugspersonen, die Ermahnungen aussprechen.
Ermahnungen aus dem Text heraus erarbeiten und ihre Bedeu tung reflektieren.
Konkrete Schritte zu einem frohen und zufriedenen Leben als Christ auflisten und mögliche Störfaktoren im persönlichen Leben aufspüren.

9. Stunde:
Die Notwendigkeit finanzieller Unterstützung in der Reich-Gottes-Arbeit erkennen und in den Zusammenhang mit der gnädigen Zuwendung Gottes einordnen.

Erfahrungsaustausch über erlebte Spendenpraxis.
Wirkung und Bewertung der Spende der Philipper auf Paulus bzw. durch Paulus erarbeiten.
Die praktische und geistliche Bedeutung von Spenden reflektieren und den Zusammenhang mit der Gnade Gottes herstellen.

Der Brief an die Philipper

PHIL

3.1. Erste Stunde: Der Brief im Überblick

Philipper 1,1-2 u. a. — **Bibeltext**

1. Schritt: Anhand der Erzählung vom Traum in Troas wählen wir den Einstieg in die zweite Missionsreise des Paulus, bei der die Gemeinde in Philippi gegründet wurde. Info anhand Apg 16 über weitere Einzelheiten der Umstände der Gemeindegründung.

siehe Phil.AB 1 (Teil 1)
Einstieg

2. Schritt: Zusammentragen von Fakten über die römische Kolonie Philippi unter Zuhilfenahme der Karte und des Stadtplans. Kartenmaterial ggf. auf Folie kopieren. Gespräch über mögliche Schwierigkeiten bei der Verkündigung des Evangeliums in Philippi mit Hinweis auf die Erfahrungen bei der Gemeindegründung.

siehe Phil.AB 1 (Teil 2)
Erarbeitung

3. Schritt: Erarbeitung der sogenannten Einleitungsfragen (Schreiber und Empfänger des Briefes) mit Hilfe des Arbeitsblattes und Bibeltextes. Suchen und Unterstreichen der Schlüsselbegriffe im Bibeltext, die die Hauptthemen des Briefes kennzeichnen.

siehe Phil.AB 2
Kopiervorlagen Bibeltext

4. Schritt: Erfassung des Hauptinhalts des Briefes anhand einer kleinen „Vorschau", die das Interesse am Brief wecken soll, sowie der Bestimmung von Schwerpunkten in den einzelnen Kapiteln. Erste Anwendung: Persönliche Verbindung mit Jesus Christus.

siehe Phil.AB 3
Erarbeitung

5. Schritt: Als Ergänzung zum besseren Verständnis der Situation des Paulus Infos über „Gefängnisse in der Antike" und „das römische Bürgerrecht". Anschließend Vergegenwärtigung der Lage von Paulus unter Hinzunahme des Textes im ersten Kapitel (V. 12-26).

siehe Phil.AB 4
Vertiefung

Der Philipperbrief ist ein sehr persönliches Schreiben des Apostels Paulus aus einer bedrängenden Situation (Gefangenschaft). Sein Auftrag zur Verkündigung des Evangeliums im römischen Weltreich bedeutete das In-Kauf-Nehmen vieler Schwierigkeiten und Gefahren. Trotzdem stand er nicht allein da, sondern war mit vielen Gläubigen herzlich verbunden und vor allem mit Jesus Christus. Deshalb war sein Leben trotz der Bedrängnis von tiefer und dauerhafter Freude geprägt.

Ergebnis

3.2. Zweite Stunde: Unterwegs zu einem Ziel

Bibeltext **Philipper 1,1-11**

Einstieg
Gespräch

1. Schritt: Gespräch über die Frage: „Wie kann man zum Ausdruck bringen, daß man gerne mit jemandem zusammen ist?“ (Gegenseitige Anteilnahme, Interesse aneinander, Gebet füreinander, Zeit miteinander verbringen, Briefe schreiben usw.)

Erarbeitung
siehe Phil.AB 5

2. Schritt: Arbeit am Bibeltext. Wodurch bringt Paulus zum Ausdruck, daß er sich mit den Philippern verbunden fühlt? Ausfüllen des Lückentextes.

(Fortsetzung)

3. Schritt: Analyse des Horizontes, den Paulus aufzeigt (Vergangenheit, Gegenwart und Zukunft), und Beschreibung der Lebensinhalte eines Christen aus der Sicht des Paulus.

(Fortsetzung)
siehe Phil.AB 6
Stillarbeit

4. Schritt: Klärung anhand des Textes, was zum Wachsen und Reifen eines Christen unbedingt dazugehört.
Anhand der erarbeiteten Kriterien Durchführung eines Selbsttests: Welchen Reifestand habe ich selbst als Christ?

Ergebnis

Die Pflege der Verbundenheit mit allen Christen ist für Paulus eine außerordentlich wichtige Sache. Dazu gehören u. a. das Grüßen, die briefliche Kontaktaufnahme und vor allem Dank und Fürbitte im Gebet. Diese Gemeinschaft unter Christen ist auch deshalb so wichtig, weil dadurch ein gegenseitiges Ermuntern und Anspornen erfolgt, im Glauben zu wachsen.
Die Eckpunkte unseres Reifens als Christen sind die Bekehrung und das Wiederkommen des Herrn, der uns dann gerne in „tadellosem Zustand“ vorfinden möchte.

3.3. Dritte Stunde: Paulus als Vorbild im Einsatz für das Evangelium

Philipper 1,12-30 — **Bibeltext**

1. Schritt: Gespräch: Woran kann man erkennen, daß jemand Fortschritte im Glauben macht? An die grundlegenden Elemente des Glaubenslebens „Liebe" und „Frucht" anknüpfen.

Einstieg
Gespräch

2. Schritt: Lesen des Bibeltextes unter der Fragestellung:
Wo sind bei Paulus diese Elemente erkennbar? Welche Belege gibt es im Text für „Liebe" und „Frucht" bei Paulus?
Auf den starken Zusammenhang mit der Person Jesu hinweisen.

Erarbeitung
s. a. Kopiervorlagen Bibeltext
siehe Phil.AB 7

3. Schritt: Das Leid als besonderer Aspekt im Dienstleben des Paulus. Klärung der Frage, wie Paulus gegenüber dem Leid eingestellt ist. Welchen Stellenwert hat es in seinem Leben?
Welchen Sinn sieht er im Leid?
Sein Lebensprogramm ist Christus. Hinweis: Das spiegelt sich auch in der Frage des Leids wieder, denn auch Christus hat gelitten.

siehe Phil.AB 7 (zweiter Teil)
Gespräch
Zusammenfassung

4. Schritt: Ein weiterer zentraler Aspekt im Leben des Paulus ist die Arbeit am Evangelium. Es ist eines der drei Hauptthemen des Briefes. Klärung der Fragen: Was ist ein evangelistischer Lebensstil? Welchen Stellenwert hat die Arbeit am Evangelium im persönlichen Leben und im Leben der Gemeinde?

Begriffserklärung
siehe Phil.AB 8
(vgl. Phil.AB 2)
Stillarbeit
Gespräch

Ergebnis

Es gibt Dinge, die im Leben eines jeden Christen ihren festen Platz haben sollen. Dazu gehören Liebe, Fruchtbringen und der Einsatz für das Evangelium. Bei Paulus und den Philippern hatte aber auch das Leid seinen festen Platz. Dieser Grundsatz gilt heute noch: Wer sich für den Herrn Jesus einsetzt, muß mit Leiden rechnen. Für Paulus war das ein Vorrecht, und auch wir können lernen, das Leid so zu sehen und leidensbereit zu werden.

3.4. Vierte Stunde: Leben in der Gesinnung Jesu

Bibeltext	**Philipper 2,1-11**
Einstieg Tafelanschrieb	*1. Schritt:* Von der Person, die man sehr wertschätzt, wird man auch anderen weitererzählen. Das tut Paulus mit Jesus Christus. - Auf die „Gesinnung des Christus" hinweisen, die Paulus so herausstellt.
Gespräch	Klärung der Frage: Warum kommt es ihm so sehr darauf an, daß die Philipper sich auf die Gesinnung Jesu konzentrieren? Mögl. Antwort: Die Gesinnung ist die Ausgangszentrale unseres Denkens und Handelns. Wenn sie in Ordnung ist ...
Erarbeitung siehe Phil.AB 9	*2. Schritt:* Klärung der Frage: Was ist Gesinnung? Bearbeitung der vorgegebenen Beispiele und Schlußfolgerungen. Anschließend Bestimmung der Gesinnung Jesu unter Hervorhebung des Dienstaspektes.
Vertiefung	Frage: Welche Konsequenz hat die Aufforderung „Ihr sollt so gesinnt sein ..." demnach für uns?
Erarbeitung siehe Phil.AB 10	*3. Schritt:* Zusammenstellung der praktischen Auswirkungen der Gesinnung Jesu im Miteinander von Christen anhand des Bibeltextes. Klärung der Frage: Was bedeutet es, eine solche Lebenshaltung
Vertiefung/ Anwendung	zu verwirklichen? Konsequenzen aufzeigen. Den Konsequenzen die Tatsache der Belohnung gegenüberstellen. Anhand des Beispieles Jesu die Frage klären, ob der Lohn dem Grad der vorausgegangen Erniedrigung entspricht (oder übersteigt)? Daraus kann man auf den Lohn für uns im Himmel schließen!
Ergebnis	**Das Selbstverständnis des Christen wird in der Hauptsache von der Wesensgleichheit mit Christus geprägt. Die Gesinnung ist der Ausgangspunkt dieser Wesensgleichheit, weil von da aus alles Denken und Handeln bestimmt wird. Diese Gesinnungshaltung in dieser Welt einzunehmen, bedeutet bereit zu sein, den „unteren Weg" zu gehen. Wer Gott ehren will, muß sich dazu entschließen, Erniedrigung, Verachtung und Anfeindung in Kauf zu nehmen (Gehorsam). Er kann aber gewiß sein, daß Gott dies im Himmel mehr als ausgleichen wird.**

3.5. Fünfte Stunde: Mittel zur Umsetzung der Gesinnung Jesu

Philipper 2,12-30

Bibeltext

1. Schritt: Der Weg, die Gesinnung Jesu umzusetzen, führt über den Gehorsam.
Ausgehen von der Frage: Was steckt in dem Begriff Gehorsam (z. B. „hören/horchen“)? Das Negativ-Image dieser Tugend aufarbeiten.

Einstieg
Tafelanschrieb „Gehorsam“,
Gespräch

2. Schritt: Auswertung des Textes über Gehorsam und Beleuchtung der positiven Gesichtspunkte zum Gehorsam.
Bezugspersonen im Zusammenhang Gehorsam feststellen.

Erarbeitung
siehe Phil.AB 11

Hinweis: Gehorsam gegenüber den richtigen Personen ist wichtig.
Was passiert, wenn man der falschen Person gehorcht?
Mögliche Hilfen zur richtigen Beurteilung ansprechen.

Anwendung

3. Schritt: Thematisierung von vier weiteren allgemeinen Aufforderungen mit besonderem Schwerpunkt auf der Frage nach der Heilssicherheit bzw. Heilsgewißheit, die durch die Aussage in V. 12b nicht in Frage gestellt ist.
Die Seite Gottes (als Helfer) im Gegenüber dazu beleuchten.

Erarbeitung
siehe Phil.AB 12

4. Schritt: Klärung der Fragen: Wozu gibt es Zeugnisse?
Wann und warum werden sie ausgestellt?

Gespräch

5. Schritt: Vorstellung der beiden Mitarbeiter des Paulus.
Zusammentragen der Aussagen über sie. Klärung der Frage:
Wodurch wird deutlich, daß sie die Gesinnung Christi haben?

Erarbeitung
siehe Phil.AB 13

Hinweis: Gute Vorbilder sind Orientierungsmöglichkeiten für ein Leben in der Gesinnung Jesu.

Gespräch

Ergebnis

Etwas, was noch nicht durch eigene Erfahrungen und Einsicht „abgedeckt“ ist, kann man sich nur durch Gehorsam bzw. durch Orientierung an entsprechenden Vorbildern aneignen. Gehorsam verbunden mit Einsicht ist der willensmäßige Entschluß, etwas zu tun, von dessen positiver Auswirkung man überzeugt ist.
Es ist göttliches Wirken, das uns auf die Seite Jesu zieht und uns alles für ein Leben in der Gesinnung Jesu zur Verfügung stellen will.

3.6. Sechste Stunde: Religion oder Christus?

Bibeltext **Philipper 3,1-9**

Einstieg
1. Schritt: Wir zeigen das Verkehrsschild „Gefahrenstelle“ oder „Schleudergefahr“. Frage: Wann steht ein solches Schild am Straßenrand?

Gespräch
Klärung der Fragen: Wodurch kann ein Christ in Gefahr geraten? Was sind „Gefahrenstellen“ schon für viele Christen gewesen?

Erarbeitung
s. a. Kopiervorlagen Bibeltext
siehe Phil.AB 14 Begriffserklärungen
Information

2. Schritt: Lesen des Bibeltextes mit der Fragestellung: Auf welche „Gefahrenstelle“ weist Paulus die Philipper hin? Wie können sie ins Schleudern geraten? Ggf. die Bedeutung der Beschneidung für die Juden noch stärker herausarbeiten und was es bedeutete, darauf zu „verzichten“.
Das war nur möglich durch einen sicheren „Ersatz“ - Christus. Evtl. den Unterschied zur Taufe herausstellen und auf die Gefahr hinweisen, daß auch die Taufe zum Ersatz für Christus werden kann (Kindertaufe).
Auf den „Wendepunkt“ hinweisen!

Erarbeitung
siehe Phil.AB 15
Stillarbeit
Gespräch

3. Schritt: Die Beschneidung ist nur die „Spitze“ eines „Eisberges“. Das fromme Judentum hat noch mehr aufzuweisen. Aufzeigen der „jüdischen Karriereleiter“ und ggf. Vergleich mit einer „christlichen Karriereleiter“. Zusammenfassung des Gegensatzes vorher/nachher unter den Begriffen „Gesetz“ und „Gnade“ (ggf. auch „Glaube“ oder „Leistung“).
Folgen beider Grundhaltungen diskutieren.

Ergebnis
Die Bestandsaufnahme des eigenen Lebens als Christ muß ein „Einst“ und „Jetzt“ ausweisen. Wer diesen Unterschied nicht kennt, hängt vielleicht immer noch in den Verstrickungen und Verkettungen seiner eigenen Vergangenheit und Selbstgerechtigkeit fest. Daß Christus nicht neben unserer eigenen Karriere oder Gerechtigkeit steht, sondern alleine der Grund unserer Gerechtigkeit und die Stütze unseres Lebens ist, das macht Paulus unmißverständlich deutlich.

3.7. Siebte Stunde: Völlige Hingabe an Christus

Philipper 3,10-21 — **Bibeltext**

Einstieg – Sportfoto o. Zeichnung

1. Schritt: Vergleich mit einem Rennläufer.
Frage: Wie ist ein Läufer auf seinen Wettlauf eingestellt?
Wir betonen, daß sich ein Läufer voll auf das Ziel konzentriert, das vor ihm liegt. In diesem Moment verliert alles andere an Bedeutung.

Erarbeitung – siehe Phil.AB 16; *Gespräch*

2. Schritt: Beschreibung des Lebensprogramms, das Christus zum Inhalt hat. Klärung der Frage: Wie kann sich ein Mensch von seiner Vergangenheit lösen und sich völlig auf das Leben mit Christus konzentrieren? Ergebnis: Wenn die Schuldfrage geklärt ist, braucht man sich nicht mehr bemühen, etwas wiedergutzumachen, sondern kann sich ganz auf das Neue konzentrieren!

Still- oder Hausarbeit

3. Schritt: Gespräch über den Test mit dem Hinweis, daß ihn jeder für sich einmal durchführen sollte.
Wichtig ist die Frage, ob wir uns wirklich konsequent von unserer „Vergangenheit" gelöst haben.

Erarbeitung – siehe Phil.AB 17; *Anwendung*

4. Schritt: Selbstgerechtigkeit geht oft einher mit einem unheiligen Lebenswandel. Die falsche Grundlage führt auch zu einer falschen Lebensweise. Beschreibung der schlechten Vorbilder im Gegenüber zu den guten Vorbildern. Welches Vorbild gibt man selber ab?

Vertiefung; *Gespräch*

5. Schritt: Rückbezug auf das römische Bürgerrecht. Parallelen aufzeigen. Wie tritt ein Inhaber dieses Rechts auf? Bezogen auf das himmlische Bürgerrecht: Welche praktischen Konsequenzen bedeutet es für den Christen, schon jetzt dieses Bürgerrecht zu besitzen?

Ergebnis

Christsein beinhaltet das konsequente Abschließen mit der Vergangenheit und die kompromißlose Hinwendung zu einem Leben mit Jesus Christus. Schuld und eigene Bemühung um Gerechtigkeit vor Gott müssen abgehakt sein, wenn man frei für ein Leben mit Christus sein will. Durch Jesu Sterben am Kreuz ist dies möglich. Ein Festhalten an der Vergangenheit führt zu einem verkrampften Leben, in dem sich alles um uns selber dreht. Der befreite Christ dagegen ist ganz von Christus erfüllt und lebt als Himmelsbürger in dieser Welt.

3.8. Achte Stunde: Leben in der Freude

Bibeltext **Philipper 4,1-9**

Einstieg (kurzes Anspiel o. Tafelanschrieb)

1. Schritt: Noch ein schwieriges Thema für junge Leute. Ermahnungen! „Ständig bekommt man sie zu hören. Und jetzt auch noch aus der Bibel ...“ Ermahnungen anzunehmen, fällt vielen schwer. Wir setzen deshalb an bei der Frage, bei wem es uns am leichtesten fällt, Ermahnungen anzunehmen.

Erarbeitung siehe Phil.AB 18 *Gespräch* *Anwendung*

2. Schritt: Herausarbeiten der Ermahnungen im Text und Gespräch über die Folgen, wenn sie nicht beachtet werden. Klärung der Fragen: Wer darf Ermahnungen aussprechen? und: Unter welchen Voraussetzungen kann man selbst Ermahnungen aussprechen? - auf dem Hintergrund des Erfahrungshorizontes der Schüler.

Gespräch über die Bilddarstellungen siehe Phil.AB 19 *Anwendung*

3. Schritt: Freude, das dritte Hauptthema des Philipperbriefes. Wann freut man sich? Wie lange dauert Freude an? Kann man sich einen „Dauerzustand Freude“ überhaupt vorstellen? Die Bedeutung des Zusatzes „im Herrn“ als Schlüssel zur dauerhaften Freude herausarbeiten.

Erarbeitung siehe Phil.AB 19 (zweiter Teil)

Anwendung

4. Schritt: Ein weiterer „Dauerzustand“ des Christen ist Friede. Schritte und Hilfen auf dem Weg zu diesem Frieden gemeinsam aus dem Text heraus erarbeiten. Womit stattet sich ein Christ aus? Mit den göttlichen Tugenden. Die Störangriffe auf unseren Frieden in unserem Alltagsleben aufspüren.

Ergebnis

Wachstumsprozesse und erzieherische Begleitung sind immer mit Hinweisen und Empfehlungen, Warnungen und z. T. auch Verboten verbunden. Jeder braucht zu bestimmten Zeiten Anstöße oder Hinweise, um im Glaubensleben weiterzukommen. Dies alles geschieht nicht, um einfach zu maßregeln, sondern um den Weg in die richtige Richtung zu weisen: Ein Leben in der Freude und mit Frieden im Herzen zu führen und Gott und den Menschen in der eigenen Umgebung zu gefallen.

3.9. Neunte Stunde: Aus der Kraft Christi leben

Philipper 4,10-23

Bibeltext

1. Schritt: Der äußere Anlaß des Briefes, die Spendenaktion der Philipper, kommt zum Schluß in den Blick. Was verstehen wir unter dem Begriff „Spende“? (evtl. „Klingelbeutel“ bereithalten) Kenntnisse und Erfahrungen sammeln.

Einstieg
(kurzes Anspiel o. Tafelanschrieb)

2. Schritt: Die Beurteilung der Spende der Philipper durch Paulus den eigenen Ergebnissen gegenüberstellen und auf die Tatsache hinweisen, daß er, was auch immer ihm widerfährt, alles aus der Hand Gottes nimmt. Wichtig ist auch der Hinweis, daß Gott nicht immer unsere Nöte, Mängel und Schwierigkeiten einfach beseitigt.

Erarbeitung
siehe Phil.AB 18

Gespräch
Anwendung

3. Schritt: Abschließend über die geistliche und praktische Bedeutung von Spenden heute nachdenken und Möglichkeiten der eigenen Beteiligung abwägen.

Gespräch über Bilddarstellungen (s. Phil. AB 19) *Anwendung*

4. Schritt: Die Gnade Gottes umrahmt den ganzen Brief. Was bedeutet Gnade? Welche Auswirkungen hat sie in unserem Leben? Was bewirkt das Bewußtsein, an dieser Gnade Anteil zu haben? (Dank)

Erarbeitung
s. Phil.AB 19 (2. Teil)
Anwendung

Ergebnis

Ausdruck praktischer Liebe ist auch das bereitwillige Geben guter Gaben. Wer sich selbst als Beschenkter begreift, der kann sich und seinen Besitz auch an andere verschenken, um ihnen in Not beizustehen. Es geht aber nicht nur darum, daß andere besser leben können, sondern auch darum, dem Evangelium den Weg zu ebnen, indem man solche finanziell unterstützt, die sich dieser Aufgabe widmen.
Gnade bedeutet, daß wir beständig in der Zuwendung Gottes leben und davon abhängig sind.
Wer sich dessen bewußt ist, wird bestrebt sein, sich selbst zum Werkzeug dieser Gnade zu machen und darauf ausgerichtet zu sein, daß auch andere in den Genuß der Gnade kommen.

4. Abschließende Vergegenwärtigung

Was hat der Schüler an Kenntnissen hinzugewonnen?

Der Schüler hat einen tiefen Einblick bekommen in das persönliche Glaubensleben des Apostel Paulus (Gefangenschaft, jüdische Herkunft, äußere Umstände seines Dienstes usw.). An konkreten Aussagen des Paulus über sich selbst und seine Situation konnte er nachvollziehen, wie sich echtes Christsein in der Nachfolge und Wesensgleichheit mit Christus äußert und welchen Ausgangspunkt, welche inhaltliche Gestaltung und welche Zielorientierung es hat. Im Spiegel dieses Vorbildes kann der Schüler seinen eigenen geistlichen Stand besser einschätzen und wo nötig, Korrckturen vornehmen oder Entschlüsse in die Tat umsetzen. Er hat den Totalanspruch Christi auf das Leben eines Gläubigen kennengelernt und ist nun gefordert, diesen auch für sein persönliches Leben anzuerkennen, ob er nun einen Wendepunkt noch vollziehen (Bekehrung) oder die Herrschaft Christi über immer mehr Bereiche seines Lebens umsetzen muß.
In dem Maße wie die Erkenntnis der Bedeutung Jesu in seinem Herzen Raum greift, wird sich sein Leben mit und seine Ausrichtung auf Christus intensivieren. Bei all dem muß beachtet werden, daß das Leben mit Christus und die Wesensgleichheit mit ihm ein Wachstumsprozeß ist, der über die ganze Lebensdauer hinweg anhalt und auch Rückschläge erfahren kann. Deshalb sind geduldiges Tragen und ermutigende Anstöße die geeigneten Mittel, um den Schüler bei seinem Wachstum im Glauben helfend zu begleiten.

Welche Anstöße zum Wachstum im Glauben hat der Schüler bekommen und inwieweit sind sie erkennbar?

(Kontrollfragen zur Reflektion für den Lehrer)

- Welchen Stellenwert hat der Herr Jesus im persönlichen Glaubensleben des Schülers?
- Welche Anzeichen gibt es, die eine Ausrichtung auf Christus erkennen lassen?
- Was unternimmt er, um die Verbindung mit Christus zu pflegen?
- Nimmt er aktiv und bewußt am Gemeindeleben (Evangelisation, Zeugendienst) teil?
- Wie gestalten sich seine Beziehungen zu seinen gleichaltrigen Mitgeschwistern?
- Was hat er gelernt in bezug auf seinen Umgang mit der Bibel?

Die Antworten auf diese Fragen können weitere Ansatzpunkte für die helfende Begleitung des Schülers liefern.

Weiterführende Aufgabenstellungen/Hausaufgaben

- Auswendiglernen folgender Bibeltexte (Auswahl):
  - Philipper 2,5-11 (Christushymnus)
  - Philipper 3,13-14
  - Philipper 3,20-21
  - Philipper 4,4-7
  - Philipper 4,19

- Vertiefendes Arbeiten am Bibeltext:
  - Herausschreiben aller Imperative (Aufforderungen) im Brief.
  - Farbiges Markieren aller Stellen, wo von Freude die Rede ist.
  - Farbiges Markieren aller Stellen, wo der Begriff „Evangelium“ erwähnt wird.

- Arbeiten mit einer Konkordanz zur Vertiefung zentraler Begriffe: Freude, Evangelium, Tag Christi, Gerechtigkeit, Glaube, Gnade usw.

- Ausarbeitung eines „Aktionsplans“ zur Umsetzung der gewonnenen Informationen und Einsichten anhand folgender Leitfragen:
  - Wo muß sich bei mir etwas verändern?
  - Welches Ziel setze ich mir?
  - Was werde ich konkret tun, um dieses Ziel zu erreichen?
  - Wann beginne ich verbindlich damit?

5. Literaturhinweise

Aharoni, Y.: Der Bibelatlas. Hoffmann und Campe, Hamburg 1982

Bruce, F. F.: Paulus - Von Tarsus bis Rom. Brunnen, Gießen 1995 (Bildband)

Das große Bibellexikon Bd. 3. Brockhaus, Wuppertal 1989 (Stichwort: Philippi)

McDonald, W.: Kommentar zum Neuen Testament. Bd. 2. CLV, Bielefeld 1994

Miquel, P.: So lebten sie zur Zeit der römischen Legionäre. Tessloff, Nürnberg 1981

Swindoll, C. R.: Das Geheimnis vom Leben, Lieben und Lachen (erweckliche Kommentare). Hänssler, Neuhausen 1993

Was die Bibel lehrt, CV-Kommentar-Reihe Bd. 10 (Philipper, Kolosser, Philemon). CV, Dillenburg 1990

Am Anfang steht ein Traum ...

„KOMM HERÜBER!“

Trage die folgenden Städtenamen in die Karte ein!
Troas, Neapolis, Philippi, Thessalonich

Mit diesem Ausruf beginnt nach dem Reisebericht des Lukas die Missionierung Europas. Paulus, Silas, Lukas und Timotheus befinden sich in Troas, einer Küstenstadt Kleinasiens. Nachts erscheint Paulus im Traum ein Mann aus Mazedonien (heute: Griechenland), der ihn um Hilfe bittet.
Nach der Überquerung des ägäischen Meeres landen die vier Männer in der mazedonischen Hafenstadt Neapolis. Über die Via Egnatia, die breite römische Handelsstraße, gelangen sie auf die Paßhöhe des Simvolon-Gebirges. Ein beeindruckender Ausblick - vor ihnen liegt die römische Kolonie Philippi. Man kann sich gut vorstellen, daß die Männer jetzt erst einmal gebetet haben, daß sie in diesem neuen Land Menschen finden, die offen sind für das Evangelium.
Nachdem sie sich einige Tage in der Stadt Philippi aufgehalten haben, treffen sie einige gottesfürchtige* Frauen beim Gebet. Lydia, eine Purpurhändlerin, bekehrt sich. Sie ist die erste Christin auf europäischem Boden ...

In der **Apostelgeschichte** (Kapitel 16) kannst du nachlesen, wie weitere Menschen in Philippi zu Christus gefunden haben.

Was wissen wir über die Stadt Philippi?

- Sie war eine Siedlung, die im 3. Jahrhundert v. Chr. von Philipp von Mazedonien zu einer befestigten Stadt ausgebaut wurde.
- Aufgrund der strategisch wichtigen Lage war diese Stadt Schauplatz vieler Schlachten.
- 31 v. Chr. wurde Philippi von dem römischen Kaiser Oktavian (später Augustus genannt) der Status einer römischen Kolonie verliehen.
  Viele Menschen wanderten aus Italien ein. Römische Kriegsveteranen ließen sich dort nieder. Sie besaßen das römische Bürgerrecht. Die Kolonisten waren stolz darauf, die gleichen Rechte zu haben wie die freien Bürger Roms. Zurecht wurde Philippi als „das kleine Rom Griechenlands“ bezeichnet. Rom wurde auch bezüglich der Sitten und Gebräuche als Vorbild genommen.

rekonstruierter Stadtplan von Philippi zur Zeit des Apostels Paulus

Überlege! In einer solchen Stadt wollen Paulus und seine Begleiter das Evangelium verkündigen. Mit welchen Schwierigkeiten müssen sie rechnen? (Vergleiche dazu Apostelgeschichte 16,16-21)

***Begriffserklärung**
Gottesfürchtige - So nannte man Menschen heidnischen Ursprungs, die vom Judentum her das Alte Testament kannten. Sie glaubten zwar an den Gott der Juden, waren aber noch nicht zum Judentum übergetreten und wußten auch nichts von Jesus.

Am Anfang steht ein Traum ...

„KOMM HERÜBER!"

Mit diesem Ausruf beginnt nach dem Reisebericht des Lukas die Missionierung Europas. Paulus, Silas, Lukas und Timotheus befinden sich in Troas, einer Küstenstadt Kleinasiens. Nachts erscheint Paulus im Traum ein Mann aus Mazedonien (heute: Griechenland), der ihn um Hilfe bittet. Nach der Überquerung des ägäischen Meeres landen die vier Männer in der mazedonischen Hafenstadt Neapolis. Über die Via Egnatia, die breite römische Handelsstraße, gelangen sie auf die Paßhöhe des Simvolon-Gebirges. Ein beeindruckender Ausblick - vor ihnen liegt die römische Kolonie Philippi. Man kann sich gut vorstellen, daß die Männer jetzt erst einmal gebetet haben, daß sie in diesem neuen Land Menschen finden, die offen sind für das Evangelium.
Nachdem sie sich einige Tage in der Stadt Philippi aufgehalten haben, treffen sie einige gottesfürchtige* Frauen beim Gebet. Lydia, eine Purpurhändlerin, bekehrt sich. Sie ist die erste Christin auf europäischem Boden ...

Trage die folgenden Städtenamen in die Karte ein!
Troas, Neapolis, Philippi, Thessalonich

In der **Apostelgeschichte** (Kapitel 16) kannst du nachlesen, wie weitere Menschen in Philippi zu Christus gefunden haben.

Was wissen wir über die Stadt Philippi?

- Sie war eine Siedlung, die im 3. Jahrhundert v. Chr. von Philipp von Mazedonien zu einer befestigten Stadt ausgebaut wurde.
- Aufgrund der strategisch wichtigen Lage war diese Stadt Schauplatz vieler Schlachten.
- 31 v. Chr. wurde Philippi von dem römischen Kaiser Oktavian (später Augustus genannt) der Status einer römischen Kolonie verliehen.
  Viele Menschen wanderten aus Italien ein. Römische Kriegsveteranen ließen sich dort nieder. Sie besaßen das römische Bürgerrecht. Die Kolonisten waren stolz darauf, die gleichen Rechte zu haben wie die freien Bürger Roms. Zurecht wurde Philippi als „das kleine Rom Griechenlands" bezeichnet. Rom wurde auch bezüglich der Sitten und Gebräuche als Vorbild genommen.

Überlege! In einer solchen Stadt wollen Paulus und seine Begleiter das Evangelium verkündigen. Mit welchen Schwierigkeiten müssen sie rechnen? (Vergleiche dazu Apostelgeschichte 16,16-21)

rekonstruierter Stadtplan von Philippi zur Zeit des Apostels Paulus

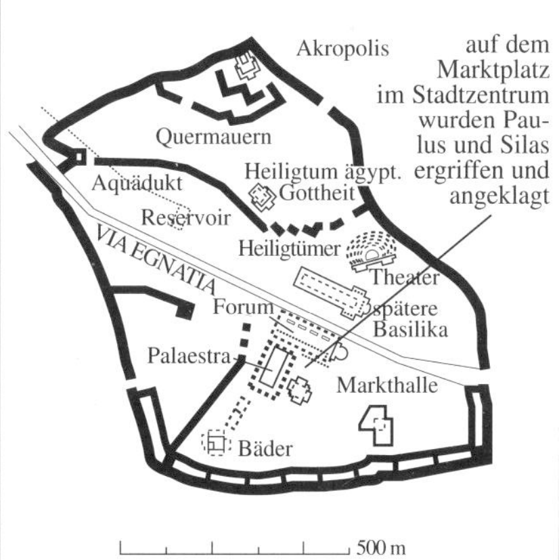

***Begriffserklärung**
Gottesfürchtige - So nannte man Menschen heidnischen Ursprungs, die vom Judentum her das Alte Testament kannten. Sie glaubten zwar an den Gott der Juden, waren aber noch nicht zum Judentum übergetreten und wußten auch nichts von Jesus.

Bibeltext: Philipper 1,1.7.13.17 und 4,22

WER schreibt an WEN?

Beantworte aus dem Bibeltext die folgenden Fragen!

Wer sind die Absender?

Paulus — Timotheus

In welchen Umständen befindet sich Paulus?

in Gefangenschaft, in „Fesseln"

Wer sind die Empfänger?

Christen der Gemeinde in Philippi, samt Aufsehern und Dienern

Wie ist die Gemeinde entstanden? Lies dazu noch einmal den „Reisebericht"! (vgl. Phil.AB 1)

Phil. 1,4.18.25; **2**,2.17f.28f; **3**,1; **4**,1.4.10 ①

Phil. 1,5.7.12.16. 27; **2**,22; **4**,3.15 ②

Phil. 1,11.13.15.17-20.23.26-28 usw. ③

Der Brief aus der „Vogelschau-Perspektive"

Tip! Wer sich einen Überblick über den Brief verschaffen will, liest ihn am besten zunächst im Zusammenhang.
Wer die Schwerpunkte des Briefes erkennen will, liest ihn sogar mehrmals und achtet dabei z. B. auf Wiederholungen.

Lies die oben angegebenen Bibelstellen nacheinander in drei Schritten! Welche Begriffe werden immer wieder genannt?

1. Freude 2. Evangelium 3. Christus

Formuliere mit Hilfe dieser Begriffe mögliche Überschriften für den Brief.

1.
2.
3.

Der Brief spiegelt offenbar deutlich eine Stimmungslage (Freude) wieder, in der sich Paulus befindet. Das ist erstaunlich, denn wie wir ja inzwischen wissen, befindet sich Paulus im Gefängnis und wird möglicherweise sogar zum Tod verurteilt werden (vgl. Phil 1,20-23).

Auf dem nächsten Blatt kannst du versuchen herauszufinden, welchen Grund Paulus hatte, sich so sehr zu freuen und von dieser Freude anderen mitzuteilen.

Bibeltext: Philipper 1,1.7.13.17 und 4,22

WER schreibt an WEN?

Beantworte aus dem Bibeltext die folgenden Fragen!

Wer sind die Absender?

______________________ ______________________

In welchen Umständen befindet sich Paulus?

____

Wer sind die Empfänger?

____

Wie ist die Gemeinde entstanden? Lies dazu noch einmal den „Reisebericht“! (vgl. Phil.AB 1)

____

____

Phil. 1,4.18.25; 2,2.17f.28f; 3,1; 4,1.4.10 ①

Phil. 1,5.7.12.16. 27; 2,22; 4,3.15 ②

Phil. 1,11.13.15.17-20.23.26-28 usw. ③

Der Brief aus der „Vogelschau-Perspektive“

Tip! Wer sich einen Überblick über den Brief verschaffen will, liest ihn am besten zunächst im Zusammenhang.
Wer die Schwerpunkte des Briefes erkennen will, liest ihn sogar mehrmals und achtet dabei z. B. auf Wiederholungen.

Lies die oben angegebenen Bibelstellen nacheinander in drei Schritten! Welche Begriffe werden immer wieder genannt?

1. ______________ 2. ______________ 3. ______________

Formuliere mit Hilfe dieser Begriffe mögliche Überschriften für den Brief.

1. ____
2. ____
3. ____

Der Brief spiegelt offenbar deutlich eine Stimmungslage (______________) wieder, in der sich Paulus befindet. Das ist erstaunlich, denn wie wir ja inzwischen wissen, befindet sich Paulus im Gefängnis und wird möglicherweise sogar zum Tod verurteilt werden (vgl. Phil 1,20-23).

Auf dem nächsten Blatt kannst du versuchen herauszufinden, welchen Grund Paulus hatte, sich so sehr zu freuen und von dieser Freude anderen mitzuteilen.

Der Hauptinhalt des Briefes

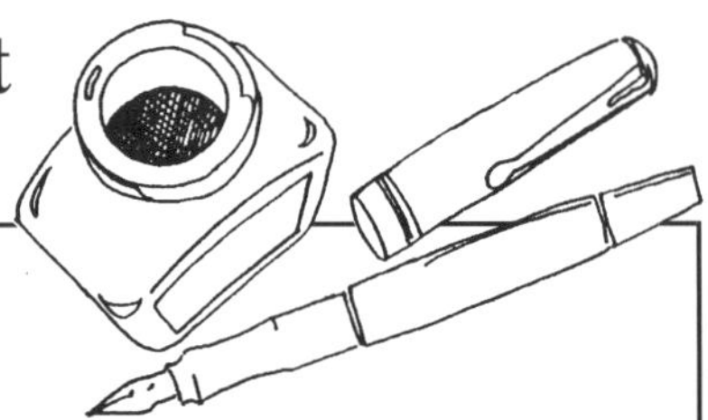

Der Philipperbrief ist einer der persönlichsten und interessantesten Briefe des Neuen Testamentes.

Du findest darin ...

*... **einen Gefangenen,** der, trotzdem er im Gefängnis sitzt, noch kämpft und Siege erringt.*
*... **jemanden,** der keine Angst vor dem Tod hat und das Sterben sogar für Gewinn hält.*
*... **ein Lied** darüber, wie die höchste Person des Universums zum am meisten verachteten Menschen auf der Erde wurde.*
*... **jemanden,** der Karriere gemacht und auf dem Höhepunkt seiner Laufbahn alles dran gegeben hat.*
*... **jemanden,** der Reichtum und Geld als die unwichtigste Nebensache der Welt betrachtet.*

In jedem Kapitel des Philipperbriefes findest du wichtige Aussagen, die zeigen, mit welchem Thema Paulus sich am meisten beschäftigt und welches auch der Grund seiner Freude ist.

Trage die fehlenden Worte ein!

Kap. 1 (Lies die Verse 21 und 27!): **Christus** - mein Lebensinhalt!
Der Schwerpunkt liegt auf dem Einsatz für das **Evangelium** des Christus.

Kap. 2 (Lies Vers 5!): **Christus** - mein Vorbild!
Der Schwerpunkt liegt auf der **Gesinnung** des Christus.

Kap. 3 (Lies die Verse 8 und 14!): **Christus** - mein Ziel!
Der Schwerpunkt liegt auf der **Erkenntnis** des Christus.

Kap. 4 (Lies die Verse 4 und 13!): **Christus** - meine Freude!
Der Schwerpunkt liegt auf einem Leben aus der **Kraft** des Christus.

Anwendung
Beantworte dir dazu noch folgende Fragen!
Warum wollte Paulus so sehr mit Jesus Christus verbunden sein?

___

Was ist so bewundernswert und begeisternd an dieser Person Jesus Christus?

___

Wie kannst du selbst mit Christus so eng verbunden sein?

___

___

___

Der Hauptinhalt des Briefes

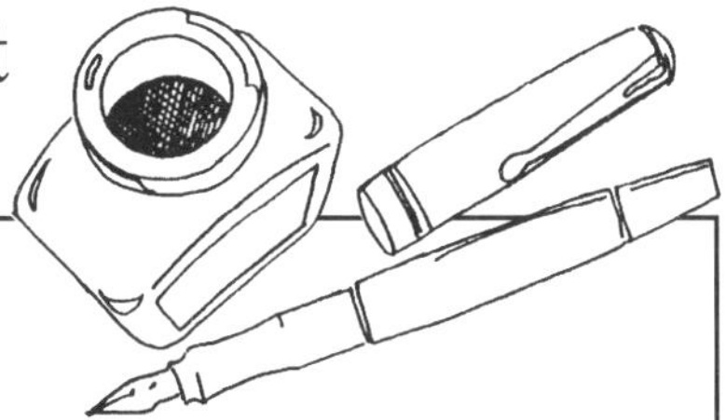

Der Philipperbrief ist einer der persönlichsten und interessantesten Briefe des Neuen Testamentes.

Du findest darin ...

*... **einen Gefangenen,** der, trotzdem er im Gefängnis sitzt, noch kämpft und Siege erringt.*
*... **jemanden**, der keine Angst vor dem Tod hat und das Sterben sogar für Gewinn hält.*
*... **ein Lied** darüber, wie die höchste Person des Universums zum am meisten verachteten Menschen auf der Erde wurde.*
*... **jemanden,** der Karriere gemacht und auf dem Höhepunkt seiner Laufbahn alles dran gegeben hat.*
*... **jemanden,** der Reichtum und Geld als die unwichtigste Nebensache der Welt betrachtet.*

In jedem Kapitel des Philipperbriefes findest du wichtige Aussagen, die zeigen, mit welchem Thema Paulus sich am meisten beschäftigt und welches auch der Grund seiner Freude ist.

Trage die fehlenden Worte ein!

Kap. 1 (Lies die Verse 21 und 27!): [ ] - mein Lebensinhalt!
Der Schwerpunkt liegt auf dem Einsatz für das ____________ des Christus.

Kap. 2 (Lies Vers 5!): [ ] - mein Vorbild!
Der Schwerpunkt liegt auf der ____________ des Christus.

Kap. 3 (Lies die Verse 8 und 14!): [ ] - mein Ziel!
Der Schwerpunkt liegt auf der ____________ des Christus.

Kap. 4 (Lies die Verse 4 und 13!): [ ] - meine Freude!
Der Schwerpunkt liegt auf einem Leben aus der ____________ des Christus.

Anwendung

Beantworte dir dazu noch folgende Fragen!

Warum wollte Paulus so sehr mit Jesus Christus verbunden sein?

____

Was ist so bewundernswert und begeisternd an dieser Person Jesus Christus?

____

Wie kannst du selbst mit Christus so eng verbunden sein?

____

____

____

Gefängnisse in der Antike

Was es damals bedeutete, in Gefangenschaft zu sein

Lies folgenden Text:

Das Neue Testament berichtet von einem öffentlichen Gefängnis in Jerusalem und in Philippi. Der griechische Begriff bedeutet genau übersetzt: „Ort der Fesseln“ oder „Ort der Bewachung“. Die Gefangenen wurden mit Ketten gefesselt oder in den Stock bzw. Block gesetzt. Diese Blöcke hatten mehrere Löcher, so daß die Beine unterschiedlich weit auseinandergespreizt werden konnten, was mehr oder weniger Schmerzen verursachte. Die Wachen befanden sich vor der Tür oder - bei wichtigen Gefangenen - auch noch zusätzlich in der Zelle (so wurde einmal der Apostel Petrus bewacht - vgl. Apostelgeschichte 12,3-6). Der Gefängnisaufseher wurde „Kerkermeister“ oder „Stockmeister“ genannt. Besuche im Gefängnis waren möglich. Angehörige konnten den Gefangenen auf diese Weise auch mit Essen versorgen.

Es gab sogar eine Art gemäßigten Strafvollzug: In Rom konnte sich Paulus später in einer Mietwohnung aufhalten, war allerdings ständig an einen Soldaten gekettet (vgl. dazu Apostelgeschichte 28,16.30).

Man kann sich leicht vorstellen, daß die Gefängnisse damals kein angenehmer Aufenthaltsort waren, besonders wenn man an die hygienischen Zustände denkt.

Das römische Bürgerrecht

Lies folgenden Text:

Paulus konnte mit einer besseren Behandlung rechnen, weil er das römische Bürgerrecht besaß. Welchen Respekt man sich damit verschaffen konnte, kann man anhand Apostelgeschichte 16,37-39 leicht feststellen. Den Bürgern der Stadt Rom wurden besondere Rechte eingeräumt.
Zur Zeit des Paulus konnte man diese Rechte auch käuflich erwerben. Dieses Bürgerrecht ging dann auf die Nachkommen über.

Ein römischer Bürger durfte ohne Urteilsspruch weder gebunden noch geschlagen werden. Er war vor der Strafe der Kreuzigung geschützt und konnte sich im Gerichtsverfahren jederzeit auf den Kaiser berufen, der dann die alleinige Entscheidung über seinen Fall hatte.
Der Angeklagte wurde dann nach Rom gebracht. Dem Urteil des Kaisers mußte er sich dann allerdings unwiderruflich beugen.

Aufgabe: Versuche dir aus den Angaben in Philipper 1,12-26 ein genaues Bild von der Situation des Paulus zu machen!

Gefängnisse in der Antike

Was es damals bedeutete, in Gefangenschaft zu sein

Lies folgenden Text:

Das Neue Testament berichtet von einem öffentlichen Gefängnis in Jerusalem und in Philippi. Der griechische Begriff bedeutet genau übersetzt: „Ort der Fesseln" oder „Ort der Bewachung". Die Gefangenen wurden mit Ketten gefesselt oder in den Stock bzw. Block gesetzt. Diese Blöcke hatten mehrere Löcher, so daß die Beine unterschiedlich weit auseinandergespreizt werden konnten, was mehr oder weniger Schmerzen verursachte. Die Wachen befanden sich vor der Tür oder - bei wichtigen Gefangenen - auch noch zusätzlich in der Zelle (so wurde einmal der Apostel Petrus bewacht - vgl. Apostelgeschichte 12,3-6). Der Gefängnisaufseher wurde „Kerkermeister" oder „Stockmeister" genannt. Besuche im Gefängnis waren möglich. Angehörige konnten den Gefangenen auf diese Weise auch mit Essen versorgen.

Es gab sogar eine Art gemäßigten Strafvollzug: In Rom konnte sich Paulus später in einer Mietwohnung aufhalten, war allerdings ständig an einen Soldaten gekettet (vgl. dazu Apostelgeschichte 28,16.30).

Man kann sich leicht vorstellen, daß die Gefängnisse damals kein angenehmer Aufenthaltsort waren, besonders wenn man an die hygienischen Zustände denkt.

Das römische Bürgerrecht

Lies folgenden Text:

Paulus konnte mit einer besseren Behandlung rechnen, weil er das römische Bürgerrecht besaß. Welchen Respekt man sich damit verschaffen konnte, kann man anhand Apostelgeschichte 16,37-39 leicht feststellen. Den Bürgern der Stadt Rom wurden besondere Rechte eingeräumt.
Zur Zeit des Paulus konnte man diese Rechte auch käuflich erwerben. Dieses Bürgerrecht ging dann auf die Nachkommen über.

Ein römischer Bürger durfte ohne Urteilsspruch weder gebunden noch geschlagen werden. Er war vor der Strafe der Kreuzigung geschützt und konnte sich im Gerichtsverfahren jederzeit auf den Kaiser berufen, der dann die alleinige Entscheidung über seinen Fall hatte.
Der Angeklagte wurde dann nach Rom gebracht. Dem Urteil des Kaisers mußte er sich dann allerdings unwiderruflich beugen.

Aufgabe: Versuche dir aus den Angaben in Philipper 1,12-26 ein genaues Bild von der Situation des Paulus zu machen!

Bibeltext: Philipper 1,1-11

Unterwegs zu einem Ziel (1)

Lies den Bibeltext!

1 Paulus und Timotheus, Knechte Christi Jesu, allen Heiligen in Christus Jesus, die in Philippi sind, samt den Aufsehern und Dienern:
2 Gnade euch und Friede von Gott, unserem Vater, und dem Herrn Jesus Christus!

3 Ich danke meinem Gott bei jeder Erinnerung an euch
4 allezeit in jedem meiner Gebete und bete für euch alle mit Freuden
5 wegen eurer Teilnahme am Evangelium **vom ersten Tag an bis jetzt.**
6 Ich bin ebenso in guter Zuversicht, daß der, welcher ein gutes Werk in euch angefangen hat, es vollenden wird **bis auf den Tag Christi Jesu.**
7 So ist es für mich recht, daß ich dies im Blick auf euch alle denke, weil ihr mich im Herzen habt und sowohl in meinen Fesseln als auch in der Verteidigung und Bekräftigung des Evangeliums ihr alle meine Mitteilhaber der Gnade seid.
8 Denn Gott ist mein Zeuge, wie ich mich nach euch allen sehne mit der herzlichen Liebe Christi Jesu.

9 Und um dieses bete ich, daß eure Liebe noch mehr und mehr überströme in Erkenntnis und aller Einsicht,
10 damit ihr prüft, worauf es ankommt, damit ihr lauter und unanstößig seid **auf den Tag Christi,**
11 erfüllt mit der Frucht der Gerechtigkeit, die durch Jesus Christus gewirkt wird, zur Herrlichkeit und zum Lobpreis Gottes.

Verse 3 - 8:
Paulus macht sich offenbar sehr viele Gedanken über die Philipper. Daß er sich besonders eng mit ihnen verbunden fühlt, merkt man an verschiedenen Einzelheiten **(Fülle die Lücken!)**:

- ► V. 3.4: Er dankt und betet für die Philipper mit Freuden.
- ► V. 7: Sie haben ihn im Herzen und sind seine Mitteilhaber der Gnade.
- ► V. 8: Er sehnt sich nach ihnen mit der herzlichen Liebe Christi Jesu.

Paulus nennt in seinem Dankgebet und in der Fürbitte für die Philipper **drei** Zeitpunkte.
Er hat eine große Zeitspanne im Blick.

vom **ersten Tag** an ➡	bis **jetzt** ➡	bis auf den **Tag Christi Jesu***
= Bekehrung	= aktueller Glaubensstand	= Wiederkunft Jesu

Welche wichtigen Ereignisse im Leben eines Christen meint Paulus damit? Schreibe die Entsprechungen jeweils darunter!

Wodurch war das Leben der Christen in Philippi bisher (und möglichst auch weiterhin) geprägt?
Mit welchen Formulierungen faßt Paulus ihr bisheriges Leben als Christen zusammen?

- ► V. 5: Teilnahme am Evangelium ► Ziel: Rettung von Menschen
- ► V. 6: gutes Werk geschieht an ihnen ► Ziel: lauter und unanstössig sein

Anwendung
Überlege einmal! Was hat dein Leben (als Christ) bisher geprägt? Vergleiche dich mit den Philippern!

*** Begriffserklärung**
Tag Christi - Ein besonderer Ausdruck für ein wichtiges Ereignis in der Zukunft, den Paulus mehrfach benutzt. An diesem Tag wird der Herr Jesus die Gläubigen im Himmel belohnen.

Bibeltext: Philipper 1,1-11

Unterwegs zu einem Ziel (1)

Lies den Bibeltext!

1 Paulus und Timotheus, Knechte Christi Jesu, allen
Heiligen in Christus Jesus, die in Philippi sind,
samt den Aufsehern und Dienern:
2 Gnade euch und Friede von Gott, unserem Vater,
und dem Herrn Jesus Christus!

3 Ich danke meinem Gott bei jeder Erinnerung an euch
4 allezeit in jedem meiner Gebete und bete für euch
alle mit Freuden
5 wegen eurer Teilnahme am Evangelium **vom er-**
sten Tag an bis jetzt.
6 Ich bin ebenso in guter Zuversicht, daß der, welcher
ein gutes Werk in euch angefangen hat, es voll-
enden wird **bis auf den Tag Christi Jesu.**
7 So ist es für mich recht, daß ich dies im Blick auf
euch alle denke, weil ihr mich im Herzen habt
und sowohl in meinen Fesseln als auch in der
Verteidigung und Bekräftigung des Evangeliums
ihr alle meine Mitteilhaber der Gnade seid.
8 Denn Gott ist mein Zeuge, wie ich mich nach
euch allen sehne mit der herzlichen Liebe Christi
Jesu.

9 Und um dieses bete ich, daß eure Liebe noch
mehr und mehr überströme in Erkenntnis und
aller Einsicht,
10 damit ihr prüft, worauf es ankommt, damit ihr
lauter und unanstößig seid **auf den Tag Christi,**
11 erfüllt mit der Frucht der Gerechtigkeit, die durch
Jesus Christus gewirkt wird, zur Herrlichkeit und
zum Lobpreis Gottes.

Verse 3 - 8:
Paulus macht sich offenbar sehr viele Gedanken über die Philipper. Daß er sich besonders eng mit ihnen verbunden fühlt, merkt man an verschiedenen Einzelheiten **(Fülle die Lücken!)**:

- ▶ V. 3.4: Er ____________ und ____________ für die Philipper mit ____________.
- ▶ V. 7: Sie haben ihn ______________ und sind seine ______________________________.
- ▶ V. 8: Er ________________________ mit der ______________________________.

Paulus nennt in seinem Dankgebet und in der Fürbitte für die Philipper **drei** Zeitpunkte.
Er hat eine große Zeitspanne im Blick.

vom **ersten Tag** an ➡	bis **jetzt** ➡	bis auf den **Tag Christi Jesu***
= ________________	= ____________________	= ________________

Welche wichtigen Ereignisse im Leben eines Christen meint Paulus damit? Schreibe die Entsprechungen jeweils darunter!

Wodurch war das Leben der Christen in Philippi bisher (und möglichst auch weiterhin) geprägt?
Mit welchen Formulierungen faßt Paulus ihr bisheriges Leben als Christen zusammen?

- ▶ V. 5: ______________________ ▶ Ziel: ______________________
- ▶ V. 6: ______________________ ▶ Ziel: ______________________

Anwendung
Überlege einmal! Was hat dein Leben (als Christ) bisher geprägt? Vergleiche dich mit den Philippern!

*** Begriffserklärung**
Tag Christi - Ein besonderer Ausdruck für ein wichtiges Ereignis in der Zukunft, den Paulus mehrfach benutzt. An diesem Tag wird der Herr Jesus die Gläubigen im Himmel belohnen.

Bibeltext: Philipper 1,1-11

Unterwegs zu einem Ziel (2)

Verse 9-11:

Bis zum Tag der Wiederkunft Jesu Christi haben die Philipper noch Zeit und Gelegenheit zum Wachsen und Reifen im Glaubensleben. Einige Dinge sieht Paulus in bezug auf das Wachstum der Philipper für so wichtig an, daß er beständig dafür betet:

Worum bittet Paulus?

- ► um mehr und mehr überströmende Liebe
- ► um wachsende Erkenntnis und Einsicht

Paulus nennt auch die mit dieser Bitte verbundene Zielsetzung:

- ► Die richtigen Schwerpunkte setzen können
- ► Für Christus rein sein
- ► Frucht bringen für Gott

Letztlich soll alles zur Ehre Gottes dienen, d. h. Gott freut sich darüber, wenn Christen im Glauben wachsen und Christus ähnlicher werden. Gott wird dadurch geehrt.

Anwendung

Wie steht es mit deinem geistlichen Reifestand? Teste dich!

Gegenüber wem und wie übst du Liebe?

Was steht für dich an erster Stelle?

Wo gibt es „Frucht"* in deinem Leben?

*** Begriffserklärung**
Frucht der Gerechtigkeit - So wie ein Obstbaum als Zeichen seines gesunden Wachstums Früchte trägt, so soll auch an Christen erkennbar sein, daß sie wachsen und Frucht bringen. Eine Aufzählung solcher Früchte findest du in einem anderen Brief von Paulus. Lies Galater 5,22!

Bibeltext: Philipper 1,1-11

Unterwegs zu einem Ziel (2)

Verse 9-11:

Bis zum Tag der Wiederkunft Jesu Christi haben die Philipper noch Zeit und Gelegenheit zum Wachsen und Reifen im Glaubensleben. Einige Dinge sieht Paulus in bezug auf das Wachstum der Philipper für so wichtig an, daß er beständig dafür betet:

Worum bittet Paulus?

► ______________________________

► ______________________________

Paulus nennt auch die mit dieser Bitte verbundene Zielsetzung:

► ______________________________

► ______________________________

► ______________________________

Letztlich soll alles zur Ehre Gottes dienen, d. h. Gott freut sich darüber, wenn Christen im Glauben wachsen und Christus ähnlicher werden. Gott wird dadurch geehrt.

Anwendung

Wie steht es mit deinem geistlichen Reifestand? Teste dich!

Gegenüber wem und wie übst du Liebe?

____

____

Was steht für dich an erster Stelle?

____

____

Wo gibt es „Frucht"* in deinem Leben?

____

____

____

____

*** Begriffserklärung**

Frucht der Gerechtigkeit - So wie ein Obstbaum als Zeichen seines gesunden Wachstums Früchte trägt, so soll auch an Christen erkennbar sein, daß sie wachsen und Frucht bringen. Eine Aufzählung solcher Früchte findest du in einem anderen Brief von Paulus. Lies Galater 5,22!

Bibeltext: Philipper 1,12-26

Paulus - ein Vorbild für das Christenleben

Paulus äußert sich nun zu seinem eigenen Glaubensstand. Er zeigt, wie er selbst bemüht ist, die im Gebet erwähnten Bitten umzusetzen. Aus der Schilderung seiner persönlichen Situation wird deutlich:

➡ Sein Denken und Handeln ist von **Liebe** geprägt!
Obwohl ihm Unrecht getan wird, klagt er niemanden an.

➡ Aus seinem Dienst geht **Frucht** hervor!
Die Verkündigung des Evangeliums wird gefördert.

➡ **An erster Stelle** steht bei ihm Jesus Christus !

Paulus äußert hier bereits sehr tiefgehende Gedanken über sein Verhältnis zu Jesus Christus. Zwei Alternativen stellt er gegenüber und doch entsprechen beide dem gleichen Ziel: so eng wie möglich mit Christus verbunden zu sein.

Entweder (wenn er am Leben bleibt):
Christus soll an seinem Leib gross gemacht werden

oder (wenn er stirbt):
Er wünscht sich, bei Jesus Christus im Himmel zu sein

Paulus und das Leid

Paulus beschreibt auch seine Umstände in Einzelheiten. Er befindet sich in römischer Gefangenschaft. Trotz dieser negativen Umstände macht Paulus aber deutlich, daß ihn Freude erfüllt. Er beurteilt seine Lage aus der göttlichen Perspektive.

Worüber freut Paulus sich - trotz Leid? (Verse 18-20)

- Christus wird verkündigt
- Leid wird ihm zum Heil
- Hilfe durch den Heiligen Geist
- Glaubensstärkung für andere
- Unterstützung durch Gebet
- Hoffnung/Zuversicht auf Rettung

Merke! Wer lernt, persönliche Not aus Gottes Sicht zu sehen, kann sich auch trotz negativer Umstände freuen.

In dem Text wird deutlich, daß Paulus seine Situation mit Gottes Zielen verbindet. Dabei ist es ihm das Wichtigste, daß **Christus** in allem groß wird.

Sein **„Lebensprogramm"** faßt er in Vers 21 zusammen:

✏ Christus ist mein Leben

Anwendung
Wie verhältst du dich in Notzeiten und Schwierigkeiten?

Bibeltext: Philipper 1,12-26

Paulus - ein Vorbild für das Christenleben

Paulus äußert sich nun zu seinem eigenen Glaubensstand. Er zeigt, wie er selbst bemüht ist, die im Gebet erwähnten Bitten umzusetzen. Aus der Schilderung seiner persönlichen Situation wird deutlich:

➡ Sein Denken und Handeln ist von **Liebe** geprägt!

____

➡ Aus seinem Dienst geht **Frucht** hervor!

____

➡ **An erster Stelle** steht bei ihm ______________________ !

Paulus äußert hier bereits sehr tiefgehende Gedanken über sein Verhältnis zu Jesus Christus. Zwei Alternativen stellt er gegenüber und doch entsprechen beide dem gleichen Ziel: so eng wie möglich mit Christus verbunden zu sein.

Entweder (wenn er am Leben bleibt):

____

oder (wenn er stirbt):

____

Paulus und das Leid

Paulus beschreibt auch seine Umstände in Einzelheiten. Er befindet sich in römischer Gefangenschaft. Trotz dieser negativen Umstände macht Paulus aber deutlich, daß ihn Freude erfüllt. Er beurteilt seine Lage aus der göttlichen Perspektive.

Worüber freut Paulus sich - trotz Leid? (Verse 18-20)

- ▶ ______________________ ▶ ______________________
- ▶ ______________________ ▶ ______________________
- ▶ ______________________ ▶ ______________________

Merke! Wer lernt, persönliche Not aus Gottes Sicht zu sehen, kann sich auch trotz negativer Umstände freuen.

In dem Text wird deutlich, daß Paulus seine Situation mit Gottes Zielen verbindet. Dabei ist es ihm das Wichtigste, daß **Christus** in allem groß wird.

Sein **„Lebensprogramm“** faßt er in Vers 21 zusammen:

✎ ______________________________

Anwendung
Wie verhältst du dich in Notzeiten und Schwierigkeiten?

Bibeltext: Philipper 1,27-30

Die Mitarbeit am Evangelium*

Erinnerst du dich? Vom Tag ihrer Bekehrung an haben sich die Philipper dafür eingesetzt, daß auch andere Menschen von Jesus Christus erfahren (siehe V. 5).
Paulus wünscht sich aber, daß sich die Philipper auch weiterhin im Einsatz für das Evangelium bewähren. Deshalb richtet er einen ersten Appell an sie.

Wozu fordert Paulus die Philipper auf?

- zu einem würdigen Wandel

Überlege! Der Bezugspunkt für diesen Wandel (Verhalten) ist das Evangelium. Was meinst du: Wie verhält man sich dem Evangelium entsprechend?

Paulus nennt einige Verhaltensweisen, die einem „evangelistischen Lebensstil" entsprechen (V. 27):

- Feststehen in einem Geist
- wie ein Mann für das Evangelium kämpfen
- sich nicht durch Verfolgung erschrecken lassen
- Leidensbereitschaft für Christus

Paulus bezeichnet den letzten Punkt als ein Geschenk, also als etwas besonderes, wozu man von Gott gewürdigt wird. Wieso sieht Paulus das Leiden so positiv?

- Leid kann anderen zum Segen werden
- Gemeinsames Leid verbindet
- Auch unser Herr Jesus Christus hat gelitten

Wer Leid erträgt wie der Herr Jesus, der ehrt und verherrlicht ihn. Das ist das Ziel des Paulus.

Merke! Wer andere motivieren will, muß als Vorbild vorangehen. Das tut Paulus.

Anwendung

1. Mit welchen Schwierigkeiten mußt du heute rechnen, wenn du Jesus Christus bezeugst? Was würde dir helfen, diese Schwierigkeiten zu ertragen?
2. Paulus betont auch sehr stark die Einheit der Christen untereinander. Warum ist sie bei der Mitarbeit am Evangelium so wichtig?

***Begriffserklärung**
Evangelium - bedeutet wörtl. übersetzt „frohe Nachricht". Es ist ein biblischer „Fachbegriff", der für all das steht, was man über Jesus Christus weitersagen und erzählen kann. Beachte, daß z. B. die Berichte von Lukas, Matthäus, Markus und Johannes im Neuen Testament deshalb „Evangelium" genannt werden, weil sie von dem erzählen, was Jesus gesagt oder getan hat.

Bibeltext: Philipper 1,27-30

Die Mitarbeit am Evangelium*

Erinnerst du dich? Vom Tag ihrer Bekehrung an haben sich die Philipper dafür eingesetzt, daß auch andere Menschen von Jesus Christus erfahren (siehe V. 5).
Paulus wünscht sich aber, daß sich die Philipper auch weiterhin im Einsatz für das Evangelium bewähren. Deshalb richtet er einen ersten Appell an sie.

Wozu fordert Paulus die Philipper auf?

- ____

Überlege! Der Bezugspunkt für diesen Wandel (Verhalten) ist das Evangelium.
Was meinst du: Wie verhält man sich dem Evangelium entsprechend?

Paulus nennt einige Verhaltensweisen, die einem „evangelistischen Lebensstil“ entsprechen (V. 27):

- ____
- ____
- ____
- ____

Paulus bezeichnet den letzten Punkt als ein Geschenk, also als etwas besonderes, wozu man von Gott gewürdigt wird. Wieso sieht Paulus das Leiden so positiv?

- ____
- ____
- ____

Wer Leid erträgt wie der Herr Jesus, der ehrt und verherrlicht ihn. Das ist das Ziel des Paulus.

Merke! Wer andere motivieren will, muß als Vorbild vorangehen. Das tut Paulus.

Anwendung

1. Mit welchen Schwierigkeiten mußt du heute rechnen, wenn du Jesus Christus bezeugst? Was würde dir helfen, diese Schwierigkeiten zu ertragen?
2. Paulus betont auch sehr stark die Einheit der Christen untereinander. Warum ist sie bei der Mitarbeit am Evangelium so wichtig?

____

____

____

____

____

***Begriffserklärung**
Evangelium - bedeutet wörtl. übersetzt „frohe Nachricht“. Es ist ein biblischer „Fachbegriff“, der für all das steht, was man über Jesus Christus weitersagen und erzählen kann. Beachte, daß z. B. die Berichte von Lukas, Matthäus, Markus und Johannes im Neuen Testament deshalb „Evangelium“ genannt werden, weil sie von dem erzählen, was Jesus gesagt oder getan hat.

Bibeltext: Philipper 2,1-11

Leben nach dem Vorbild des Herrn Jesus (1)

Die zentrale Aussage in diesem Textabschnitt findest du in Vers 5:

> *Habt diese **Gesinnung** in euch, die auch in Jesus Christus war!*

Vorher, in Vers 1-4, nennt Paulus Beispiele für Verhaltensweisen, wie sich diese Gesinnung im Miteinander von Christen äußert. Daran **anschließend** zeigt Paulus am Beispiel des Herrn Jesus diese Gesinnung.

Was ist „Gesinnung"?

Man kann als Mensch ganz unterschiedlich gesinnt sein. Nachfolgend findest du einige Beispiel von „Gesinnungsarten". Ergänze jeweils, wie sie sich äußern bzw. worauf sie ausgerichtet sind!

- Die Gesinnung eines **Verbrechers** ist darauf ausgerichtet,
  jemanden Schaden zuzufügen, zu misshandeln oder zu töten
- Die Gesinnung eines **Betrügers** ist darauf ausgerichtet,
  jemandem etwas wegzunehmen, zu hintergehen ...
- Die Gesinnung eines **Soldaten** ist darauf ausgerichtet,
  gegen den Feind zu kämpfen, um das eigene Land zu schützen
- Die Gesinnung eines **Diktators** ist darauf ausgerichtet,
  über alles zu herrschen und ohne Rücksicht Macht auszuüben

Die „Gesinnung" hängt offenbar damit zusammen, was jemand ist oder was jemand von sich hält. So wie er denkt, handelt er auch, je nachdem - sich selbst oder anderen zum Schaden oder zum Guten. Von dem, was jemand tut, kann man auf seine „Gesinnung" schließen.

Lies den Bibeltext!

5 **Diese Gesinnung sei in euch, die auch in Christus Jesus war,**
6 der in Gestalt Gottes war und es nicht für einen Raub achtete, Gott gleich zu sein.
7 Aber er machte sich selbst zu nichts und nahm Knechtsgestalt an, indem er den Menschen gleich geworden ist, und der Gestalt nach wie ein Mensch erfunden,
8 erniedrigte er sich selbst und wurde gehorsam sam bis zum Tod, ja, zum Tod am Kreuz.
9 Darum hat Gott ihn auch hoch erhoben und ihm den Namen verliehen, der über jeden Namen ist,
10 damit in dem Namen Jesu jedes Knie sich beuge, der Himmlischen und Irdischen und Unterirdischen,
11 und jede Zunge bekenne, daß Jesus Christus Herr ist, zur Ehre Gottes, des Vaters.

Unterstreiche die **sieben** Aussagen, die beschreiben was der Herr Jesus getan hat! Auf welche „Gesinnung" lassen diese Handlungen schließen? (✗ Kreuze an!)

Jesus Christus hat die Gesinnung eines ...

❑ Dieners ❑ Weltherrschers ❑ Religionsstifters ❑ Retters ❑ Hochstaplers ❑ Menschenfreundes

Was kennzeichnet die Gesinnung eines Dieners?
Gehorsam, Demut, Bereitschaft zur Erniedrigung, Ständig zur Verfügung stehen

Bibeltext: Philipper 2,1-11

Leben nach dem Vorbild des Herrn Jesus (1)

Die zentrale Aussage in diesem Textabschnitt findest du in Vers 5:

> *Habt diese* ***Gesinnung*** *in euch, die auch in Jesus Christus war!*

Vorher, in Vers 1-4, nennt Paulus Beispiele für Verhaltensweisen, wie sich diese Gesinnung im Miteinander von Christen äußert. Daran **anschließend** zeigt Paulus am Beispiel des Herrn Jesus diese Gesinnung.

Was ist „Gesinnung"?

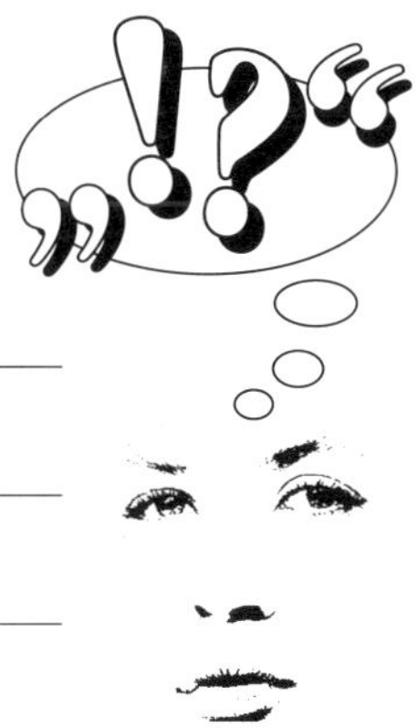

Man kann als Mensch ganz unterschiedlich gesinnt sein. Nachfolgend findest du einige Beispiel von „Gesinnungsarten". Ergänze jeweils, wie sie sich äußern bzw. worauf sie ausgerichtet sind!

- Die Gesinnung eines **Verbrechers** ist darauf ausgerichtet,

  ____

- Die Gesinnung eines **Betrügers** ist darauf ausgerichtet,

  ____

- Die Gesinnung eines **Soldaten** ist darauf ausgerichtet,

  ____

- Die Gesinnung eines **Diktators** ist darauf ausgerichtet,

  ____

Die „Gesinnung" hängt offenbar damit zusammen, was jemand ist oder was jemand von sich hält. So wie er denkt, handelt er auch, je nachdem - sich selbst oder anderen zum Schaden oder zum Guten. Von dem, was jemand tut, kann man auf seine „Gesinnung" schließen.

Lies den Bibeltext!

5 **Diese Gesinnung sei in euch, die auch in Christus Jesus war,**
6 der in Gestalt Gottes war und es nicht für einen Raub achtete, Gott gleich zu sein.
7 Aber er machte sich selbst zu nichts und nahm Knechtsgestalt an, indem er den Menschen gleich geworden ist, und der Gestalt nach wie ein Mensch erfunden,
8 erniedrigte er sich selbst und wurde gehorsam sam bis zum Tod, ja, zum Tod am Kreuz.
9 Darum hat Gott ihn auch hoch erhoben und ihm den Namen verliehen, der über jeden Namen ist,
10 damit in dem Namen Jesu jedes Knie sich beuge, der Himmlischen und Irdischen und Unterirdischen,
11 und jede Zunge bekenne, daß Jesus Christus Herr ist, zur Ehre Gottes, des Vaters.

Unterstreiche die **sieben** Aussagen, die beschreiben was der Herr Jesus getan hat! Auf welche „Gesinnung" lassen diese Handlungen schließen? (✗ Kreuze an!)

Jesus Christus hat die Gesinnung eines ...

❑ Dieners ❑ Weltherrschers ❑ Religionsstifters ❑ Retters ❑ Hochstaplers ❑ Menschenfreundes

Was kennzeichnet die Gesinnung eines Dieners?

____

Bibeltext: Philipper 2,1-11

Leben
nach dem Vorbild des Herrn Jesus (2)

Paulus zeigt wichtige Tugenden auf, wie sich die Gesinnung Jesu im Miteinander äußern soll.
Lies die Verse 1-4 und schreibe diese Tugenden auf!

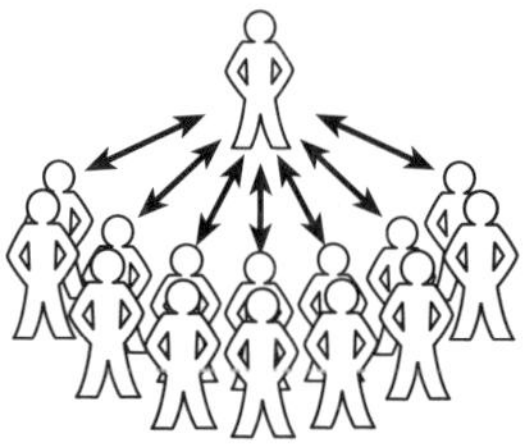

in bezug auf sich und die Philipper:

- gegenseitige Ermunterung
- liebevoller Trost
- geistliche Gemeinschaft
- herzliches Mitleid
- Erbarmen
- die Freude erfüllen

bei den Philippern untereinander:

- dieselbe Gesinnung
- dieselbe Liebe
- Einmütigkeit
- eines Sinnes sein
- Demut und gegenseitiges Höherachten
  statt Eigennutz und Ruhmsucht
- nicht nur auf das eigene
  sondern auch auf das der anderen achten

Merke! Demütiges Verhalten und Sorge um den anderen kennzeichnen die Gesinnung Jesu.

Anwendung
Versuche dir vorzustellen, wie für dich ein Weg der Selbsterniedrigung aussehen könnte. Wozu müßtest du bereit sein?

Lohn für ein Leben in der Gesinnung Jesu

Das Beispiel Jesu zeigt nicht nur, wie wir gesinnt sein sollen, es macht auch deutlich, wie Gott darauf reagiert. Er belohnt ein solches Verhalten! Wer sich selbst erniedrigt, den wird Gott erhöhen!

Jesus Christus	die Gläubigen (vgl. 3,20-21)
hoch erhoben	Gott hält uns einen Platz im Himmel bei seinem Sohn Jesus Christus bereit
einen Namen über alle Namen	
jedes Knie soll sich vor ihm beugen	

Diese Erhöhung wird in der Bibel auch **Verherrlichung** genannt, d. h. wir werden in einen Zustand versetzt, der unserer Stellung als Kinder Gottes entspricht, genauso wie der Sohn Gottes auch die Herrlichkeit wiederbekam, die er aufgab, um Mensch zu werden.

Bibeltext: Philipper 2,1-11

Leben nach dem Vorbild des Herrn Jesus (2)

Paulus zeigt wichtige Tugenden auf, wie sich die Gesinnung Jesu im Miteinander äußern soll.
Lies die Verse 1-4 und schreibe diese Tugenden auf!

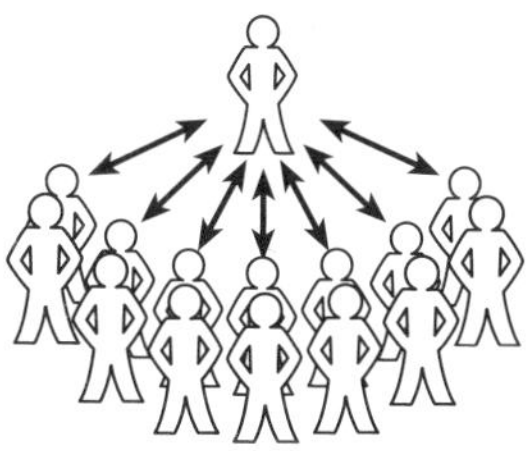

in bezug auf sich und die Philipper:

- ______________________
- ______________________
- ______________________
- ______________________
- ______________________
- ______________________

bei den Philippern untereinander:

- ______________________
- ______________________
- ______________________
- ______________________
- ______________________

statt ______________________

- nicht nur ______________________

sondern auch ______________________ achten.

Merke! Demütiges Verhalten und Sorge um den anderen kennzeichnen die Gesinnung Jesu.

Anwendung
Versuche dir vorzustellen, wie für dich ein Weg der Selbsterniedrigung aussehen könnte. Wozu müßtest du bereit sein?

Lohn für ein Leben in der Gesinnung Jesu

Das Beispiel Jesu zeigt nicht nur, wie wir gesinnt sein sollen, es macht auch deutlich, wie Gott darauf reagiert. Er belohnt ein solches Verhalten! Wer sich selbst erniedrigt, den wird Gott erhöhen!

Jesus Christus	**die Gläubigen** (vgl. 3,20-21)

Diese Erhöhung wird in der Bibel auch **Verherrlichung** genannt, d. h. wir werden in einen Zustand versetzt, der unserer Stellung als Kinder Gottes entspricht, genauso wie der Sohn Gottes auch die Herrlichkeit wiederbekam, die er aufgab, um Mensch zu werden.

Bibeltext: Philipper 2,12-18

Wie bekommt man die Gesinnung Jesu?

Paulus fordert die Philipper zu einer Verhaltensweise auf, die notwendig ist, um so wie Jesus zu handeln:

Gehorsam

Was verbindest du mit dem Stichwort „Gehorsam“?

Tun müssen, was andere wollen / Unfreiheit / Strenge / Strafen

striktes Befolgen von Befehlen, ohne zu selbst dabei zu denken

Für Paulus ergibt sich der Gehorsam des Christen als eine vernünftige Folge aus dem vorbildlichen Gehorsam des Christus Gott gegenüber. (Achte auf das Verbindungswort „daher“!)

Lies folgenden Text:

Gehorsam ist nur möglich, wenn man sich freiwillig der führenden Kraft eines anderen unterordnet, weil man diese als gut für sich erkennt und anerkennt. Gehorsam schließt zunächst aus, daß man sein Verhalten selbst bestimmt.
Gehorsam widerspricht aber trotzdem nicht der eigenen Mündigkeit, sondern Gehorsam führt zu immer mehr Mündigkeit, wenn diese führende Kraft dazu anleiten will, etwas richtig zu tun.

Unter welchen Voraussetzungen wird Gehorsam hier als etwas Positives beschrieben?

Wer Gehorsam erwartet oder fordert, muss glaubwürdig sein

Die Forderung von Gehorsam muss richtig und „sinnvoll“ sein

Die Forderung von Gehorsam muss der Situation entsprechen

Wem sollten die Philipper gehorchen?

Gott, Christus, dem Wort Gottes, Paulus

Anwendung

Gegenüber welchen Personen oder Autoritäten kannst/sollst du Gehorsam praktizieren?

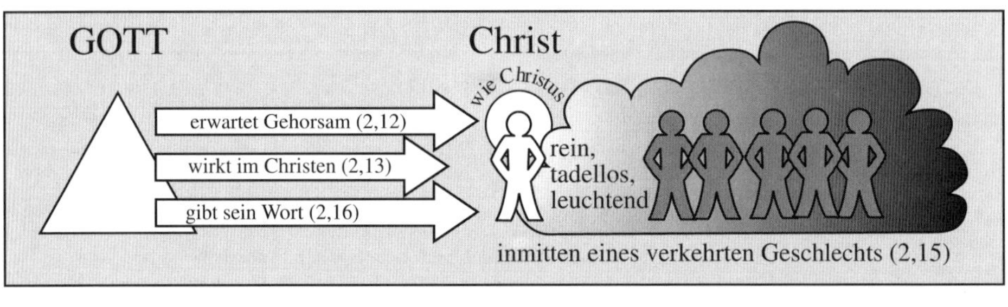

Bibeltext: Philipper 2,12-18

Wie bekommt man die Gesinnung Jesu?

Paulus fordert die Philipper zu einer Verhaltensweise auf, die notwendig ist, um so wie Jesus zu handeln:

Gehorsam

Was verbindest du mit dem Stichwort „Gehorsam"?

Für Paulus ergibt sich der Gehorsam des Christen als eine vernünftige Folge aus dem vorbildlichen Gehorsam des Christus Gott gegenüber. (Achte auf das Verbindungswort „daher"!)

Lies folgenden Text:

Gehorsam ist nur möglich, wenn man sich freiwillig der führenden Kraft eines anderen unterordnet, weil man diese als gut für sich erkennt und anerkennt. Gehorsam schließt zunächst aus, daß man sein Verhalten selbst bestimmt.
Gehorsam widerspricht aber trotzdem nicht der eigenen Mündigkeit, sondern Gehorsam führt zu immer mehr Mündigkeit, wenn diese führende Kraft dazu anleiten will, etwas richtig zu tun.

Unter welchen Voraussetzungen wird Gehorsam hier als etwas Positives beschrieben?

Wem sollten die Philipper gehorchen?

Anwendung
Gegenüber welchen Personen oder Autoritäten kannst/sollst du Gehorsam praktizieren?

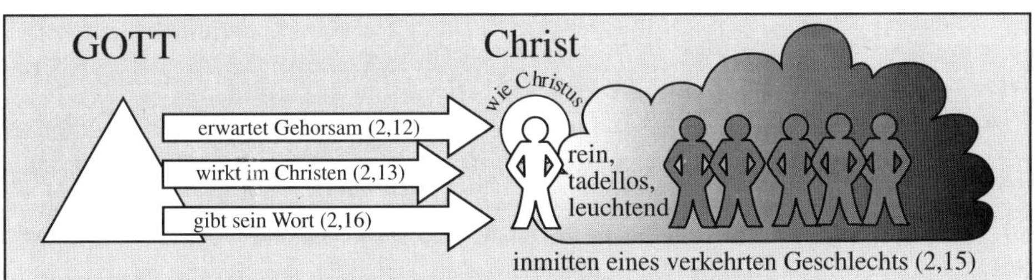

Bibeltext: Philipper 2,12-18

Vier wichtige Tips

Paulus gibt noch einige interessante Aufforderungen an die Philipper weiter:

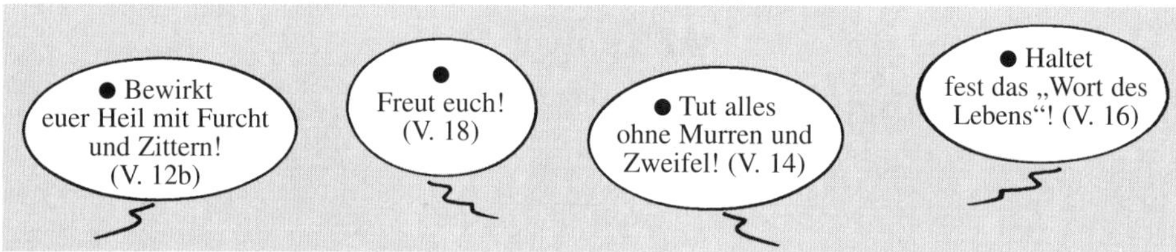

„Murren und Zweifel" auf der einen Seite und Freude auf der anderen Seite schließen sich natürlich gegenseitig aus. Wie aber passt „Freude" mit „Furcht und Zittern" zusammen? Was meint Paulus mit der Aussage „bewirkt euer Heil mit Furcht und Zittern"? (Versuche zunächst selbst eine Erklärung zu finden.)

____

____

____

____

____

Welche der folgenden Erklärungsmöglichkeiten hältst du für zutreffend (Kreuze an!)? Begründe deine Wahl!

- ❍ Nehmt das Leben mit Christus ernst!
- ❍ Lebt, was ihr in Christus geworden seid!
- ❍ Paßt auf, daß ihr das Heil nicht verliert!
- ❍ Lebt so, daß ihr die volle Belohnung bekommen könnt!
- ❍ Lebt dem empfangenen Heil entsprechend in Ehrfurcht vor Gott!

Du bist nicht allein!

Paulus zeigt nicht nur, was Gott von uns erwartet, sondern auch, wie Gott uns hilft (Vers 13 und 16): (fülle die Lücken!)

Wirken — Wort des Lebens — Wollen — wirkt

➡ Gott __wirkt__ in einem Christen das __Wollen__ und das ihm wohlgefällige __Wirken__.

➡ Gott schenkt uns das __Wort des Lebens__.

Merke! Christsein ist kein Krampf. Erfülltes und gottwohlgefälliges Leben entspringt immer aus der engen Gemeinschaft mit Gott.
Ein konsequentes Leben mit Christus macht auch froh und - es erfreut andere! (vgl. V. 17-18)

Bibeltext: Philipper 2,12-18

Vier wichtige Tips

Paulus gibt noch einige interessante Aufforderungen an die Philipper weiter:

- Bewirkt euer Heil mit Furcht und Zittern! (V. 12b)
- Freut euch! (V. 18)
- Tut alles ohne Murren und Zweifel! (V. 14)
- Haltet fest das „Wort des Lebens"! (V. 16)

„Murren und Zweifel" auf der einen Seite und Freude auf der anderen Seite schließen sich natürlich gegenseitig aus. Wie aber passt „Freude" mit „Furcht und Zittern" zusammen? Was meint Paulus mit der Aussage „bewirkt euer Heil mit Furcht und Zittern"? (Versuche zunächst selbst eine Erklärung zu finden.)

____

____

____

____

____

Welche der folgenden Erklärungsmöglichkeiten hältst du für zutreffend (Kreuze an!)? Begründe deine Wahl!

- ❍ Nehmt das Leben mit Christus ernst!
- ❍ Lebt, was ihr in Christus geworden seid!
- ❍ Paßt auf, daß ihr das Heil nicht verliert!
- ❍ Lebt so, daß ihr die volle Belohnung bekommen könnt!
- ❍ Lebt dem empfangenen Heil entsprechend in Ehrfurcht vor Gott!

Du bist nicht allein!

Paulus zeigt nicht nur, was Gott von uns erwartet, sondern auch, wie Gott uns hilft (Vers 13 und 16): (fülle die Lücken!)

➡ Gott _______________ in einem Christen das _______________ und das ihm wohlgefällige _______________.

➡ Gott schenkt uns das _______________________________ .

Wirken

Wort des Lebens

Wollen

wirkt

Merke! Christsein ist kein Krampf. Erfülltes und gottwohlgefälliges Leben entspringt immer aus der engen Gemeinschaft mit Gott.
Ein konsequentes Leben mit Christus macht auch froh und - es erfreut andere! (vgl. V. 17-18)

Bibeltext: Philipper 2,19-30

Zwei beeindruckende Führungszeugnisse

„Zeugnis“ - gewiß denkst du dabei zunächst an die Schule und deine Lehrer, die dir vielleicht nicht immer die Noten gegeben haben, die du dir gewünscht hast. Ein gutes Zeugnis möchte aber eigentlich jeder haben.
Auch Paulus hat **Zeugnisse** geschrieben. Nun verteilt Paulus keine Noten. Aber seine Beurteilungen, die er über andere Personen abgegeben hat, haben ein ziemlich großes Gewicht.
Stell dir vor, Paulus müßte dir ein Zeugnis schreiben (z. B. bezüglich deines Verhaltens als Christ in der Familie oder bezüglich deiner Mitarbeit in der Gemeinde). Wie würde das wohl aussehen?

Paulus stellt zwei Mitarbeitern ein Zeugnis aus.
Zunächst empfiehlt er **Timotheus**. Er will ihn bald nach Philippi senden. Von Anfang an war Timotheus dabei. Er hat miterlebt, wie die Gemeinde in Philippi entstand (vgl. Apg 16,3 ff. und die Aussage in Phil 2,22).

Wie beschreibt Paulus Timotheus?

- so gesinnt wie Paulus
- aufrichtig um die Philipper besorgt
- selbstlos, hat Christi Gesinnung
- bewährt im Dienst mit Paulus

Außerdem erwähnt Paulus **Epaphroditus**. Ihn will er sofort nach Philippi zurücksenden.

Welches Zeugnis stellt er ihm aus?

- in bezug auf seine Beziehung zu Paulus

BRUDER	▷	Gemeinschaft, Bruderliebe
Mitarbeiter	▷	Fleiss, Bewährung
Mitstreiter	▷	Opferbereitschaft
Diener	▷	Treue, Demut

- in bezug auf die Philipper

Abgesandter	▷	Vollmacht, vertrauenswürdig

Was bedeuten diese einzelnen „Titel“? Mit den verschiedenen Bezeichnungen weist Paulus gleichzeitig auf Qualitäten hin.

Schreibe jeweils dahinter, was sie beinhalten. (z. B.: Jemand, der als BRUDER bezeichnet wird, muß sich in der **Gemeinschaft** als solcher erwiesen und in der **Bruderliebe** bewährt haben.)

- Das „Führungszeugnis“ des Epaphroditus beinhaltet noch weitere Aussagen:

er hat Sehnsucht nach Gemeinschaft, er zeigt grösstmöglichen Einsatz,
er ist selbst in Unruhe, weil sich die Philipper Sorgen um ihn machten,
er hat Opferbereitschaft - war „dem Tod nahe“ wegen seines Auftrags.

Bessere Führungszeugnisse kann man sich kaum wünschen.
Diese beiden Männer leben nach der Gesinnung Jesu, über die Paulus in Kapitel 2 geschrieben hat.

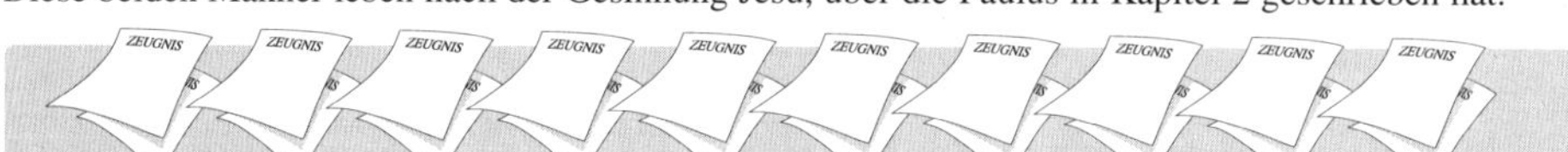

Bibeltext: Philipper 2,19-30

Zwei beeindruckende Führungszeugnisse

„Zeugnis“ - gewiß denkst du dabei zunächst an die Schule und deine Lehrer, die dir vielleicht nicht immer die Noten gegeben haben, die du dir gewünscht hast. Ein gutes Zeugnis möchte aber eigentlich jeder haben.
Auch Paulus hat **Zeugnisse** geschrieben. Nun verteilt Paulus keine Noten. Aber seine Beurteilungen, die er über andere Personen abgegeben hat, haben ein ziemlich großes Gewicht.
Stell dir vor, Paulus müßte dir ein Zeugnis schreiben (z. B. bezüglich deines Verhaltens als Christ in der Familie oder bezüglich deiner Mitarbeit in der Gemeinde). Wie würde das wohl aussehen?

Paulus stellt zwei Mitarbeitern ein Zeugnis aus.
Zunächst empfiehlt er **Timotheus**. Er will ihn bald nach Philippi senden. Von Anfang an war Timotheus dabei. Er hat miterlebt, wie die Gemeinde in Philippi entstand (vgl. Apg 16,3 ff. und die Aussage in Phil 2,22).

Wie beschreibt Paulus Timotheus?

- ______________________ • ______________________
- ______________________ • ______________________

Außerdem erwähnt Paulus **Epaphroditus**. Ihn will er sofort nach Philippi zurücksenden.

Welches Zeugnis stellt er ihm aus?

- in bezug auf seine Beziehung zu Paulus

BRUDER ▷ ______________________
______________________ ▷ ______________________
______________________ ▷ ______________________
______________________ ▷ ______________________

- in bezug auf die Philipper

______________________ ▷ ______________________

Was bedeuten diese einzelnen „Titel“? Mit den verschiedenen Bezeichnungen weist Paulus gleichzeitig auf Qualitäten hin.

Schreibe jeweils dahinter, was sie beinhalten. (z. B.: Jemand, der als BRUDER bezeichnet wird, muß sich in der **Gemeinschaft** als solcher erwiesen und in der **Bruderliebe** bewährt haben.)

- Das „Führungszeugnis“ des Epaphroditus beinhaltet noch weitere Aussagen:

____
____
____

Bessere Führungszeugnisse kann man sich kaum wünschen.
Diese beiden Männer leben nach der Gesinnung Jesu, über die Paulus in Kapitel 2 geschrieben hat.

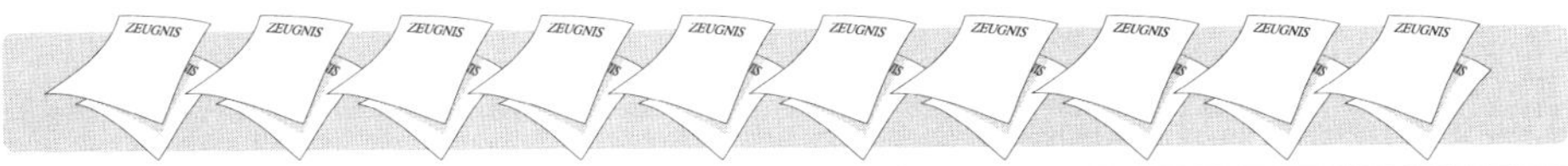

Bibeltext: Philipper 3,1-9

Achtung! Gefahrenstelle!

Lies den Bibeltext!

1 Übrigens, meine Brüder, freut euch im Herrn!
Euch öfter dasselbe zu schreiben, ist mir nicht
verdrießlich, für euch aber bedeutet es, daß ihr
fest werdet.

2 Seht auf die Hunde, seht auf die bösen Arbeiter,
seht auf die Zerschneidung.
3 Denn wir sind die Beschneidung, die wir im Geist
Gottes dienen und uns in Christus Jesus rühmen
und nicht auf Fleisch vertrauen;
4 obwohl auch ich Vertrauen auf Fleisch haben
könnte. Wenn irgendein anderer meint, auf Fleisch
vertrauen zu können - ich noch mehr:
5 Beschnitten am achten Tag, vom Geschlecht Israel,
vom Stamm Benjamin, Hebräer von Hebräern;
dem Gesetz nach ein Pharisäer;
6 dem Eifer nach ein Verfolger der Gemeinde; der
Gerechtigkeit nach, die im Gesetz ist, untadelig
geworden.

7 Aber was auch immer mir Gewinn war, das habe
ich um Christi willen für Verlust geachtet;
8 ja wirklich, ich achte auch alles für Verlust um
der unübertrefflichen Größe der Erkenntnis
Christi Jesu, meines Herrn, willen, um des-
sentwillen ich alles eingebüßt habe und es für
Dreck achte, damit ich Christus gewinne.
9 und in ihm erfunden werde - indem ich nicht
meine Gerechtigkeit habe, die aus dem Gesetz
ist, sondern die durch den Glauben an Christus,
die Gerechtigkeit aus Gott aufgrund des Glau-
bens

In seinen Briefen an die Gemeinden hat Paulus immer wieder vor Gefahren gewarnt. Das tut er auch gegenüber den Philippern. Er warnt sie vor Leuten, die die Durchführung der **Beschneidung*** in den Gemeinden durchsetzen wollten, was gegen das Evangelium gerichtet war. Wie bezeichnet er diese Leute? (Lies dazu die Begriffserklärung①!)

1. Hunde 2. böse Arbeiter 3. Zerschneidung

Das sind starke Worte. Aber wo es um falsche Lehren geht, kennt Paulus keine Kompromisse. Er hat selbst in seinem Leben einmal falsch gedacht und sein **Vertrauen auf Fleisch***, d. h. auf seine eigenen „Leistungen" gesetzt. (Lies die Begriffserklärung②!)

Paulus zeigt aber einen **Wendepunkt** in seinem Leben auf.
Suche diese wichtige Stelle im Text und unterstreiche sie!

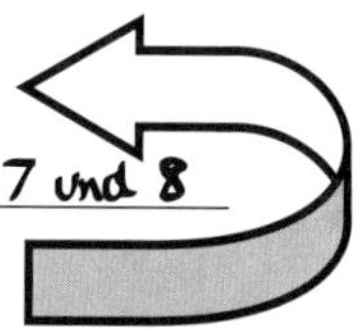

Verse 7 und 8

An welches Erlebnis denkt Paulus dabei? (Vgl. Apg. 9)

An die Begegnung mit Jesus Christus vor Damaskus (seine Bekehrung)

Statt auf „Fleisch" zu vertrauen, vertraut er jetzt völlig auf Christus!

***Begriffserklärung**
① ***Beschneidung*** (Entfernen der Vorhaut vom männlichen Glied) - das äußere Zeichen für die Zugehörigkeit zu Israel, dem irdischen Volk Gottes. Paulus wendet sich hier gegen die Forderung von jüdischen Gesetzeslehrern, daß auch Christen die Beschneidung an sich vollziehen lassen müssen. Der Glaube an Christus allein genügt, um gerettet zu werden! Er bezeichnet diese Lehrer als „Zerschneidung", weil sie durch ihre Forderungen Spaltungen in der Gemeinde hervorrufen.
② ***auf Fleisch vertrauen*** - darunter versteht Paulus das Sich-Stützen auf alles Menschliche, das im Gegensatz zu dem steht, was von Gott kommt. Dazu gehören nicht nur das buchstäbliche „Fleisch" des menschlichen Körpers, sondern vielmehr noch menschliche Eigenschaften und Leistungen, mit denen sich ein Mensch vor Gott rechtfertigen will.

Bibeltext: Philipper 3,1-9

Achtung! Gefahrenstelle!

Lies den Bibeltext!

1 Übrigens, meine Brüder, freut euch im Herrn!
Euch öfter dasselbe zu schreiben, ist mir nicht
verdrießlich, für euch aber bedeutet es, daß ihr
fest werdet.

2 Seht auf die Hunde, seht auf die bösen Arbeiter,
seht auf die Zerschneidung.
3 Denn wir sind die Beschneidung, die wir im Geist
Gottes dienen und uns in Christus Jesus rühmen
und nicht auf Fleisch vertrauen;
4 obwohl auch ich Vertrauen auf Fleisch haben
könnte. Wenn irgendein anderer meint, auf Fleisch
vertrauen zu können - ich noch mehr:
5 Beschnitten am achten Tag, vom Geschlecht Israel,
vom Stamm Benjamin, Hebräer von Hebräern;
dem Gesetz nach ein Pharisäer;
6 dem Eifer nach ein Verfolger der Gemeinde; der
Gerechtigkeit nach, die im Gesetz ist, untadelig
geworden.

7 Aber was auch immer mir Gewinn war, das habe
ich um Christi willen für Verlust geachtet;
8 ja wirklich, ich achte auch alles für Verlust um
der unübertrefflichen Größe der Erkenntnis
Christi Jesu, meines Herrn, willen, um des-
sentwillen ich alles eingebüßt habe und es für
Dreck achte, damit ich Christus gewinne.
9 und in ihm erfunden werde - indem ich nicht
meine Gerechtigkeit habe, die aus dem Gesetz
ist, sondern die durch den Glauben an Christus,
die Gerechtigkeit aus Gott aufgrund des Glau-
bens

In seinen Briefen an die Gemeinden hat Paulus immer wieder vor Gefahren gewarnt. Das tut er auch gegenüber den Philippern. Er warnt sie vor Leuten, die die Durchführung der **Beschneidung*** in den Gemeinden durchsetzen wollten, was gegen das Evangelium gerichtet war. Wie bezeichnet er diese Leute? (Lies dazu die Begriffserklärung①!)

1. ______________ 2. ______________ 3. ______________

Das sind starke Worte. Aber wo es um falsche Lehren geht, kennt Paulus keine Kompromisse. Er hat selbst in seinem Leben einmal falsch gedacht und sein **Vertrauen auf Fleisch***, d. h. auf seine eigenen „Leistungen" gesetzt. (Lies die Begriffserklärung②!)

Paulus zeigt aber einen **Wendepunkt** in seinem Leben auf.
Suche diese wichtige Stelle im Text und unterstreiche sie!

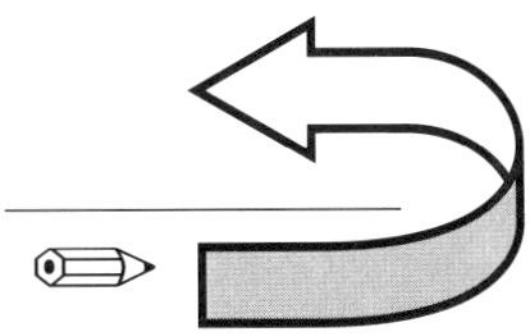

An welches Erlebnis denkt Paulus dabei? (Vgl. Apg. 9)

____

Statt auf „Fleisch" zu vertrauen, vertraut er jetzt völlig auf ______________

***Begriffserklärung**
① ***Beschneidung*** (Entfernen der Vorhaut vom männlichen Glied) - das äußere Zeichen für die Zugehörigkeit zu Israel, dem irdischen Volk Gottes. Paulus wendet sich hier gegen die Forderung von jüdischen Gesetzeslehrern, daß auch Christen die Beschneidung an sich vollziehen lassen müssen. Der Glaube an Christus allein genügt, um gerettet zu werden! Er bezeichnet diese Lehrer als „Zerschneidung", weil sie durch ihre Forderungen Spaltungen in der Gemeinde hervorrufen.
② ***auf Fleisch vertrauen*** - darunter versteht Paulus das Sich-Stützen auf alles Menschliche, das im Gegensatz zu dem steht, was von Gott kommt. Dazu gehören nicht nur das buchstäbliche „Fleisch" des menschlichen Körpers, sondern vielmehr noch menschliche Eigenschaften und Leistungen, mit denen sich ein Mensch vor Gott rechtfertigen will.

Bibeltext: Philipper 3, 4-9

Gewinn oder Verlust?

Paulus vergleicht die Dinge, die ihm vor seiner Bekehrung wichtig waren, mit dem, was ihm danach wichtig geworden ist. Schreibe sie in in die Waagschalen der Balkenwaage!

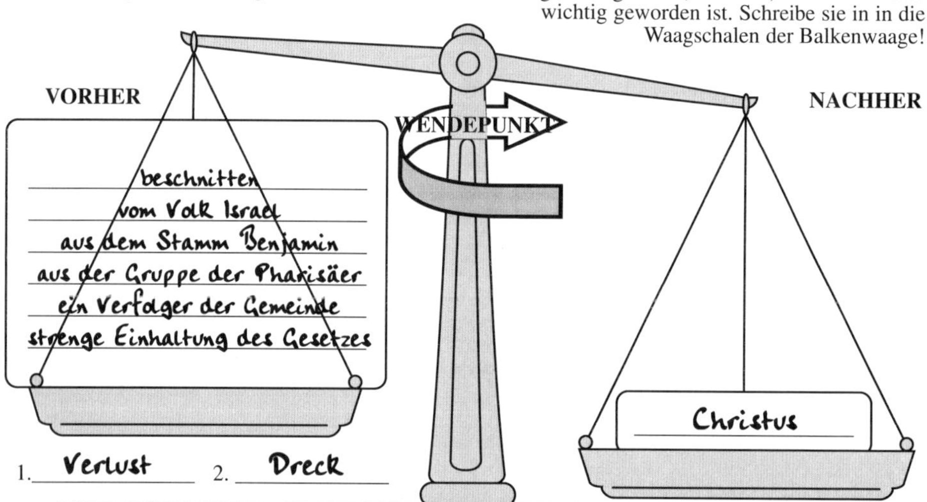

1. Verlust 2. Dreck

Paulus hatte aus jüdischer Sicht eine hervorragende „Karriere“ gemacht. Nach der Begegnung mit Christus ist ihm das alles nichts mehr wert. Wie bezeichnet er jetzt dieses für einen Juden so gewaltige „Guthaben“?

Anwendung Welche Dinge sind dir nach deiner Bekehrung unwichtig geworden?

____

Nenne Einzelheiten, die man mit Christus gewinnen kann! (Vgl. 1Jo 5,12.13; Joh 5,24)

____

Gesetz oder Gnade?

Als strenggläubiger Jude hatte Paulus sich wirklich bemüht, gerecht vor Gott zu leben. Er hatte versucht, die **Gerechtigkeit** durch das Einhalten des Gesetzes zu bekommen. Aber niemand kann so leben, daß er als gerecht vor Gott erscheinen kann. Es gibt keine Gerechtigkeit vor Gott aufgrund eigener Leistung. Was hat Paulus schließlich durch den Glauben an Jesus Christus gefunden? (V. 9; fülle die Lücken!)

Die Gerechtigkeit von Gott aufgrund des Glaubens

Paulus kommt zu dem Ergebnis: Für den Menschen gibt es keine *erkämpfte* Gerechtigkeit *vor* Gott, sondern nur eine *geschenkte* Gerechtigkeit *von* Gott.

Überlege! Worin besteht der Unterschied zwischen Menschen, die durch das Einhalten des Gesetzes gerecht werden wollen, und solchen, die aufgrund des Glaubens an Jesus Christus gerecht geworden sind?

unter dem Druck des Gesetzes	← →	unter Gnade
bedrückt	← →	beschenkt
belastet	← →	befreit zu einem Leben mit Christus

Bibeltext: Philipper 3, 4-9

Gewinn oder Verlust?

Paulus vergleicht die Dinge, die ihm vor seiner Bekehrung wichtig waren, mit dem, was ihm danach wichtig geworden ist. Schreibe sie in in die Waagschalen der Balkenwaage!

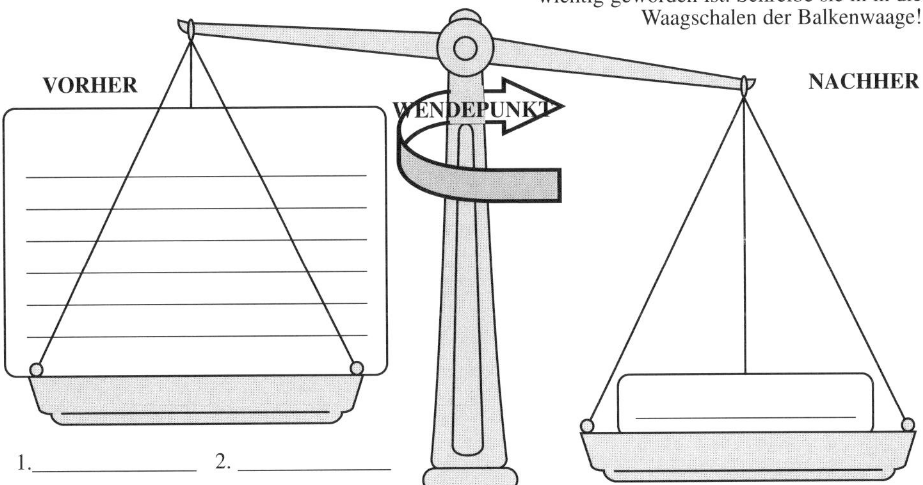

Paulus hatte aus jüdischer Sicht eine hervorragende „Karriere" gemacht. Nach der Begegnung mit Christus ist ihm das alles nichts mehr wert. Wie bezeichnet er jetzt dieses für einen Juden so gewaltige „Guthaben"?

Anwendung Welche Dinge sind dir nach deiner Bekehrung unwichtig geworden?

____

Nenne Einzelheiten, die man mit Christus gewinnen kann! (Vgl. 1Jo 5,12.13; Joh 5,24)

____

Gesetz oder Gnade?

Als strenggläubiger Jude hatte Paulus sich wirklich bemüht, gerecht vor Gott zu leben. Er hatte versucht, die **Gerechtigkeit** durch das Einhalten des Gesetzes zu bekommen. Aber niemand kann so leben, daß er als gerecht vor Gott erscheinen kann. Es gibt keine Gerechtigkeit vor Gott aufgrund eigener Leistung. Was hat Paulus schließlich durch den Glauben an Jesus Christus gefunden? (V. 9; fülle die Lücken!)

Die ____________________ von ______________ aufgrund des ____________________

Paulus kommt zu dem Ergebnis: Für den Menschen gibt es keine *erkämpfte* Gerechtigkeit *vor* Gott, sondern nur eine *geschenkte* Gerechtigkeit *von* Gott.

Überlege! Worin besteht der Unterschied zwischen Menschen, die durch das Einhalten des Gesetzes gerecht werden wollen, und solchen, die aufgrund des Glaubens an Jesus Christus gerecht geworden sind?

unter dem Druck des Gesetzes	← →	unter Gnade
bedrückt	← →	beschenkt
belastet	← →	befreit zu einem Leben mit Christus

Bibeltext: Philipper 3,10-16

Zielorientiert leben!

Gnade und Gerechtigkeit befreien zu einem neuen, zielorientierten Leben.
Wie sehen die „neuen Lebensinhalte“ des Paulus aus?

Vers 8b : Christus gewinnen
Vers 10 : in allem Christus gleich werden - bis in den Tod
Vers 11 : Auferstehung erleben

Mit den Worten *„Eines aber tue ich“* faßt Paulus sein Lebensprogramm zusammen (Verse 12-14). Er nennt vier Tätigkeiten eines Rennläufers, der unbedingt (möglichst als erster) das Ziel erreichen will. Was will er damit ausdrücken?

Tätigkeit		*Zeit*	*Gegenstand/Bezug*	*Inhalt*
1. vergessen	=	Vergangenheit	- Christus, der Wendepunkt:	Vergebung aller Schuld
2. ausstrecken	=	Gegenwart	- Christus, das Ziel:	Er gibt die Richtung an
3. jagen	=	Gegenwart	- Christus, das Ziel:	Er ist höchsten Einsatz wert
4. ergreifen	=	Zukunft	- Christus, der Kampfpreis:	Ewige Gemeinschaft mit ihm

Merke! Was vergeben ist, kann auch vergessen werden! Auch die eigenen „guten Leistungen“ spielen keine Rolle mehr. Wer das alles hinter sich läßt, bekommt von Gott den Blick für ein neues Ziel und neue Aufgaben geschenkt. Dafür gilt es, alles einzusetzen, um dann auch die Belohnung im Himmel zu erlangen.

Teste dich!

VERGESSEN

- Wie sieht es mit dem Wendepunkt in deinem Leben aus? Gibt es bei dir unbereinigte Schuld? Gibt es etwas, was dich aus der Vergangenheit belastet?

AUSSTRECKEN

- Was verhindert bei dir die Ausrichtung auf Christus? Womit beschäftigst du dich in deinen Gedanken?

JAGEN

- Wofür setzt du deine Kräfte und Zeit ein? Für welche Sache bist du bereit, deine ganze Energie einzusetzen?

ERGREIFEN

- Bist du überzeugt davon, daß im Himmel eine Belohnung auf dich wartet? Wie oft denkst du daran?

Vielleicht ist dir jetzt auch deutlicher geworden, warum Paulus in diesem Brief so oft von der Freude spricht (vgl. V. 1). Er ist überzeugt davon, daß die Philipper sich von seinem Lebensinhalt - **Christus** - mitreißen lassen (V. 15-16).

Machst du auch mit? Sag es dem Herrn Jesus im Gebet und danke ihm für das, was er für dich getan hat!

Bibeltext: Philipper 3,10-16

Zielorientiert leben!

Gnade und Gerechtigkeit befreien zu einem neuen, zielorientierten Leben.
Wie sehen die „neuen Lebensinhalte“ des Paulus aus?

Vers 8b : ______________________________

Vers 10 : ______________________________

Vers 11 : ______________________________

Mit den Worten „*Eines aber tue ich*“ faßt Paulus sein Lebensprogramm zusammen (Verse 12-14). Er nennt vier Tätigkeiten eines Rennläufers, der unbedingt (möglichst als erster) das Ziel erreichen will. Was will er damit ausdrücken?

Tätigkeit		*Zeit*	*Gegenstand/Bezug*	*Inhalt*
1. vergessen	=	__________	- Christus, der Wendepunkt:	__________
2. ausstrecken	=	__________	- Christus, das Ziel:	__________
3. jagen	=	__________	- Christus, das Ziel:	__________
4. ergreifen	=	__________	- Christus, der Kampfpreis:	__________

Merke! Was vergeben ist, kann auch vergessen werden! Auch die eigenen „guten Leistungen“ spielen keine Rolle mehr. Wer das alles hinter sich läßt, bekommt von Gott den Blick für ein neues Ziel und neue Aufgaben geschenkt. Dafür gilt es, alles einzusetzen, um dann auch die Belohnung im Himmel zu erlangen.

Teste dich!

VERGESSEN

- Wie sieht es mit dem Wendepunkt in deinem Leben aus? Gibt es bei dir unbereinigte Schuld? Gibt es etwas, was dich aus der Vergangenheit belastet?

AUSSTRECKEN

- Was verhindert bei dir die Ausrichtung auf Christus? Womit beschäftigst du dich in deinen Gedanken?

JAGEN

- Wofür setzt du deine Kräfte und Zeit ein? Für welche Sache bist du bereit, deine ganze Energie einzusetzen?

ERGREIFEN

- Bist du überzeugt davon, daß im Himmel eine Belohnung auf dich wartet? Wie oft denkst du daran?

Vielleicht ist dir jetzt auch deutlicher geworden, warum Paulus in diesem Brief so oft von der Freude spricht (vgl. V. 1). Er ist überzeugt davon, daß die Philipper sich von seinem Lebensinhalt - **Christus** - mitreißen lassen (V. 15-16).

Machst du auch mit? Sag es dem Herrn Jesus im Gebet und danke ihm für das, was er für dich getan hat!

Bibeltext: Philipper 3,17-21

Kennzeichen echter und falscher Nachfolge

Wer christusorientiert leben will, hat es leichter, wenn er sich an **Vorbildern** orientieren kann.
Auf einige **gute Vorbilder** wurden die Philipper in diesem Brief bereits hingewiesen.

1. Paulus 2. Timotheus 3. Epaphroditus

Merke! Sich an Vorbildern orientieren heißt aber nicht, diese nur zu bewundern. Man muß auch selbst die Initiative ergreifen und in eigener Verantwortung dem Herrn Jesus nachfolgen.

Schlechte Vorbilder sind solche, die zwar vorgeben, Jesus nachzufolgen, sich aber gar nicht so verhalten und ganz andere Ziele und Interessen verfolgen. Wie beschreibt Paulus die schlechten Vorbilder, mit denen die Philipper zu tun hatten? (Schreibe eine mögliche Erklärung jeweils darunter!)

→ als Feinde des Kreuzes Christi
= Leute, die sich aufs Gesetz stützen, statt auf Jesu Opfertod am Kreuz
→ als solche, die das Verderben erwartet
= Leute, die keine wirkliche Errettung erfahren haben
→ als solche, deren Gott der Bauch ist
= Leute, die sich allen möglichen Genüssen hingegeben (Fressucht, Trinken usw.)
→ als solche, die sich nur durch schändliches Verhalten „auszeichnen"
= Leute, die sich durch nichts anderes als unwürdiges Verhalten auszeichnen
→ als solche, die ganz und gar auf irdische Dinge ausgerichtet sind
= Leute, die sich nur auf materiellen Besitz, Karriere usw. konzentrieren

Anwendung
Stehst du vielleicht selbst in der Gefahr, für andere ein schlechtes Vorbild zu sein?
Welche Verhaltensweisen mußt du ändern, um ein gutes Vorbild zu werden?

Ein Bürgerrecht im Himmel

Was ein Bürgerrecht war, wußten die Philipper bestimmt. Paulus schreibt ihnen von einem Bürgerrecht, das noch viel mehr wert war als das römische.

Beantworte folgende Fragen!

- Wo hat ein Christ sein Wohnrecht?
  Im Himmel bei Gott
- Wer sorgt dafür, daß der Christ dieses Wohnrecht nutzen kann?
  Der Herr Jesus, er bereitet eine Wohnung vor (Joh 14,2)
- Was geschieht beim Einzug in diese Wohnung?
  Die Umgestaltung des Leibes
- Wie verhält sich ein „Himmelsbürger" auf der Erde?
  Seiner Stellung als Himmelsbürger entsprechend, Himmelslichter in der Welt

Merke! Ein Christ, der begriffen hat, daß sein Wohnrecht im Himmel ist, der setzt in seinem Leben hier auf der Erde zwangsläufig andere Schwerpunkte und kämpft auch nicht um jeden Preis für seine persönlichen Rechte in dieser Welt.

Bibeltext: Philipper 3,17-21

Kennzeichen echter und falscher Nachfolge

Wer christusorientiert leben will, hat es leichter, wenn er sich an **Vorbildern** orientieren kann.
Auf einige **gute Vorbilder** wurden die Philipper in diesem Brief bereits hingewiesen.

1.________________ 2. ________________ 3. ________________

Merke! Sich an Vorbildern orientieren heißt aber nicht, diese nur zu bewundern. Man muß auch selbst die Initiative ergreifen und in eigener Verantwortung dem Herrn Jesus nachfolgen.

Schlechte Vorbilder sind solche, die zwar vorgeben, Jesus nachzufolgen, sich aber gar nicht so verhalten und ganz andere Ziele und Interessen verfolgen. Wie beschreibt Paulus die schlechten Vorbilder, mit denen die Philipper zu tun hatten? (Schreibe eine mögliche Erklärung jeweils darunter!)

→ als ________________________
= ________________________
→ als ________________________
= ________________________
→ als ________________________
= ________________________
→ als ________________________
= ________________________
→ als ________________________
= ________________________

Anwendung
Stehst du vielleicht selbst in der Gefahr, für andere ein schlechtes Vorbild zu sein?
Welche Verhaltensweisen mußt du ändern, um ein gutes Vorbild zu werden?

Ein Bürgerrecht im Himmel

Was ein Bürgerrecht war, wußten die Philipper bestimmt. Paulus schreibt ihnen von einem Bürgerrecht, das noch viel mehr wert war als das römische.

Beantworte folgende Fragen!

- Wo hat ein Christ sein Wohnrecht?

____

- Wer sorgt dafür, daß der Christ dieses Wohnrecht nutzen kann?

____

- Was geschieht beim Einzug in diese Wohnung?

____

- Wie verhält sich ein „Himmelsbürger" auf der Erde?

____

Merke! Ein Christ, der begriffen hat, daß sein Wohnrecht im Himmel ist, der setzt in seinem Leben hier auf der Erde zwangsläufig andere Schwerpunkte und kämpft auch nicht um jeden Preis für seine persönlichen Rechte in dieser Welt.

Bibeltext: Philipper 4,1-3

Wozu Ermahnungen*?

Ein allgemeines Problem:
Meist werden viele Ermahnungen ausgesprochen, aber nur wenige beachtet.

- Woran liegt das?
  Was erwartet man von einer Person, die jemanden ermahnt?

▷ Sie muss sich selbst an das halten, wozu sie ermahnt.
▷ Sie muss dazu berechtigt sein, jemanden zu ermahnen.
▷ Sie muss in der Art herzlich,
in der Sache sachlich und glaubwürdig sein.

Merke! Es geht eigentlich weniger um die Person, sondern mehr um das, worauf sie hinweist. Trotzdem akzeptiert man eine Ermahnung oft nur von bestimmten Personen.

Paulus leitet aus den vorangegangen Ausführungen Ermahnungen ab. (Achte auf das Wort „daher“!) Es fällt auf, wie herzlich Paulus die Briefempfänger dabei anredet.

Schreibe die drei wichtigsten Ermahnungen auf:
▷ Festehen im Herrn
▷ dieselbe Gesinnung haben
▷ Beistehen

- Welche Gefahr besteht, wenn diese Ermahnungen nicht beachtet werden?
  Was würde gegenteiliges Verhalten bewirken?

Anwendung
Bei welchen Personen fällt es dir leicht, Ermahnungen anzunehmen?
Wer darf normalerweise „Ermahnungen“ aussprechen? (Finde jeweils die Entsprechungen!)

Der Vorgesetzte	gegenüber dem **Untergebenen.**
Der **Lehrer**	gegenüber dem Schüler .
Der Erzieher	gegenüber dem **Erzogenen.**
Der **reife Christ**	gegenüber dem Neubekehrten .

Unter welchen Voraussetzungen könnten sich diese Beziehungen auch umkehren lassen? (Vgl. 1Tim 5,1ff!)

Die Grundlage für die Wirksamkeit einer Ermahnung ist immer die Anerkennung der Autorität dessen, der ermahnt. Ermahnungen anderer - vor allen Dingen erfahrener Christen - sollte man trotzdem **immer** zunächst anhören und überdenken.
Wenn du meinst, du müßtest selbst jemanden ermahnen, beachte die Voraussetzungen für eine glaubwürdige Ermahnung.

***Begriffserklärung**
Ermahnung - eine Aufforderung zum Tun im allgemeinen Sinne. Sie zielt darauf ab, jemanden in Bewegung zu setzen, nach einer bestimmten Einsicht oder Belehrung nun auch praktisch zu handeln. Biblisches Ermahnen umfaßt z. B. auch anflehen, bitten, zureden, ermuntern und trösten.

Bibeltext: Philipper 4,1-3

Wozu Ermahnungen*?

Ein allgemeines Problem:
Meist werden viele Ermahnungen ausgesprochen, aber nur wenige beachtet.

- Woran liegt das?
  Was erwartet man von einer Person, die jemanden ermahnt?

▷ ______________________________

▷ ______________________________

▷ ______________________________

____

Merke! Es geht eigentlich weniger um die Person, sondern mehr um das, worauf sie hinweist. Trotzdem akzeptiert man eine Ermahnung oft nur von bestimmten Personen.

Paulus leitet aus den vorangegangen Ausführungen Ermahnungen ab. (Achte auf das Wort „daher“!) Es fällt auf, wie herzlich Paulus die Briefempfänger dabei anredet.

Schreibe die drei wichtigsten Ermahnungen auf:

▷ ______________________________

▷ ______________________________

▷ ______________________________

- Welche Gefahr besteht, wenn diese Ermahnungen nicht beachtet werden?
  Was würde gegenteiliges Verhalten bewirken?

Anwendung

Bei welchen Personen fällt es dir leicht, Ermahnungen anzunehmen?
Wer darf normalerweise „Ermahnungen“ aussprechen? (Finde jeweils die Entsprechungen!)

Der ______________	gegenüber dem **Untergebenen.**
Der **Lehrer**	gegenüber dem ______________ .
Der ______________	gegenüber dem **Erzogenen.**
Der **reife Christ**	gegenüber dem ______________ .

Unter welchen Voraussetzungen könnten sich diese Beziehungen auch umkehren lassen? (Vgl. 1Tim 5,1ff!)

Die Grundlage für die Wirksamkeit einer Ermahnung ist immer die Anerkennung der Autorität dessen, der ermahnt. Ermahnungen anderer - vor allen Dingen erfahrener Christen - sollte man trotzdem **immer** zunächst anhören und überdenken.
Wenn du meinst, du müßtest selbst jemanden ermahnen, beachte die Voraussetzungen für eine glaubwürdige Ermahnung.

***Begriffserklärung**
Ermahnung - eine Aufforderung zum Tun im allgemeinen Sinne. Sie zielt darauf ab, jemanden in Bewegung zu setzen, nach einer bestimmten Einsicht oder Belehrung nun auch praktisch zu handeln. Biblisches Ermahnen umfaßt z. B. auch anflehen, bitten, zureden, ermuntern und trösten.

Bibeltext: Philipper 4,4-9

Freude ohne Ende!?

Kann man sich immer freuen? Bestimmt nicht. Kann man Freude „machen“? Vielleicht für eine kurze Zeit. Paulus fordert die Philipper auf, sich **allezeit** zu freuen. Wenn er sie dazu auffordert, muß das auch möglich sein. Lies Vers 4! Was ist wohl der entscheidende Punkt?

FREUDE IM HERRN

Versuche dir am Beispiel der beiden dargestellten Häuser den Unterschied zwischen „Freude an einem Haus“ und der „Freude in einem Haus“ klarzumachen.

● Was bedeutet „im Herrn“?

engste Gemeinschaft mit Ihm, Geborgenheit in Ihm

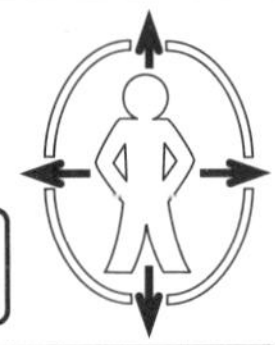

Merke! Zwischen dem, was hinter dir, vor dir, über dir und unter dir ist, ist der Herr.

Anwendung
Was bedeutet „Im-Herrn-Sein“ für deine Vergangenheit und Zukunft, für dein tägliches Leben und die damit verbundenen Gefahren?
Pflege die enge Gemeinschaft mit dem Herrn Jesus und mache sie dir täglich bewußt!

Der Weg zum inneren Frieden

Paulus zeigt, wie man einen tiefen inneren Frieden bekommen kann. Es ist der Friede Gottes, den der Herr Jesus ausstrahlte, als er am Kreuz hing und trotz größter Schmerzen für seine Feinde und Freunde beten konnte und sich in die Hände Gottes übergab. Schreibe mit eigenen Worten die vier Aufforderungen der Reihe nach auf, die dazu führen, daß man innerlich diesen Frieden hat.

1. Nicht auf das eigene Recht pochen
2. Mit einer dankbaren Grundhaltung Gott Sorgen im Gebet nennen
3. Beschäftigung mit den positiven, göttlichen Dingen
4. Dem Vorbild des Paulus entsprechend handeln

Welche Hilfen bzw. mutmachenden Hinweise gibt Paulus?

zu 1: bewusst machen, dass der Herr Jesus uns beisteht und bald kommt

zu 2: stellt innere Zufriedenheit in Aussicht

zu 3 u. 4: Hinweis auf sich als Vorbild und auf die Nähe des Gottes des Friedens

Merke! Zufriedenheit ist das Schönste, was ein Mensch auf dieser Erde erleben kann.
Rundum zufrieden sein, unabhängig von äußeren Umständen.

Anwendung
Was raubt dir den inneren Frieden und damit auch die Freude? Lies dazu noch einmal Vers 8!
Was ist jeweils das Gegenteil von den hier aufgezählten Eigenschaften?
Bedenke einmal, welche Informationen du täglich (z. B. durch die Medien) bekommst, womit du dich beschäftigst und was du anderen weitersagst. In welchem Verhältnis stehen Positives und Negatives?

Bibeltext: Philipper 4,4-9

Freude ohne Ende!?

Kann man sich immer freuen? Bestimmt nicht. Kann man Freude „machen“? Vielleicht für eine kurze Zeit. Paulus fordert die Philipper auf, sich **allezeit** zu freuen. Wenn er sie dazu auffordert, muß das auch möglich sein. Lies Vers 4! Was ist wohl der entscheidende Punkt?

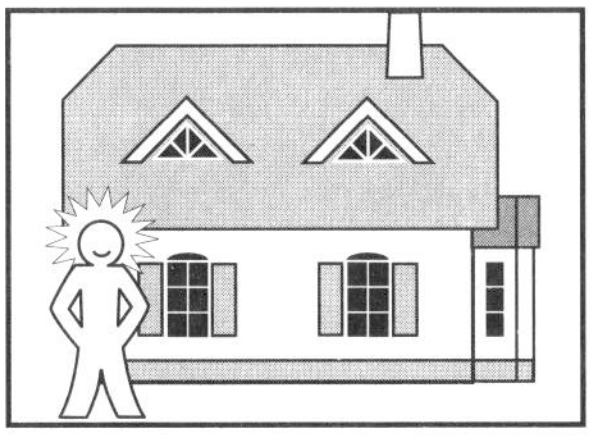

FREUDE ________________

Versuche dir am Beispiel der beiden dargestellten Häuser den Unterschied zwischen „Freude an einem Haus“ und der „Freude in einem Haus“ klarzumachen.

● Was bedeutet „im Herrn“?

____

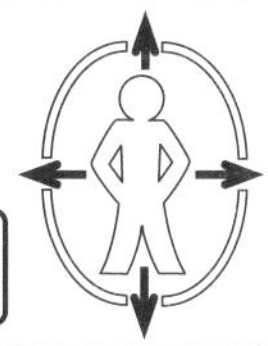

Merke! Zwischen dem, was hinter dir, vor dir, über dir und unter dir ist, ist der Herr.

Anwendung
Was bedeutet „Im-Herrn-Sein“ für deine Vergangenheit und Zukunft, für dein tägliches Leben und die damit verbundenen Gefahren?
Pflege die enge Gemeinschaft mit dem Herrn Jesus und mache sie dir täglich bewußt!

Der Weg zum inneren Frieden

Paulus zeigt, wie man einen tiefen inneren Frieden bekommen kann. Es ist der Friede Gottes, den der Herr Jesus ausstrahlte, als er am Kreuz hing und trotz größter Schmerzen für seine Feinde und Freunde beten konnte und sich in die Hände Gottes übergab. Schreibe mit eigenen Worten die vier Aufforderungen der Reihe nach auf, die dazu führen, daß man innerlich diesen Frieden hat.

1. ____
2. ____
3. ____
4. ____

Welche Hilfen bzw. mutmachenden Hinweise gibt Paulus?

zu 1: ____

zu 2: ____

zu 3 u. 4: ____

Merke! Zufriedenheit ist das Schönste, was ein Mensch auf dieser Erde erleben kann.
Rundum zufrieden sein, unabhängig von äußeren Umständen.

Anwendung
Was raubt dir den inneren Frieden und damit auch die Freude? Lies dazu noch einmal Vers 8!
Was ist jeweils das Gegenteil von den hier aufgezählten Eigenschaften?
Bedenke einmal, welche Informationen du täglich (z. B. durch die Medien) bekommst, womit du dich beschäftigst und was du anderen weitersagst. In welchem Verhältnis stehen Positives und Negatives?

Bibeltext: Philipper 4,10-23

Eine Spende für Paulus

Was verbindest du mit dem Begriff „Spenden“?

- ______________________

Was hat die „Spende“ der Philipper bei Paulus bewirkt und wie wertet er sie?

Vers 10: sie war zu seiner Freude
Vers 14: als Anteilnahme an seiner Not
Vers 17: als Frucht des Glaubens
Vers 17*: als „Guthaben“ auf „ihrem Himmelskonto“
Vers 18: als ein Opfer, das Gott gefällt

Welche Erfahrung stellt Paulus den Philippern in Aussicht?

- Gott wird euch entsprechend seinem Reichtum geben

Gott wird uns nicht nur das schenken, was wir für das natürliche Leben brauchen, sondern vor allen Dingen das, was zu unserer inneren Zufriedenheit notwendig ist.
Versuche anhand von Aussagen aus dem vierten Kapitel Einzelheiten zu nennen, die Gott geben will.

Vers 4: Freude Vers 7: inneren Frieden
Vers 12: Sattsein und Ueberfluss Vers 13: Kraft Vers 23: Gnade

Paulus erwähnt auch seine eigenen Erfahrungen (Erniedrigung, Hunger, Mangel, ...) und weist dabei vor allen Dingen auf die Kraft des Herrn Jesus hin. Welchen Grundsatz leitet er für sich daraus ab?

Vers 13: Alles vermag ich in dem, der mich kräftigt.

Anwendung
Warum ist es nötig, z. B. Missionare zu unterstützen?

____

Wie gehst du selbst mit Mangelsituationen um? Was kannst du von Paulus lernen?

Im Grußwort am Schluß des Briefes erwähnt Paulus noch einmal die Gnade, die er den Philippern schon zu Beginn des Briefes gewünscht hat (1,2 und 4,23).

Wie wird die Gnade Gottes im Leben eines Christen wirksam?

____

***Begriffserklärung**
zugunsten eurer Rechnung - Paulus weist damit auf den Lohn hin, den der Herr Jesus jedem Kind Gottes geben will. Das Maß der Belohnung hängt von unserem Einsatz für Gott ab. Je höher der Lohn, desto mehr wird der Herr Jesus dadurch geehrt. Der Vergleich mit einem „Konto im Himmel“ macht deutlich, daß Gott alles „registriert“, was wir aus Liebe zu ihm tun.

Bibeltext: Philipper 4,10-23

Eine Spende für Paulus

Was verbindest du mit dem Begriff „Spenden“?

- ______________________________
____

Was hat die „Spende“ der Philipper bei Paulus bewirkt und wie wertet er sie?

Vers 10: ______________________________
Vers 14: ______________________________
Vers 17: ______________________________
Vers 17*: ______________________________
Vers 18: ______________________________

Welche Erfahrung stellt Paulus den Philippern in Aussicht?

- ______________________________

Gott wird uns nicht nur das schenken, was wir für das natürliche Leben brauchen, sondern vor allen Dingen das, was zu unserer inneren Zufriedenheit notwendig ist.
Versuche anhand von Aussagen aus dem vierten Kapitel Einzelheiten zu nennen, die Gott geben will.

Vers 4: ______________ Vers 7: ______________
Vers 12: ______________ Vers 13: ______________ Vers 23: ______________

Paulus erwähnt auch seine eigenen Erfahrungen (Erniedrigung, Hunger, Mangel, ...) und weist dabei vor allen Dingen auf die Kraft des Herrn Jesus hin. Welchen Grundsatz leitet er für sich daraus ab?

Vers 13: ______________________________

Anwendung
Warum ist es nötig, z. B. Missionare zu unterstützen?

____
____
____

Wie gehst du selbst mit Mangelsituationen um? Was kannst du von Paulus lernen?

Im Grußwort am Schluß des Briefes erwähnt Paulus noch einmal die Gnade, die er den Philippern schon zu Beginn des Briefes gewünscht hat (1,2 und 4,23).

Wie wird die Gnade Gottes im Leben eines Christen wirksam?

____

***Begriffserklärung**
zugunsten eurer Rechnung - Paulus weist damit auf den Lohn hin, den der Herr Jesus jedem Kind Gottes geben will. Das Maß der Belohnung hängt von unserem Einsatz für Gott ab. Je höher der Lohn, desto mehr wird der Herr Jesus dadurch geehrt. Der Vergleich mit einem „Konto im Himmel“ macht deutlich, daß Gott alles „registriert“, was wir aus Liebe zu ihm tun.

Philipper 1

1 Paulus und Timotheus, Knechte Christi Jesu, allen
Heiligen in Christus Jesus, die in Philippi sind, samt
den Aufsehern und Dienern:
2 Gnade euch und Friede von Gott, unserem Vater, und
dem Herrn Jesus Christus!

3 Ich danke meinem Gott bei jeder Erinnerung an euch
4 allezeit in jedem meiner Gebete und bete für euch alle
mit Freuden
5 wegen eurer Teilnahme am Evangelium vom ersten
Tag an bis jetzt.
6 Ich bin ebenso in guter Zuversicht, daß der, welcher
ein gutes Werk in euch angefangen hat, es vollenden
wird bis auf den Tag Christi Jesu.
7 So ist es für mich recht, daß ich dies im Blick auf
euch alle denke, weil ihr mich im Herzen habt und
sowohl in meinen Fesseln als auch in der Verteidigung und Bekräftigung des Evangeliums ihr
alle meine Mitteilhaber der Gnade seid.
8 Denn Gott ist mein Zeuge, wie ich mich nach euch
allen sehne mit der herzlichen Liebe Christi Jesu.
9 Und um dieses bete ich, daß eure Liebe noch mehr
und mehr überströme in Erkenntnis und aller Einsicht,
10 damit ihr prüft, worauf es ankommt, damit ihr lauter
und unanstößig seid auf den Tag Christi,
11 erfüllt mit der Frucht der Gerechtigkeit, die durch
Jesus Christus gewirkt wird, zur Herrlichkeit und zum
Lobpreis Gottes.

12 Ich will aber, daß ihr wißt, Brüder, daß meine
Umstände mehr zur Förderung des Evangeliums ausgeschlagen sind,
13 so daß meine Fesseln in Christus im ganzen Prätorium und bei allen anderen offenbar geworden sind
14 und daß die meisten der Brüder im Herrn Vertrauen

aus: Revidierte Elberfelder Bibel, R. Brockhaus Verlag Wuppertal und Zürich

gewonnen haben durch meine Fesseln und viel mehr wagen, das Wort Gottes ohne Furcht zu reden.
15 Einige zwar predigen Christus auch aus Neid und Streit, einige aber auch aus gutem Willen.
16 Diese aus Liebe, weil sie wissen, daß ich zur Verteidigung des Evangeliums eingesetzt bin;
17 jene aus Eigennutz verkündigen Christus nicht lauter, weil sie mir in meinen Fesseln Trübsal zu erwecken gedenken.
18 Was macht es denn? Wird doch auf jede Weise, sei es aus Vorwand oder in Wahrheit, Christus verkündigt, und darüber freue ich mich. Ja, ich werde mich auch freuen,
19 denn ich weiß, daß dies mir zum Heil ausschlagen wird durch euer Gebet und durch den Beistand des Geistes Jesu Christi,
20 nach meiner sehnlichen Erwartung und Hoffnung, daß ich in nichts werde zuschanden werden, sondern mit aller Freimütigkeit, wie allezeit, so auch jetzt Christus an meinem Leib groß gemacht werden wird, sei es durch Leben oder durch Tod.
21 Denn das Leben ist für mich Christus und das Sterben Gewinn.
22 Wenn aber das Leben im Fleisch mein Los ist, dann bedeutet das für mich Frucht der Arbeit, und dann weiß ich nicht, was ich erwählen soll.
23 Ich werde aber von beidem bedrängt: Ich habe Lust, abzuscheiden und bei Christus zu sein, denn es ist weit besser;
24 das Bleiben im Fleisch aber ist nötiger um euretwillen.
25 Und im Vertrauen hierauf weiß ich, daß ich bleiben und bei euch allen bleiben werde zu eurer Förderung und Freude im Glauben,
26 damit euer Rühmen überströme in Christus Jesus durch mich bei meiner Rückkehr zu euch.

27 Wandelt nur würdig des Evangeliums des Christus, damit ich, sei es, daß ich komme und euch sehe oder abwesend bin, von euch höre, daß ihr fest steht in

aus: Revidierte Elberfelder Bibel, R. Brockhaus Verlag Wuppertal und Zürich

einem Geist und mit einer Seele zusammen für den Glauben des Evangeliums kämpft
28 und euch in nichts von den Widersachern erschrecken laßt, was für sie ein Beweis des Verderbens ist, aber eures Heils, und das von Gott her.
29 Denn euch ist es im Blick auf Christus geschenkt worden, nicht allein an ihn zu glauben, sondern auch für ihn zu leiden,
30 da ihr denselben Kampf habt, wie ihr ihn an mir gesehen habt und jetzt von mir hört.

Philipper 2

1 Wenn es nun irgendeine Ermunterung in Christus gibt, wenn irgendeinen Trost der Liebe, wenn irgendeine Gemeinschaft des Geistes, wenn irgendein herzliches Mitleid und Erbarmen,
2 so erfüllt meine Freude, daß ihr dieselbe Gesinnung und dieselbe Liebe habt, einmütig, eines Sinnes seid,
3 nichts aus Eigennutz oder eitler Ruhmsucht tut, sondern daß in der Demut einer den anderen höher achtet als sich selbst;
4 ein jeder sehe nicht auf das Seine, sondern ein jeder auch auf das der anderen.
5 Diese Gesinnung sei in euch, die auch in Christus Jesus war,
6 der in Gestalt Gottes war und es nicht für einen Raub achtete, Gott gleich zu sein.
7 Aber er machte sich selbst zu nichts und nahm Knechtsgestalt an, indem er den Menschen gleich geworden ist, und der Gestalt nach wie ein Mensch erfunden,
8 erniedrigte er sich selbst und wurde gehorsam bis zum Tod, ja, zum Tod am Kreuz.
9 Darum hat Gott ihn auch hoch erhoben und ihm den Namen verliehen, der über jeden Namen ist,
10 damit in dem Namen Jesu jedes Knie sich beuge,

aus: Revidierte Elberfelder Bibel, R. Brockhaus Verlag Wuppertal und Zürich

Der Brief an die Philipper (Kapitel 2,10-25)

der Himmlischen und Irdischen und Unterirdischen,
11 und jede Zunge bekenne, daß Jesus Christus Herr ist, zur Ehre Gottes, des Vaters.

12 Daher, meine Geliebten, wie ihr allezeit gehorsam gewesen seid, nicht nur in meiner Gegenwart, sondern jetzt noch viel mehr in meiner Abwesenheit, bewirkt euer Heil mit Furcht und Zittern!
13 Denn Gott ist es, der in euch wirkt sowohl das Wollen als auch das Wirken zu seinem Wohlgefallen.
14 Tut alles ohne Murren und Zweifel,
15 damit ihr tadellos und lauter seid, unbescholtene Kinder Gottes inmitten eines verdrehten und verkehrten Geschlechts, unter dem ihr leuchtet wie Himmelslichter in der Welt,
16 indem ihr das Wort des Lebens festhaltet, mir als Grund zum Rühmen auf den Tag Christi, daß ich nicht vergeblich gelaufen bin, noch auch vergeblich gearbeitet habe.
17 Wenn ich aber auch als Trankopfer über das Opfer und den Dienst eures Glaubens gesprengt werde, so freue ich mich und freue mich mit euch allen.
18 Ebenso aber freut auch ihr euch, und freut euch mit mir.

19 Ich hoffe aber im Herrn Jesus, Timotheus bald zu euch zu senden, damit auch ich guten Mutes sei, wenn ich um euer Ergehen weiß.
20 Denn ich habe keinen ihm Gleichgesinnten, der aufrichtig für das Eure besorgt sein wird; denn
21 alle suchen das Ihre, nicht das, was Jesu Christi ist.
22 Ihr kennt aber seine Bewährung, daß er, wie ein Kind dem Vater, mit mir am Evangelium gedient hat.
23 Diesen nun hoffe ich sofort zu senden, wenn ich meine Lage übersehe.
24 Ich vertraue aber im Herrn darauf, daß auch ich selbst bald kommen werde.
25 Ich habe es aber für nötig gehalten, Epaphroditus,

aus: Revidierte Elberfelder Bibel, R. Brockhaus Verlag Wuppertal und Zürich

meinen Bruder und Mitarbeiter und Mitstreiter,
euren Abgesandten und Diener meines Bedarfs, zu
euch zu senden;
26 da er ja sehnlich nach euch allen verlangte und er
sehr in Unruhe war, weil ihr gehört hattet, daß er
krank war.
27 Denn er war auch krank, dem Tod nahe; aber Gott
hat sich seiner erbarmt, nicht aber nur seiner, son-
dern auch meiner, damit ich nicht Traurigkeit auf
Traurigkeit hätte.
28 Ich habe ihn nun desto eilender gesandt, damit ihr,
wenn ihr ihn seht, wieder froh werdet und ich weni-
ger betrübt sei.
29 Nehmt ihn nun auf im Herrn mit aller Freude und
haltet solche Brüder in Ehren;
30 denn um des Werkes Christi willen ist er dem Tod
nahe gekommen und hat sein Leben gewagt, um den
Mangel in eurem Dienst für mich auszugleichen.

Philipper 3

1 Übrigens, meine Brüder, freut euch im Herrn!
Euch öfter dasselbe zu schreiben, ist mir nicht
verdrießlich, für euch aber bedeutet es, daß ihr fest
werdet.
2 Seht auf die Hunde, seht auf die bösen Arbeiter, seht
auf die Zerschneidung.
3 Denn wir sind die Beschneidung, die wir im Geist
Gottes dienen und uns in Christus Jesus rühmen
und nicht auf Fleisch vertrauen;
4 obwohl auch ich Vertrauen auf Fleisch haben
könnte. Wenn irgendein anderer meint, auf Fleisch
vertrauen zu können - ich noch mehr:
5 Beschnitten am achten Tag, vom Geschlecht Israel,
vom Stamm Benjamin, Hebräer von Hebräern;
dem Gesetz nach ein Pharisäer;
6 dem Eifer nach ein Verfolger der Gemeinde; der
Gerechtigkeit nach, die im Gesetz ist, untadelig ge-
worden.

aus: Revidierte Elberfelder Bibel, R. Brockhaus Verlag Wuppertal und Zürich

Der Brief an die Philipper (Kapitel 3,7-19)

7 Aber was auch immer mir Gewinn war, das habe ich
um Christi willen für Verlust geachtet;
8 ja wirklich, ich achte auch alles für Verlust um der
unübertrefflichen Größe der Erkenntnis Christi Jesu,
meines Herrn, willen, um dessentwillen ich alles
eingebüßt habe und es für Dreck achte, damit ich
Christus gewinne
9 und in ihm erfunden werde - indem ich nicht meine
Gerechtigkeit habe, die aus dem Gesetz ist, sondern
die durch den Glauben an Christus, die Gerechtig-
keit aus Gott aufgrund des Glaubens,
10 um ihn und die Kraft seiner Auferstehung und die
Gemeinschaft seiner Leiden zu erkennen, indem ich
seinem Tod gleichgestaltet werde,
11 ob ich irgendwie hingelangen möge zur Aufer-
stehung aus den Toten.
12 Nicht, daß ich es schon ergriffen habe oder schon
vollendet sei; ich jage ihm aber nach, ob ich es auch
ergreifen möge, weil ich auch von Christus Jesus
ergriffen bin.

13 Brüder, ich denke von mir selbst nicht, es ergriffen
zu haben; eines aber tue ich: Ich vergesse, was da-
hinten, strecke mich aber aus nach dem, was vorn ist,
14 und jage auf das Ziel zu, hin zu dem Kampfpreis
der Berufung Gottes nach oben in Christus Jesus.
15 Soviele nun vollkommen sind, laßt uns darauf
bedacht sein! Und wenn ihr in irgend etwas anders
denkt, so wird euch Gott auch dies offenbaren.
16 Doch wozu wir gelangt sind, zu dem laßt uns auch
halten!

17 Seid miteinander meine Nachahmer, Brüder, und
seht auf die, welche so wandeln, wie ihr uns zum
Vorbild habt.
18 Denn viele wandeln, von denen ich euch oft gesagt
habe, nun aber auch mit Weinen sage, daß sie die
Feinde des Kreuzes Christi sind:
19 deren Ende Verderben, deren Gott der Bauch und
deren Ehre in ihrer Schande ist, die auf das Irdische
sinnen.

aus: Revidierte Elberfelder Bibel, R. Brockhaus Verlag Wuppertal und Zürich

20 Denn unser Bürgerrecht ist in den Himmeln, von woher wir auch den Herrn Jesus Christus als Heiland erwarten,
21 der unseren Leib der Niedrigkeit umgestalten wird zur Gleichgestalt mit seinem Leib der Herrlichkeit, nach der wirksamen Kraft, mit der er vermag, auch alle Dinge sich zu unterwerfen.

Philipper 4

1 Daher, meine geliebten und ersehnten Brüder, meine Freude und mein Siegeskranz, steht in dieser Weise fest im Herrn, Geliebte!
2 Die Euodia ermahne ich, und die Syntyche ermahne ich, dieselbe Gesinnung zu haben im Herrn.
3 Ja, ich bitte auch dich, mein rechter Gefährte, stehe ihnen bei, die in dem Evangelium zusammen mit mir gekämpft haben, auch mit Klemens und meinen übrigen Mitarbeitern, deren Namen im Buch des Lebens sind.

4 Freut euch im Herrn allezeit! Wiederum will ich sagen: Freut euch!
5 Eure Milde soll allen Menschen bekannt werden; der Herr ist nahe.
6 Seid um nichts besorgt, sondern laßt in allem durch Gebet und Flehen mit Danksagung eure Anliegen vor Gott kundwerden;
7 und der Friede Gottes, der allen Verstand übersteigt, wird eure Herzen und eure Gedanken bewahren in Christus Jesus.
8 Übrigens, Brüder, alles, was wahr, alles, was ehrbar, alles, was gerecht, alles, was rein, alles, was liebenswert, alles, was wohllautend ist, wenn es irgendeine Tugend und wenn es irgendein Lob gibt, das erwägt!
9 Was ihr auch gelernt und empfangen und gehört und an mir gesehen habt, das tut, und der Gott des Friedens wird mit euch sein.

Der Brief an die Philipper (Kapitel 4,10-23)

10 Ich habe mich aber im Herrn sehr gefreut, daß ihr endlich einmal wieder aufgelebt seid, meiner zu gedenken, worauf ihr eigentlich auch bedacht wart, aber ihr hattet keine Gelegenheit.
11 Nicht, daß ich es des Mangels wegen sage, denn ich habe gelernt, mich darin zu begnügen, worin ich bin.
12 Sowohl erniedrigt zu sein, weiß ich, als Überfluß zu haben, weiß ich; in jedes und in alles bin ich eingeweiht, sowohl satt zu sein als zu hungern, sowohl Überfluß zu haben als Mangel zu leiden.
13 Alles vermag ich in dem, der mich kräftigt.
14 Doch habt ihr wohl daran getan, daß ihr an meiner Bedrängnis teilgenommen habt.
15 Ihr wißt aber auch, ihr Philipper, daß im Anfang des Evangeliums, als ich aus Mazedonien wegging, keine Gemeinde mich am gegenseitigen Geben und Empfangen beteiligt hat als nur ihr allein.
16 Denn sogar schon, als ich in Thessalonich war, habt ihr mir nicht nur einmal, sondern zweimal für meinen Bedarf gesandt.
17 Nicht, daß ich die Gabe suche, sondern ich suche die Frucht, die sich zugunsten eurer Rechnung mehrt.
18 Ich habe aber alles erhalten und habe Überfluß, ich habe die Fülle, da ich von Epaphroditus das von euch Gesandte empfangen habe, einen duftenden Wohlgeruch, ein angenehmes Opfer, Gott wohlgefällig.
19 Mein Gott aber wird alles, was ihr bedürft, erfüllen nach seinem Reichtum in Herrlichkeit in Christus Jesus.
20 Unserem Gott und Vater aber sei die Herrlichkeit in alle Ewigkeit! Amen.

21 Grüßt jeden Heiligen in Christus Jesus! Es grüßen euch die Brüder, die bei mir sind.
22 Es grüßen euch alle Heiligen, besonders aber die aus des Kaisers Haus.
23 Die Gnade des Herrn Jesus Christus sei mit eurem Geist!

DER BRIEF AN DIE KOLOSSER

THEMENSCHWERPUNKTE:

- Die Hintergründe des Briefes
- Werden und Wachsen eines Christen
- Jesu Größe und Werk
- Angriffe auf Christus im Zentrum
- Die Praxis der Lebensgemeinschaft mit Christus
- Auswirkung der Gemeinschaft mit Christus in allen Lebensbereichen

KOL Der Brief an die Kolosser

Inhalt

Der Brief an die Kolosser

1. Sachanalyse

1.1. Einleitungsfragen

1.1.1. Verfasser

Der Kolosserbrief ist ein Brief des Apostel Paulus. An drei Stellen nennt er sich selbst als Absender (1,1.23; 4,18). Er stellt sich als Apostel vor und betont seine eigenhändige „Unterschrift".
Als Mitverfasser wird Timotheus erwähnt, ein junger Mitarbeiter, der durch Paulus zu Christus gefunden hat. Man darf ihn wohl zurecht als den engsten Mitarbeiter des Paulus bezeichnen.
Paulus schreibt ihm später u.a. den 2.Timotheusbrief, den man als sein Testament bezeichnen kann.

1.1.2. Empfänger

Der Brief ist an Christen in Kolossä gerichtet (1,2). Gleichzeitig werden die Empfänger aufgefordert, den Brief an die Gemeinden in Laodizea und Hierapolis weiterzureichen, damit er auch dort gelesen wird.
Kolossä war eine Stadt in der Landschaft Phrygien in Kleinasien. Das Gebiet gehörte zur Zeit des Paulus zur römischen Provinz Asia und heute zur Türkei. Die Stadt lag im Lykostal, einer fruchtbaren Gegend, ca. 150km östlich von Ephesus. Kolossä lag an der großen Verkehrsachse zwischen Ephesus und dem Euphrat. (siehe Karte Kol.AB 1)
In einer solchen Stadt trafen verschiedene Kulturkreise aufeinander. Daraus ergaben sich sicherlich eine Vielfalt materieller, ideeller und religiöser Angebote.
Die Christen in Kolossä waren in religiöser, kultureller und sozialer Hinsicht von ganz unterschiedlicher Herkunft (vgl. 3,11).
Ihre Denk- und Lebensweise war vor ihrer Bekehrung von der griechischen Philosophie, vielleicht von frühen Formen der Gnosis, einem höheren Erkenntnisweg, vom Judentum oder von Einflüssen der Mysterienreligionen geprägt.

1.1.3. Historischer Zusammenhang

Die Gemeinde in Kolossä war vermutlich von Epaphras gegründet worden (1,7.8; 4,12.13). Die meisten Ausleger nehmen an, daß Paulus vor der Abfassung des Briefes selbst nicht in Kolossä gewesen war. In Kapitel 2,1 differenziert er allerdings zwischen drei Gruppen, in der dritten nennt er Christen, die sein leibliches Angesicht noch nicht gesehen haben.
Paulus erhielt seine Information über die Verhältnisse in Kolossä zunächst von Epaphras, den man zurecht als Pioniermissionar, Gemeindegründer und Seelsorger der Gemeinde bezeichnen kann. Weitere Informationen wird er von Onesimus, einem entlaufenen

Der Brief an die Kolosser

Gemeindegründer und Seelsorger der Gemeinde bezeichnen kann. Weitere Informationen wird er von Onesimus, einem entlaufenen Sklaven aus dem Haus des Philemon, erhalten haben. In diesem Haus kamen die Gläubigen zusammen (vgl. Kapitel 4,9 und den Philemonbrief).
Onesimus berichtete wohl zunächst als Ungläubiger, erlebte dann seine Bekehrung und blieb eine Zeit bei Paulus in Rom (Begründung, s.1.1.4.). Später wurde er mit Tychikus zusammen zu seinem Dienstherrn Philemon zurückgeschickt. Paulus gab ihnen drei wichtige Briefe mit: den Epheser-, Kolosser- und Philemonbrief (Eph 6,21.22; Kol 4,7; Phim 23).

Exkurs: Das Leben in der Antike

Durch die Herrschaft der Römer war das griechische Denken und die griechische Lebensart über das ganze damalige Reich ausgebreitet.
Der Lebensstil war durch Genuß gekennzeichnet. Vergnügen und die Betonung des Körperlichen (Sport, Wettkämpfe) standen im Vordergrund. Der Kult der Götter hatte das ganze öffentliche Leben durchdrungen. Viele Bauten, Statuen und Gegenstände der Kunst spiegelten die römische und griechische Götterwelt wieder. Örtlich standen z.T. bestimmte Kulte oder Gottheiten im Vordergrund. Eine Vielzahl von Festlichkeiten stützten diesen religiösen Unterbau in der Bevölkerung.
Das soziale Gefüge der römischen Gesellschaft hatte eine feste Prägung. Römer und Griechen standen obenan. Alle anderen (eroberten) Völker wurden als Barbaren und Skythen bezeichnet (vgl. Kol 3,11). Nur deren jeweilige Oberschicht hatte die Möglichkeit, eine gewisse Anerkennung zu erlangen. Sklaven bildeten die Hauptgruppe innerhalb des sozialen Gefüges.
Die Juden nahmen als einziges Volk einen Sonderstatus im Römerreich ein. Sie behielten ihre religiösen Rechte und waren auch von der göttlichen Verehrung des Kaisers befreit.
In ähnlicher Weise wie unsere westliche Welt lange Zeit (im Mittelalter) von den christlichen Symbolen und Bräuchen geprägt war (Bauwerke, Feste, Bräuche usw.) und erst in der Neuzeit durch eine immer weiter fortschreitende Materialisierung und Verweltlichung überformt wurde, war die damalige Welt ganz und gar von dem heidnischen Götterglauben überflutet.
Die Christen besaßen nichts dergleichen. Aus dem festen Gefüge der jüdischen und heidnischen Tradition hatten sie sich mit ihrer Hinwendung zu Jesus Christus gelöst. Sie hatten im Anfang nichts als ihren Glauben an den Herrn Jesus in ihren Herzen und die Heiligen Schriften des Alten Testamentes. Es gab noch keine christliche Kultur.

Nur wenn ihre Beziehung zum Herrn Jesus wirklich lebendig war, konnten sie angesichts der vielfältigen heidnischen Einflüsse um sich herum an ihrem Glauben festhalten.

Im Vergleich mit den gewaltigen Aufwendungen der heidnischen Religionen muß das „religiöse" Leben der Christen schlicht und unscheinbar gewirkt haben. Es muß den Vertretern der heidnischen Kulte geheimnisvoll und unbegreiflich vorgekommen sein, wenn man sich die wenigen und unscheinbaren Elemente der damaligen Zusammenkünfte vor Augen hält (Taufe, ein schlichtes Abendmahl, Schriftlesung, Gebet, Singen). Das alles hob sich krass ab von den heidnisch-pompösen, religiösen Praktiken.
Um so stärker muß der Eindruck von den Menschen gewesen sein, in denen durch die Hinwendung zu Christus eine so deutliche Veränderung vorgegangen war (Freude, Gewißheit, Leidensbereitschaft, Hilfsbereitschaft, Reinheit usw.).

1.1.4. Abfassungsort und -zeit

Hier gibt es unterschiedliche Theorien. Sowohl Ephesus, Cäsarea als auch Rom werden in Erwägung gezogen. Am wahrscheinlichsten ist jedoch, daß Paulus den Brief während seiner ersten Gefangenschaft in Rom geschrieben hat, etwa 60 n.Chr.. Die Tatsache seiner Gefangenschaft wird vor allen Dingen in zwei Aussagen deutlich: Kapitel 1,24 und 4,18. Auf diese Annahme gründen sich auch die Überlegungen zu Onesimus (s.o.).

1.1.5. Inhalt

Im Kolosserbrief wird die vorzügliche Stellung des Christus herausgestellt, um die Gläubigen neu auf die wichtigste Person für sie hinzuweisen und um gleichzeitig den Gegenpol zu allen antigöttlichen Lehren zu zeigen.
Die Christen in Kolossä standen in der Gefahr, fremde Lehren anzunehmen - bevorzugt aus dem Judentum und der griechischen Philosophie - Lehren, die Christus aus dem Zentrum rückten.
Die Kernstücke des Briefes sind durch eine Anhäufung der Wortstammes „alle" oder „alles" gekennzeichnet und finden ihre stärkste Konzentration in der Formulierung: Christus alles und in allem (3,11).

Der Brief kann in drei Teile gegliedert werden:

Kapitel 1:	**Der belehrende Teil** (Die zentrale Stellung des Christus)	(Einzelheiten siehe Kurzkommentar)
Kapitel 2:	**Der ermahnende Teil** (Die Angriffe auf den Christus)	
Kapitel 3+4:	**Der praktische Teil** (Die Auswirkungen der zentralen Stellung des Christus auf alle Lebensbereiche)	

1.1.6. Literarische Eigenart und Bedeutung im neutestamentlichen Kontext

Es handelt sich um einen Brief, verfaßt nach damaligen Grundsätzen der Korrespondenz. Darüberhinaus ist der Kolosserbrief ein apostolisches Sendschreiben, das in Stil und Sprache die Eigenarten des Verfassers aufweist. Aus der Aufforderung, den Brief auch an die Christen in Laodizea und in Hierapolis weiterzugeben, kann man schließen, daß Paulus seine Briefe als verbindliche Dokumente für den ganzen Leib (Gemeinde) verstand (vgl. auch Kol 1,25).

Der Kolosserbrief ist eine wichtige Ergänzung zum Epheserbrief. Beide Briefe beschäftigen sich mit der Stellung des Christus und des Gläubigen in Christus. Der Epheserbrief zeigt, daß der Gläubige in Christus schon alle himmlischen Segnungen genießen darf. Der Kolosserbrief zeigt das Geheimnis „Christus in euch“ (1,27). Die christologischen Kernstücke erreichen eine ähnliche Tiefe wie vergleichbare Texte des Johannesevangeliums (Prolog) und des Hebräerbriefes (z.B. Hebr 1).

1.2. Kurzkommentar

Die Gliederung folgt der Revidierten Elberfelder Übersetzung. Bestimmte Gedanken beziehen sich auf den genauen Wortlaut dieser Übersetzung und können daher von anderen Übersetzungen ausgehend nicht ohne weiteres nachvollzogen werden.

Kapitel 1
Verse 1-2

Paulus schreibt in seiner Funktion als **Apostel,** Mitverfasser ist Timotheus, sein engster Mitarbeiter. Er redet die Kolosser als heilige und gläubige Brüder an. Der Ausdruck **„in Christus“** verweist schon darauf, daß Paulus die besondere Verbundenheit der Gläubigen mit Christus in diesem Brief herausstellen will.

Verse 3-8

Paulus teilt mit, daß die Kolosser als zum Glauben an Christus Gekommene in seine **Gebete** mit eingeschlossen sind. Er unterbricht allerdings gleich die Aufzählung seiner Gebetsanliegen und beginnt eine Beschreibung, wie die Kolosser zum Glauben gefunden haben.

Warum beschreibt Paulus dies so ausführlich?

Die Kolosser sollen wissen, auf welcher **Grundlage** er ihnen diesen Brief schreibt, zumal er sie ja (größtenteils?) bisher nicht persönlich kennengelernt hat. (vgl. Kap.2,1)
Er macht unmißverständlich klar, daß er sie als seine **Glaubensgeschwister** anspricht. Gleichzeitig teilt er mit, welches für ihn die Grundsätze sind, wie ein Mensch zum Glauben kommt. So können sich die Kolosser bezüglich ihres geistlichen Werdegangs noch einmal überprüfen.

Die Kriterien im einzelnen:

- bei ihnen ist *Glaube* sichtbar geworden (an Jesus Christus)
- bei ihnen ist *Liebe* sichtbar geworden (zu allen Heiligen)
- sie wissen um die *Hoffnung* auf ein Erbe im Himmel
- das Wort der Wahrheit des Evangeliums ist zu ihnen gekommen
- sie haben dieses Wort gehört
- es hat unter ihnen Frucht gebracht
- sie haben die Gnade Gottes erkannt
- sie haben das alles von einem bewährten Knecht Gottes gelernt

Paulus stellt auch klar, wer sein „Informant“ über ihren geistlichen Werdegang ist: *Epaphras.*

Paulus kehrt wieder zurück zu seinen **Gebetsanliegen,** das die Kolosser betrifft. Nachdem sie zum Glauben gekommen sind, ist sein größtes Anliegen die **Förderung ihres geistlichen Wachstums.** Dabei spielen die Erkenntnis Gottes und die Erkenntnis seines Willens offensichtlich eine wichtige Rolle. Verse 9-13

Die **Bitte** des Paulus:

Sie sollen ...

- erfüllt werden mit der Erkenntnis des Willens Gottes
- verbunden mit Weisheit
- verbunden mit geistlichem Verständnis

Mit dieser Bitte verbindet Paulus ein **Ziel**:

- dem Herrn würdig zu wandeln zu allem Wohlgefallen

Paulus erklärt auch, wie sie dieses Ziel erreichen können:

- in jedem guten Werk Frucht bringen
- wachsen durch die Erkenntnis Gottes
- gekräftigt sein mit aller Kraft
- ausharren
- geduldig zu sein
- dem Vater mit Freuden danken

Paulus beendet diese Aufzählung mit einem Hinweis auf das **Werk des Vaters** an den Kolossern (und an allen übrigen Gläubigen). Damit beginnt er, seinem eigenen Anliegen zuzuarbeiten, ihre **Erkenntnis von Gott** zu fördern:

- er hat sie fähig gemacht zum Anteil am Erbe der Heiligen im Licht
- er hat sie errettet aus der Macht der Finsternis
- er hat sie versetzt in das Reich des Sohnes seiner Liebe

Die Formulierung „des Sohnes seiner Liebe“ ist für Paulus das Stichwort, um auf sein **Lieblingsthema** zu kommen: *Jesus Christus.* Hier finden wir auch einen ersten **Schlüsselbegriff** des Verse 14-23

Kolosserbriefes (Definition: Ein Schlüsselbegriff ist ein häufig wiederkehrendes Wort oder eine Wendung in Teilen oder im Ganzen einer literarischen Einheit.):
„*in ihm*“ (durch ihn, für ihn).
Formulierungen mit **in ihm** (und verwandte Formen), die Jesus Christus in den Mittelpunkt stellen:

- *in ihm* haben wir die Erlösung, die Vergebung der Sünden
- *in ihm* ist alles in den Himmeln und auf der Erde geschaffen
- alles ist *durch ihn* und *für ihn* geschaffen
- alles besteht *durch ihn*
- es gefiel der ganzen Fülle, *in ihm* zu wohnen
- *durch ihn* alles mit sich zu versöhnen

Ebenso stellt die Formulierung **„Er ist“** (Rev. Elberfelder) die Person Jesu ins Zentrum:

- *Er ist* das Bild des unsichtbaren Gottes
- *Er ist* der Erstgeborene aller Schöpfung
- *Er ist* vor allem
- *Er ist* das Haupt des Leibes der Gemeinde
- *Er ist* der Anfang
- *Er ist* der Erstgeborene aus den Toten

Daraus folgt: Paulus beschreibt den Herrn Jesus als die **zentrale Person**

- der Schöpfung
- der himmlischen Welt
- der neutestamentlichen Gemeinde
- der Gottheit in Bezug auf die Versöhnung
- im Leben des einzelnen Christen

Die zentrale Bedeutung der Person Jesus ergibt sich aus seiner **Herkunft** und aus seinen bedeutenden **Taten**, die er vollbracht hat (er schuf, er erhält, er regiert, er hat Frieden gemacht, er hat versöhnt, er macht Menschen passend für die Gemeinschaft mit Gott). Sie wird auch deutlich durch die **Titel**, die Paulus benutzt: Bild Gottes, Erstgeborener, Anfang, Haupt. Sie deuten den hohen **Rang** an, den Gott seinem Sohn verliehen hat.

Er umspannt damit den höchstmöglichen Horizont, der überhaupt vorstellbar ist. Dieser umfassende Blick des Paulus kommt auch in seiner Redeweise über seine Verkündigung zum Ausdruck: das Evangelium, „das in der ganzen Schöpfung unter dem Himmel gepredigt worden ist...“. Dazu paßt ebenso die Zielsetzung des Paulus, „jeden Menschen vollkommen in Christus darzustellen“ (Vers 28). Das **umfassende Ziel** kommt in 3,11 am deutlichsten zum Ausdruck: „Christus alles und in allen“.

Eine Eigenart des Paulus ist es, lehrhafte Aussagen immer sofort mit einer Ermahnung oder mit einem praktischen Gedanken zu verbinden.

Das **Ziel des Werkes Jesu** in bezug auf die Erlösten ist
- ihre Heiligkeit
- ihre Tadellosigkeit
- ihre Unsträflichkeit

Bemerkenswert ist, daß er das Erreichen dieses Ziels mit der Festigkeit im Glauben und dem unbeirrbaren Festhalten an der Hoffnung des Evangeliums verknüpft.

Verse 24-29

Die Erwähnung seiner Person veranlaßt Paulus, nun einige Worte über seinen **Einsatz** und **Dienst** zu verlieren. Hier ist erneut seine Eigenart erkennbar, ausgehend von bestimmten Stichworten ein neues Thema anzuschneiden bzw. in seinen Gedankengang einzuschieben.

Welches Verständnis entwickelt Paulus über seinen **Dienst**?
- Er geht davon aus, daß Christus ein bestimmtes Maß von *Drangsalen* (Leiden) für seinen Leib, die Gemeinde, zuläßt. Paulus ist bereit einen Teil davon zu „abzutragen". So versteht er seine aktuelle Situation, seine derzeitiges Leiden.
- Paulus bezeichnet sich als *Diener der Gemeinde*. Er hat sich diesem Dienst total verschrieben, nichts anderes mehr soll sein Leben ausfüllen.
- Ihm ist eine bestimmte Rolle von Gott zugeordnet worden. Er versteht sich als eine Art „Hauswirtschafter" oder *„Verwalter"* (vgl. 1Kor 1,4), der dafür zu sorgen hat, daß alle Abläufe innerhalb eines Haushaltes geordnet verlaufen und jedem die Grundsätze, nach denen der Haushalt geführt wird, bekannt werden, damit jeder sich darauf einstellen kann.
- Diese Rolle beinhaltet auch die *Vervollständigung der Offenbarung* des göttlichen Willens und der göttlichen Gedanken über Christus und die Gemeinde.

Warum benutzt Paulus den Begriff **„Geheimnis"**, um diese zusätzliche Offenbarung zu beschreiben? Was mußte ein solcher Begriff bei den Kolossern auslösen?

- Was Paulus ihnen jetzt mitteilt, ist etwas besonderes, dem man unbedingt Aufmerksamkeit schenken muß.
- Daß Gott ihnen ein Geheimnis mitteilen will, wirft Licht auf die Gnade Gottes und die außerordentlich hohe Stellung, in die sie als an Christus Gläubige versetzt sind. Teilhaber der tiefsten Gedanken Gottes sein zu dürfen, ist ein Vorrecht, von dem sie von ihrem alten Leben her nicht zu träumen gewagt hätten.

Kapitel 2
Verse 1-7

Was ist der **Inhalt** dieses Geheimnisses?

- die Hoffnung der Herrlichkeit (eine ganz neue und unverhoffte Zielperspektive für die Nationen)
- alle Schätze der Weisheit der Erkenntnis (ein überragendes Gegengewicht zu allen menschlichen Meinungen und Ideologien)

Das Maß des persönlichen Einsatzes des Paulus entspricht der überragenden Qualität dessen, was er verkündigt.
Paulus betont in diesem Zusammenhang den Begriff **„Kampf“.**
Er deutet damit an, daß eine ernstzunehmende Gefahr für die Kolosser bestand.
Folgende Fragen können helfen, diese Ausführungen des Paulus zu erschließen:

- Wann muß man um jemanden kämpfen? (wenn er in Gefahr ist, wenn er angegriffen wird, wenn jemand droht, verloren zu gehen)
- Wie kann man um jemanden kämpfen? (indem man sich mit allen zur Verfügung stehenden Mitteln für ihn einsetzt, indem man sich schützend vor ihn stellt, indem man ihn auf die Gefahr hinweist, in dem man ihn ausrüstet, selbst zu kämpfen, indem man für ihn betet...)
- Was bewahrt und stärkt eine Gemeinschaft von Christen im Kampf?
  - ein durch die Liebe genährter Zusammenhalt (V.2a)
  - die gemeinsame Ausrichtung auf Christus und die Beschäftigung mit dem Reichtum, der in ihm verborgen liegt (V.2b-3)
  - Ordnung (V.5)
  - Festigkeit im Glauben (V.5)
  - ein Wandel im Glauben „in ihm“ (V.6-7)

Verse 8-23 (bis Kapitel 3,4)

Paulus geht nun noch konzentrierter auf die **Gefahren** ein, die den Kolossern drohen.

- die Philosophie
- die Überlieferung der Menschen
- Speisevorschriften
- Festtagsgebote
- Engellehren
- Visionen
- fleischliche Euphorie
- Satzungen, Forderungen, Verbote
- Askese
- eigenwillige Formen der Gottesverehrung

Paulus nimmt zur Demontage dieser Einflüsse deutliche **Wertungen** vor (leerer Betrug, nicht Christus gemäß, Schatten der zukünftigen Dinge, aus dem eigenen Willen heraus, Dinge, die zur Zerstörung bestimmt sind, die nur einen Schein von Weisheit haben, Elemente der Welt).
Paulus versäumt es allerdings auch nicht, den schlechten Einflüssen ein massives **Gegengewicht** entgegenzusetzen (Verse 9-15), indem er noch einmal ausführlich die Person und das Werk des Herrn Jesus betrachtet. Hier tritt auch wieder gehäuft die Schlüsselformel *„in Ihm“* und *„Er ist“* auf.

In bezug auf die Person des Herrn betont er,

- daß *in ihm* die Fülle der Gottheit wohnt
- daß *er* das Haupt jeder Gewalt und jeder Macht *ist*

In bezug auf das Werk des Herrn betont er, daß die Kolosser

- *in ihm* zur Fülle gebracht sind
- *in ihm* mit einer besonderen Beschneidung versehen wurden
- *mit ihm* in der Taufe begraben sind
- *in ihm* mitauferweckt wurden durch den Glauben
- *mit ihm* mitlebendig gemacht worden sind
- *durch ihn* Vergebung aller Vergehungen erfahren haben
- von der Handschrift in Satzungen (Anklageschrift aufgrund des Gesetzes) befreit wurden
- Zeugen einer Zurschaustellung von Gewalten und Mächten und eines Triumphes sind

Paulus legt hier schon die Grundlage für seine späteren Ausführungen über das **Verborgensein in Christus**. Er macht deutlich, daß die Kolosser mit hineingenommen sind in ein gewaltiges Werk, welches die Machtverhältnisse in bezug auf die ganze Schöpfung, die himmlische Welt und ihr eigenes Leben total umgewälzt hat.

Wenn sich die Kolosser dieser Veränderung bewußt werden, dann muß ihnen auch klar werden, wie unsinnig es ist, sich wieder Menschengeboten, menschlicher Weisheit oder irgendwelchen Finsternismächten zu unterwerfen.
Der Dreiklang **„gestorben, begraben, auferweckt“**, den Paulus ausgehend von der Taufe ins Spiel gebracht hat, bildet im weiteren Verlauf das Gerüst seiner Ausführungen bis hinein in die praktischen Ermahnungen des dritten Kapitels.

Begriffserklärung: **Beschneidung** = Kennzeichen der Zugehörigkeit zu Gott, bezieht sich hier auf das, was durch die Taufe zum Ausdruck gebracht wird („Abschneiden“ von der alten Identität = „Vorhaut“)

Kapitel 3
Verse 1-4

„Gestorben“ und **„Auferweckt“**, diese beiden Aspekte des Werkes Christi nimmt Paulus so ernst, daß er sie fast buchstäblich auf das Leben des Christen überträgt. So kann er den Christen von seiner inneren geistlichen Haltung her sogar im Himmel neben dem Christus sitzen sehen, wo er eine Stellung einnimmt, die ihn inner-lich völlig abtrennt von allem, „was auf der Erde ist“.

Die **neue Identität** in Christus bedeutet:

- suchen, was droben ist
- sinnen auf das, was droben ist

So unrealistisch das auch klingen mag, so schwer vorstellbar dieser Zustand auch ist, es wird einen Zeitpunkt geben, wo er offenbar wird. Und - wie kann es anders sein - selbstverständlich zusammen mit dem Christus.
Diesem im geistlichen Sinne himmlischen Aufenthaltsort kann der Christ nun irdisch mit konkreten **Taten** entsprechen, d.h. er kann in seinem Verhalten und in seiner Gesinnung diesen Zustand schon

jetzt offenbar machen, er darf das Geheimnis seiner neuen Identität ruhig „lüften“, so wie Gott auch das Geheimnis seines Christus „gelüftet“ hat.
Paulus bleibt dabei in dem Bild des „Gestorbenen“ und „Auferweckten“.

Grundlegende Verhaltensweisen:

in bezug auf das *Gestorben-sein*	in bezug auf das *Auferweckt-sein*
● töten	
● ablegen	● anziehen
● ausziehen	

Konkrete „Gegenstände“ dieser Verhaltensweisen:

in bezug auf das *Gestorben-sein*		in bezug auf das *Auferweckt-sein*
● Unzucht	● Zorn	● herzliches Erbarmen
● Unreinheit	● Wut	● Güte
● Leidenschaft	● Bosheit	● Demut
● böse Lust	● Lästerung	● Milde
● Habsucht	● schändliches Reden	● Langmut
	● Lügen	● Gegenseitiges Ertragen
		● Vergebungsbereitschaft
		● Liebe

Es fällt auf, daß er in bezug auf den neuen Menschen ausschließlich Tugenden nennt, die sich auf das **Miteinander** beziehen. Offenbar hält Paulus die Pflege von gesunden Beziehungen untereinander für das beste Mittel, um im Kampf gegen die „Elemente der Welt“ bestehen zu können. Auch die weiteren Appelle sind Hinweise, wie sich das Miteinander unter Christen gestalten läßt.

- zum Frieden berufen in einem Leib
- Dankbarkeit füreinander
- das Wort des Christus reichlich aufnehmen
- gegenseitiges Lehren und Ermahnen
- gemeinsames Singen (mit dem Herzen)
- alles Tun und Reden in Verantwortung vor dem Herrn und Gott
- gemeinsam Gott danken

Verse 18-25 (und 4,1)

Vom gemeindlichen Bereich geht Paulus jetzt zum **häuslichen** oder **privaten** Bereich der einzelnen über. Er spricht verschiedene Personengruppen an:

- die Frauen
- die Männer
- die Kinder
- die Väter
- die Sklaven
- die Herren

Der Brief an die Kolosser

Hier spiegelt sich wieder, in welchem sozialen Rahmen sich damals die Beziehungen auch in den Gemeinden gestalteten. Folgende **Tugenden** stellt Paulus in den Beziehungen dieser Personengruppen heraus:

- Unterordnung
- Liebe statt Bitterkeit
- Gehorsam
- Zurückhaltung
- Einfalt des Herzens
- die Furcht des Herrn
- ein auf den Herrn gerichtetes Herz
- Lauterkeit
- Gerechtigkeit, Fairness

Die Bewährung des Christseins im häuslichen und privaten Bereich ist für Paulus nie eine Nebensache. In vielen seiner Briefe haben ausführliche Anweisungen dazu ihren festen Platz.
Die Anerkennung der absoluten Autorität Christi beinhaltet auch die Anerkennung von Gott abgeleiteter Autorität.

Kapitel 4
Verse 2-6

Paulus schließt seine Ermahnungen ab mit einigen globalen für alle zutreffenden **Anweisungen** und **Appelle** (die Bereiche „Gebet" und „Zeugnis" betreffend).

- Festhalten am Gebet
- im Gebet wachen
- im Gebet danksagen
- im Gebet Fürbitte leisten

- weises Verhalten unter Ungläubigen
- Gelegenheiten nutzen
- mit Gehalt reden
- sich auf Gespräche einstellen und Antworten bereithalten

Bemerkenswert ist, daß Paulus hier noch einmal kurz „sein Thema" aufleuchten läßt, das „Geheimnis des Christus".

Verse 7-18

Paulus beschließt seinen Brief mit einer Reihe **persönlicher Mitteilungen.** Er nennt die Namen einer ganzen Anzahl von Personen, die er z. T. auch beurteilt und empfiehlt.
Indirekt erreicht er dadurch mehreres:

- er stellt den Kolossern seine Mitarbeiter vor
- er gibt ihnen „Stoff" für ihre Gebetsversammlungen
- er fördert die Verbundenheit der Gläubigen untereinander über die örtlichen Beziehungen hinaus

Wichtige oder interessante Personen aus dem Kreis seiner **Mitarbeiter**, über die z. T. auch an anderen Stellen des NT Informationen zu finden sind:

- Tychikus
- Onesimus
- Markus
- Epaphras
- Lukas

Daß Paulus seine Briefe als Dokumente für seine von Gott geschenkten Erkenntnis im Sinne von Kolosser 1,25 verstand, geht aus der Anweisung hervor, den an die Kolosser gesandten Brief mit dem an die Christen in Laodicea gesandten auszutauschen. Auch wenn Paulus an eine bestimmte Ortsgemeinde schrieb, so verstand einen solchen Brief darüber hinaus als Dienst am ganzen Leib Christi.

2. Vorüberlegungen zur Situation der Schüler

Welchen Wissensstand, auf den Kolosserbrief bezogen, kann man bei den Schülern voraussetzen?

Man kann wohl kaum davon ausgehen, daß der Brief bereits einmal ganz durchgelesen wurde. Allenfalls sind einzelne Verse bekannt, die irgendwann einmal ohne Bezug zum Zusammenhang auswendiggelernt wurden. Die zeitgeschichtlichen Hintergründe sind, wenn überhaupt, nur lückenhaft bekannt. Kenntnisse über den Verfasser Paulus können vielleicht vor-ausgesetzt werden. Spezifisch biblische Begriffe wie z.B. Glaube, Wandel, Christus, Taufe usw. sind sicher bekannt, jedoch ohne Bezug zu diesem Brief. Zusammengefaßt kann man also von einer *Erstbegegnung* mit diesem biblischen Buch sprechen, was wahrscheinlich auch auf die meisten anderen zutrifft. In Bibellesehilfen werden eher Evangelientexte als Texte aus den Briefen angeboten.

Welche Anknüpfungspunkte ergeben sich aus dem Brief zum Leben des Schülers?

● *Einführung in Glaubenswahrheiten (z.B. das Werk Jesu)*
Insbesondere die Briefe des Paulus bieten hervorragende Lehraussagen für die Gemeinde. Paulus hatte wie kein anderer Einblick in das Geheimnis des Christus und seines Leibes, wie er es ja selber auch in diesem Brief betont. Daher bietet der Kolosserbrief tiefe Einblicke in Zusammenhänge wichtiger biblischer Wahrheiten, die für jeden - also auch für den Schüler - von großer Bedeutung sind. Die direkte Auseinandersetzung mit dem biblischen Stoff ist folgerichtig auch der beste Weg sich Kenntnisse darüber anzueignen und daraus Konsequenzen für das persönliche Leben zu ziehen, d. h. die erkannten Wahrheiten auch anzuwenden. Schritte in dieser Richtung werden auf den Arbeitsblättern an jeweils geeigneten Stellen angebahnt. Der Schüler lernt so, das Wort Gottes nicht nur sachlich zu begreifen, sondern auch anzuwenden.

Der Brief an die Kolosser

● *Hinweise für das Gemeindeleben*
Ein wichtiger Aspekt für das Verständnis in bezug auf das Leben des Christen in der Gemeinde ist der Schritt von einer reinen Konsumentenhaltung hin zum Begreifen der eigenen Verantwortung an der Mitgestaltung des Gemeindelebens. In biblischer Zeit wurde ein Jude schon im Alter von etwa 12 Jahren in die Verantwortung innerhalb der Familie und in die religiösen Pflichten einbezogen. Der Kolosserbrief macht durch seine praktischen Ermahnungen deutlich, daß jeder Christ die Verantwortung hat, sein Christsein in seiner Umgebung auszuleben.
Je früher er das begreift, desto leichter wird es für den Schüler sein, dies zu einem grundlegenden Prinzip seines Lebens zu machen.

● *Hilfen für die Nachfolge*
Das Wort Gottes ganz allgemein ist die Quelle, die das geistliche Leben des Christen nährt. Der Kolosserbrief enthält wichtige Wahrheiten, die für die Nachfolge von großer Bedeutung sind. Er vermittelt vor allem den Gedanken, daß Jesus Christus im Mittelpunkt steht. Der Glaube an ihn bedeutet die unlösliche Verbindung mit einer Person, die dem Christen alles für sein Leben bieten kann. Es ist von großer Bedeutung, daß dem Schüler diese überragende Bedeutung Jesu aufgeht, daß er ihn als Inhalt und Ziel seines Lebens begreift und daß er an ihm festhält.

3. Aufbau der Unterrichtseinheit

Lernziele	**Lern- u. Arbeitsschritte**
1. Stunde: Die Hintergründe des Briefes kennenlernen.	Einleitungsfragen beantworten, Thema des Briefes formulieren. Persönlicher Bezug: Welchen Platz hat Jesus Christus in meinem Leben?
2. Stunde: Schritte des Werdens und Wachsens eines Christen erfassen.	Mit Hilfe der Gebetsinhalte des Paulus beschreiben, wie ein Mensch zum Glauben kommt. Kennzeichen für das Wachsen im Glauben sammeln und reflektieren. Die besondere Stellung des Christen beschreiben.

3. Stunde:

Die überragende Bedeutung der Person Jesu und das damit zusammenhängende Dienstverständnis des Paulus erfassen.

Die zentrale Stellung Jesu in Schöpfung, himmlischer Welt und Gemeinde beschreiben.
Aufzeigen, wodurch die Bedeutung Jesu im Leben des Paulus deutlich wird (Leiden, Dienst, Verkündigung).
Den paulinischen Schlüsselbegriff „Geheimnis“ analysieren und seinen Inhalt nennen.
Am Beispiel des Paulus überlegen, wie der persönliche Einsatz für andere aussehen kann und welche Folgen das hat.

4. Stunde:

Gefahren für den einzelnen Christen und die Gemeinde damals und heute erkennen und bewerten.

Auflisten der von Paulus genannten und bewerteten Gefahren für die Christen in Kolossä.
Aussagen des Paulus herausstellen, die Jesus Christus und sein Werk als Gegengewicht charakterisieren. Konsequenzen einer engen Verbindung mit Christus im Zusammenhang mit dem Bild der Taufe erarbeiten.

5. Stunde:

Den Wert praktischer Ermahnungen für das Glaubensleben und Möglichkeiten der Anwendung erkennen.

Das neue Leben des Christen beschreiben:
1. Herausstellen, wovon sich ein Christ trennen muß.
2. Zusammentragen, welches Verhalten seinem neuen Leben entspricht.

Die Konsequenzen der neuen Identität in bezug auf das Gemeindeleben herausstellen.

6. Stunde:

Auswirkungen eines Lebens mit Christus auf die Beziehungen im persönlichen Umfeld und übergemeindlich reflektieren.

Das Verhalten als Christ in der Familie und am Arbeitsplatz beschreiben und zwei wesentliche Grundsätze daraus ableiten.
Gründe und Anweisungen bzgl. persönl. Fürbitte und Zeugendienst zusammentragen.
Die Mitarbeiter des Paulus auflisten und ihren Einsatz und Dienst beschreiben. Möglichkeiten des eigenen Dienstes in der Gemeinde durchdenken.

3.1. Erste Stunde: Die Hintergründe des Briefes

Kolosser 1,1-2

Bibeltext

1. Schritt: Anhand einer „blinden Karte“ und einem Infotext werden die zeitgeschichtlichen Hintergründe erarbeitet (römisches Weltreich, wichtige Orte, geographische Gegebenheiten in der Umgebung von Kolossä). Aus den Informationen werden Rückschlüsse auf die Situation der Kolosser gezogen. Abrundung durch Vorstellen von Grundzügen des Lebens in der Antike (evtl. mit heute vergleichen).

Einstieg
siehe Kol.AB 1
Gespräch

siehe 2. Sachanalyse „Leben in der Antike“

2. Schritt: Arbeit am Bibeltext und Beantwortung der Fragen. Schwerpunkt: Die Situation der Absender aus zusätzlichen Bibelstellen ableiten und die Identität der Empfänger in bezug auf Herkunft und Glaubensstand charakterisieren.

Erarbeitung
siehe Kol.AB 2
ggf. *Gruppenarbeit*

3. Schritt: Das Hauptthema des Briefes anhand einer vorgegebenen Auswahl von Bibelstellen ermitteln. Ggf. Hilfestellung leisten durch den Hinweis auf den Namen „Christus“.

Stillarbeit
siehe Kol.AB 3

Mit Hilfe der Grafik die einzelnen Bereiche, in denen Christus eine überragende Stellung inne hat, erarbeiten und erläutern. Herstellung eines persönlichen Bezugs mit Hilfe einer weiteren Grafik, die zwei verschiedene Lebensstile beschreibt.

Vertiefung

Fragestellung: Welchen Platz hat der Herr Jesus in meinem Leben? Abschließend die Begriffe „Gnade“ und „Friede“ aus der Grußformel erläutern.

Gespräch

Der Kolosserbrief wurde von einem der bedeutendsten Apostel an Christen geschrieben, die in den ersten Jahren nach Entstehung des Christentums zum Glauben kamen, und die Paulus durch die Vorstellung des Christus im Glaubenswachstum fördern und stärken wollte. Für jeden, der Christus heute nachfolgen will, beinhaltet dieser Brief wertvolle Hinweise für das persönliche Glaubensleben.

Ergebnis

2. Zweite Stunde: Werden und Wachsen eines Christen

Bibeltext	**Kolosser 1,3-14**
Einstieg siehe Kol.AB 4 *Gespräch* vgl. 1.1.2.	*1. Schritt:* Gespräch über einleitende Gedanken eines Briefes: Wie beginnt man einen Brief, den man an jemanden schreibt, den man nicht persönlich kennt? Zielgedanke: Man stellt sich selbst vor und teilt möglicherweise mit, was man von dem anderen weiß. Info: Paulus hat die Kolosser vermutlich persönlich nicht gekannt.
Erarbeitung siehe Kol.AB 4 (2.Teil) Arbeit am Bibeltext	*2. Schritt:* Erarbeitung der Einzelheiten aus dem Dankgebet unter dem Gesichtspunkt, wie ein Mensch zum Glauben kommt. Ggf. an die Erfahrungen der Schüler anknüpfen. Glaube, Liebe und Hoffnung als grundlegende Merkmale eines geistlichen Lebens herausstellen. Anwendung: Wie äußern sie sich im Leben des Schülers?
siehe Kol.AB 5 *Vertiefung*	*3. Schritt:* Die Bitten des Paulus als Merkmale für ein Wachstum im Glauben erarbeiten. Die erarbeiteten Begriffe gemeinsam erläutern. Den Schwerpunkt „Erkenntnis des Willens Gottes“ anhand der Grafik in seinen Grundsätzen erarbeiten und in persönlichen Bezug zum Schüler setzen. Anwendung: Wie kann ich für mich selbst den Willen Gottes erkennen?
Erarbeitung siehe Kol.AB 6 *Stillarbeit*	*4. Schritt:* Die besondere Stellung des Christen anhand von drei Tatsachen, die als Werk des Vaters beschrieben werden, beschreiben. Die Dimension der Erlösung mit Hilfe einer Grafik verdeutlichen. Neben dem Lichtcharakter auch die Liebe als wesentliches Kennzeichen dieses neuen Herrschaftsbereichs, in den der Christ versetzt wurde, herausstellen. Anwendung mit Bezugnahme auf weitere Bibelstellen: Christen sollen nach dem Grundsatz der Liebe leben.
Ergebnis	**Paulus beginnt den Brief mit Dank und Fürbitte.** **Er zeigt, was er unter Christsein versteht, und welche Dinge er als wichtig er achtet, worin jeder Christ Fortschritte machen sollte. Er verliert dabei nie aus dem Auge, daß es Gott, der Vater, ist, der das alles im Leben der Gläubigen bewirkt.**

3.3. Dritte Stunde: Jesu Größe und Werk

Kolosser 1,15 - 2,7 — **Bibeltext**

1. Schritt: Anhand eines Beispiels, dargestellt als Bildergeschichte, verdeutlichen, wie man erkennt, daß man es mit einer wichtigen Persönlichkeit zu tun hat (wiederholtes Auftreten bei öffentlichen Anlässen).
Überleitung: Paulus geht ähnlich vor. Er zeigt verschiedene Bereiche, in denen Jesus Christus eine überragende Stellung einnimmt.

Einstieg
siehe Kol.AB 7

2. Schritt: Erarbeitung der Bereiche Schöpfung, himmlische Welt, und Gemeinde und der bedeutenden Taten des Herrn Jesus.
Herausfinden der Begriffe, welche die besondere Stellung des Herrn Jesu betonen.
Fragestellung: Welchen Rang würdest du einer Person zuweisen, die das alles getan hat?
Anwendung: Der überragenden Bedeutung Jesu muß entsprechen, daß er auch im Leben des Christen eine zentrale Rolle einnimmt.
Herausstellen des Schwerpunktes, den Paulus im Text nennt und der das im Leben eines Christen verdeutlicht (Beständigkeit, Treue).

Erarbeitung
siehe Kol.AB 7(2.Teil)
Stillarbeit
Gespräch

3. Schritt: Am Beispiel des Paulus deutlich machen, welche Folgen es haben kann, wenn man den Herrn Jesus in den Mittelpunkt seines Lebens stellt (Dienerschaft, Leiden, Kampf, Geheimnisträger).

Vertiefung
siehe Kol.AB 8
Stillarbeit

4. Schritt: Erläuterung des Begriffes Geheimnis und Versuch einer heilsgeschichtlichen Einordnung. Das „Geheimnis" aus den entsprechenden Textstellen erarbeiten und beschreiben.

Erarbeitung
siehe Kol.AB 8/9
Gespräch

5. Schritt: Anhand des Begriffes „Kampf" deutlich machen, daß dem Gegenstand der Verkündigung des Paulus auch das Maß seines persönlichen Einsatzes entspricht.

siehe Kol.AB 9

Gemeinsam erläutern, was es bedeutet, für jemanden zu kämpfen und wie Christen gemeinsam im Glaubenskampf bestehen können.

Gespräch

Abschließendes Bild: Anhand der Übersetzung von Arthur Way die beiden Bilder, Baum und Haus, als Illustration des Christenlebens vorstellen und auf die Praxis des Christenlebens übertragen.

Anwendung

**Wenn Paulus über seinen Herrn und Retter Jesus Christus schreibt, ist er ganz erfüllt von seinem Lieblingsthema.
Er hat von Gott besonderen Einblick in das „Geheimnis des Christus" bekommen. Er weiß, wofür er sich einsetzt, und er weiß auch, daß es sich lohnt. Paulus selbst gibt ein beeindruckendes Beispiel, wie man sich dem Herrn Jesus hingeben kann.**

Ergebnis

3.4. Vierte Stunde: Angriffe auf Christus im Zentrum

Bibeltext	**Kolosser 2,8 - 3,4**
Einstieg siehe Kol.AB 10	*1. Schritt:* An den Kampf des Paulus anknüpfen und herausstellen, daß die Kolosser in Gefahr sind (Verführung und Überredungskunst).
Erarbeitung *Stillarbeit* am Bibeltext	*2. Schritt:* Die Gefahren im einzelnen auflisten, ebenso ihre Bewertung durch Paulus. Übertragung: Welche Gefahren gibt es für Christen heute? Feststellung: Durch den Einfluß der falschen Lehren wird Christus aus dem Zentrum gerückt.
siehe Kol.AB 11 *Stillarbeit* am Bibeltext *Gespräch*	*3. Schritt:* Erarbeitung der unvergleichlichen Alternative, die Paulus vorstellt. Jesus Christus überragt alles, weil... Hinweis auf die Formulierungen „durch ihn", „in ihm" und „mit ihm" und Gespräch über ihren Sinngehalt. Auflistung aller damit in Verbindung stehenden Aussagen im Text. Fazit: Durch die Verbindung zu Jesus Christus haben die Kolosser alles, was sie brauchen und benötigen keine Anleihen bei fremden Lehren. Anwendung: Praktische Bedeutung des „In-Ihm-Seins".
Vertiefung siehe Kol.AB 12 *Gespräch*	*4. Schritt:* Herausstellen der Taufe als öffentliches Zeugnis der engen Verbindung mit Christus. Klärung der Begriffe „gestorben", „begraben" und „auferweckt" im Zusammenhang mit der Taufe (Grafik). Betonung der praktischen Konsequenzen der von Gott geschaffenen Tatsachen (Hinweis auf die „Wenn-Aussagen").
Anwendung	*5. Schritt:* Abschließende Fragestellung: Was bedeutet der Gegensatz „droben" und „auf der Erde"? Verdeutlichung der Konfliktsituation, in der ein Christ lebt, mit Hilfe des Bildes: Hund und Adler an einer Kette - Die Frage, wer wen runter oder hoch zieht, ist eine Frage der Kraft durch entsprechende Ernährung.
Ergebnis	**Der Christ in der Welt ist Gefahren ausgesetzt, weil Satan seinen Herrschaftsbereich nicht kampflos preisgibt. Sie äußern sich durch gegen den Glauben streitende fremde Ideen und Lehren, die den Herrn Jesus Schritt für Schritt aus dem Mittelpunkt verdrängen. Der Christ findet aber in seinem Herrn alles, was er braucht, und bringt dies durch die Taufe auch öffentlich zum Ausdruck. Er befindet sich in einer himmlischen Stellung, in der er von den „Elementen der Welt" befreit ist.**

3.5. Fünfte Stunde: Die Praxis der Lebensgemeinschaft mit Christus

Kolosser 3,5-17	**Bibeltext**
1. Schritt: Verdeutlichung der neuen Identität des Christen durch Vergleich mit den Rollenspielen eines Kindes. Herausstellen des Unterschiedes: Christsein ist kein Spiel, sondern das neue Leben des Christen ist wirklich und real.	*Einstieg* siehe Kol.AB 13
2. Schritt: Auflistung der Dinge, die zum alten Leben gehören und im neuen Leben keinen Platz mehr haben. In diesem Zusammenhang die Bedeutung der Bilder des „Tötens" und des „Ablegens von Kleidern" besprechen.	*Erarbeitung* *Stillarbeit* *Gespräch*
3. Schritt: Anknüpfung an das Bild vom „Auskleiden". Zum „Ausziehen" gehört auch das „Anziehen". Auflistung der neuen „Kleidungsstücke" des Christen.	siehe Kol.AB 14
Auswertung: Paulus nennt Tugenden, die das Verhalten untereinander regeln. Dies tut er, weil eine intakte Gemeinschaft den besten Schutz vor Gefahren bildet.	*Stillarbeit* *Gespräch*
4. Schritt: Ein Teil der Anweisungen bezieht sich auf die Gestaltung von Gemeindezusammenkünften. Herausstellen, welche Elemente die Zusammenkünfte damals prägten. Die besondere Bedeutung des Wortes Gottes hervorheben.	*Vertiefung*
Persönlicher Bezug zum Leben des Schülers: Welchen Stellenwert hat Gottes Wort in meinem Leben?	*Gespräch*
5. Schritt: Herausarbeiten von Einzelheiten, die für das Gemeinde leben sehr wichtig sind (Anrede/Vergebung/Umgang mit der Bibel/ Liedgut) und ihren Stellenwert für den Schüler erarbeiten.	siehe Kol.AB 15 *Gruppenarbeit*
Abschließender Gedanke: Die Anweisungen des Paulus bewirken zwei entscheidende Dinge - Einheit und Frieden.	
Anwendung: Wie kann der Friede des Christus unser Herz erfüllen? (Dankbarkeit/Bibellesen statt.../den Glauben mitteilen/Singen und Loben)	*Gespräch*
Seinem geistlichen Aufenthaltsort im Himmel kann der Christ auf der Erde mit konkreten Taten entsprechen, das heißt, er darf seine neue Identität zur Ehre Gottes offen zeigen. **Durch die Tugenden des neuen Menschen wird auch die Gemeinschaft mit anderen Christen harmonisch. Es ist Gottes Wille, daß Christen in Einheit und Frieden miteinander leben.**	**Ergebnis**

3.6. Sechste Stunde: Auswirkungen der Gemeinschaft mit Christus in allen Lebensbereichen

Bibeltext — **Kolosser 3,18 - 4,18**

Einstieg
siehe Kol.AB 16
Gespräch

1. Schritt: Familien- und Berufsleben als schwierigstes Übungsfeld aufzeigen: Wo kennen uns die Menschen am besten?
Wo ist es am schwersten, als glaubwürdiger Christ zu leben?
Hinweis: Paulus' Ermahnungen reichen bis in den privaten Bereich hinein.

Erarbeitung
Stillarbeit

2. Schritt: Auflistung der Personengruppen, auf die sich Paulus näher bezieht und Zuordnung der jeweiligen Verhaltensaufforderungen.

Gespräch

Auswertung: Diese Beziehungen funktionieren durch die Anerkennung der absoluten Autorität des Christus. Herausstellen der Formulierungen, die auf den himmlischen HERRN hinweisen.

siehe Kol.AB 17

3. Schritt: Die letzten Worte eines Briefes tragen oft sehr persönlichen Charakter. Herausstellen der zwei Bereiche, Gebet und Zeugnis, zu denen Paulus Anweisungen gibt. In diesem Zusammenhang auf das wichtige Stichwort „Geheimnis" im Gesamtkontext des Briefes hin weisen.
Anwendung: Der Inhalt eigener Gebete/Berührungspunkte mit Nichtchristen?

siehe Kol.AB 17
Stillarbeit
Gespräch

4. Schritt: Eine Mitarbeiterliste des Paulus erstellen und Mitteilungen über sie zuordnen.
Anschließend Gespräch über Sinn und Zweck dieser ausführlichen Informationen (Gebet/Verbundenheit).

siehe Kol.AB 18
Stillarbeit
Gespräch

5. Schritt: Am Beispiel des Epaphras Kennzeichen und Qualitäten eines Mitarbeiters zeigen. Eigene Möglichkeiten zur Mitarbeit über denken und Beispiele dafür nennen.

Ergebnis

Paulus macht den Kolossern klar, daß es genauso wichtig ist, sich im persönlichen Bereich als Christ zu bewähren, wie überall sonst. Außerdem zeigt er zum Abschluß seines Briefes die Bedeutung der Beziehung zu anderen Christen auch über den örtlichen Bereich hinaus. Gott hat unterschiedliche Mitarbeiter in den verschiedenen Aufgabenbereichen. Teamfähigkeit, gegenseitige Ergänzung, Informationen über die Aufgaben des anderen und Verbundenheit durch Fürbitte fördern die Arbeit im Reich Gottes.

4. Abschließende Vergegenwärtigung

Was hat der Schüler an Kenntnissen hinzugewonnen?

Der Schüler hat einen Einblick gewonnen in die Zeit der ersten Christen. Er hat anhand eines Briefes aus der damaligen Zeit einige Probleme der ersten Christen kennengelernt. Gleichzeitig erfährt er, wie ein Apostel, der um die Gemeinden Sorge trug, darauf reagierte. Er konnte nachvollziehen, wie die Inhalte des Evangeliums in die Situation der jeweiligen Christen hinein lebendig wurden und hilfreich waren. Er hat erlebt, daß das Wort Gottes bis heute in das Leben eines Christen hineinspricht. Er hat einen Eindruck davon bekommen, daß Jesus Christus das zentrale Element paulinischer Verkündigung ist und daß er einen Anspruch auf den ersten Rang im Leben eines Christen hat.

Welche Anstöße zum Wachstum im Glauben hat der Schüler bekommen und inwieweit sind sie erkennbar?
(Kontrollfragen zur Reflektion für den Lehrer)

- Welchen Stellenwert hat der Herr Jesus im persönlichen Glaubensleben des Schülers?
- Welche Kennzeichen geistlichen Lebens sollten bei ihm sichtbar werden?
- Was unternimmt er, um die Verbindung zum Herrn Jesus Christus zu pflegen?
- Nimmt er aktiv und bewußt am Gemeindeleben teil?
- Was hat er gelernt in bezug auf seinen Umgang mit der Bibel?

Die Antworten auf diese Fragen könnten weitere Ansatzpunkte für die helfende Begleitung des Schülers liefern.

Weiterführende Aufgabenstellungen/Hausaufgaben

- Auswendiglernen folgender Bibeltexte (Auswahl):
  - Kolosser 1,15-20
  - Kolosser 3,1-4
  - Kolosser 3,15-17
  - Kolosser 4,2-6

- Vertiefendes Arbeiten am Bibeltext:
  - farbiges Markieren aller Stellen, wo „in ihm“, „durch ihn“, „mit ihm“ steht (s. insbesonders Abschnitt Kolosser 1,15 - 2,23)
- Arbeiten mit einer Konkordanz zur Vertiefung zentraler Begriffe: Dank, Danksagung, Geheimnis, Diener, Weisheit, auferweckt, Haupt, Leib usw.

- Ausarbeitung eines „Aktionsplans“ zur Umsetzung der gewonnen Informationen und Einsichten anhand folgender Leitfragen:
  - Wo muß sich bei mir etwas ändern?
  - Welches Ziel setze ich mir?
  - Was werde ich konkret tun, um dieses Ziel zu erreichen?
  - Wann beginne ich verbindlich damit?

5. Literaturhinweise

Jaeger, H. / Pletsch, J. (Hrsg.): Biblische Lehre für junge Leute. CV, Dillenburg 1994

McDonald, William: Kommentar zum Neuen Testament, Band 2. CLV, Bielefeld 1994

Miquel, P.: So lebten sie zur Zeit der römischen Legionäre. Tessloff, Nürnberg 1981

Rienecker, Fritz (Hrsg.): Lexikon zur Bibel. Brockhaus, 18. Auflage, Wuppertal 1988,

Hendricks, H. / Hendricks, W.: Bibellesen mit Gewinn. (Handbuch für persönliches Bibelstudium), CV, Dillenburg 1995

Was die Bibel lehrt, CV-Kommentar-Reihe Band 10. (Philipper, Kolosser, Philemon), CV, Dillenburg 1990

Der Brief an die Kolosser

KOL

Im ersten Jahrhundert nach Christus...

Was wir über die Stadt Kolossä wissen:

Kolossä war eine wohlhabende, kleine Stadt im Westen der heutigen Türkei. Im römischen Weltreich nannte man diese Gegend die Provinz ASIA. Kolossä lag am Fuß eines hohen Berges (ca.2500m) im Tal des Flusses Lykos, durch dessen Quellen die Stadt reichlich mit Wasser versorgt wurde. Von diesen Quellen aus wurde ein Aquädukt (Wasserleitung) nach Laodizea gebaut, dessen Reste noch heute besichtigt werden können. Kolossä lag auch in der Nähe der wichtigen Handelsstraße, welche die kleinasiatische Hafenstadt EPHESUS mit dem fernen Osten verband. Bedingt durch die Lage trafen dort verschiedene Kulturen und religiösen Strömungen aufeinander.

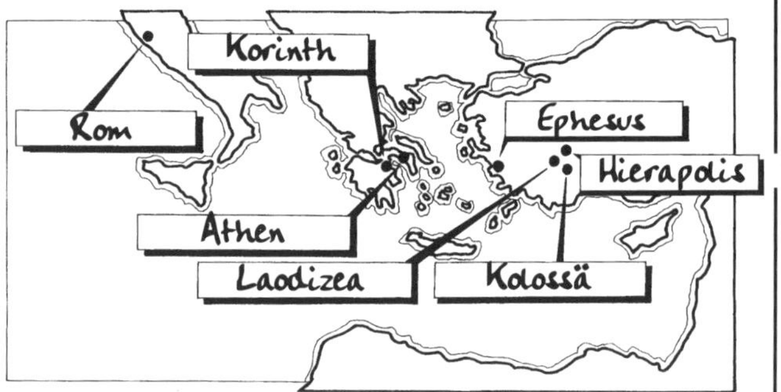

Aufgabe: *Überlege, welche Folgen das für das Verhalten der Einwohner haben konnte!*

- Toleranz
- offen für neue Ideen
- Weltoffenheit
- Unruhen durch Verschiedenartigkeit
- Anhäufung verschiedener Weltanschauungen (Judaismus, griech. Philosophie)

Das Leben in der Antike

Durch die Herrschaft der Römer war das griechische Denken und die griechische Lebensart über das ganze damalige Reich ausgebreitet. Der Lebensstil war durch Genuß gekennzeichnet. Vergnügen und die Betonung des Körperlichen (Sport, Wettkämpfe) standen im Vordergrund. Der Kult der Götter hatte das ganze öffentliche Leben durchdrungen. Viele Bauten, Statuen und Gegenstände der Kunst spiegelten die römische und griechische Götterwelt wieder.

Das soziale Gefüge der römischen Gesellschaft hatte eine feste Prägung. Römer und Griechen standen obenan. Alle anderen (eroberten) Völker wurden als Barbaren und Skythen bezeichnet (vgl. Kol 3,11). Sklaven bildeten die Hauptgruppe innerhalb der damaligen Gesellschaft. Die Juden nahmen als einziges Volk einen Sonderstatus im Römerreich ein. Sie behielten ihre religiösen Rechte und waren auch von der göttlichen Verehrung des Kaisers befreit.

Die Christen besaßen nichts dergleichen. Aus dem festen Gefüge der jüdischen und heidnischen Tradition hatten sie sich mit ihrer Hinwendung zu Jesus Christus gelöst. Sie hatten nichts als ihren Glauben an den Herrn Jesus in ihren Herzen und die Heiligen Schriften des Alten Testamentes. Es gab noch keine christliche Kultur. Nur wenn ihre Beziehung zum Herrn Jesus wirklich lebendig war, konnten sie angesichts der vielfältigen heidnischen Einflüsse um sich herum an ihrem Glauben festhalten.

Tempel des Saturn

Tempel des Mars

Wagenrennen

Kollosseum in Rom

Kennst du noch weitere Einzelheiten über das Leben damals im Römischen Reich? Wo wird darüber im Neuen Testament etwas erwähnt?

- Römisches Bürgerrecht (Paulus - Apg 22,23-29)

Im ersten Jahrhundert nach Christus...

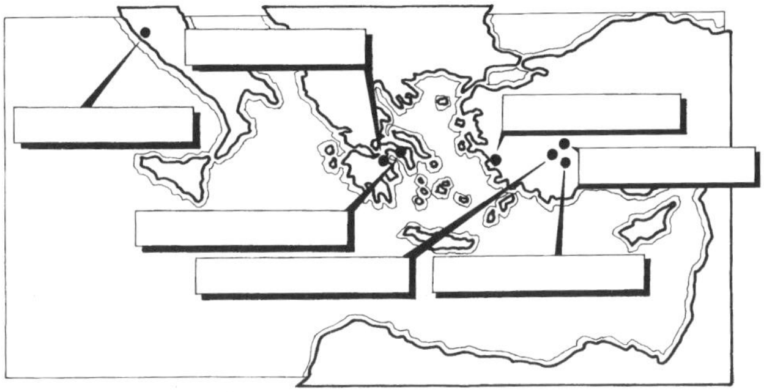

Was wir über die Stadt Kolossä wissen:
Kolossä war eine wohlhabende, kleine Stadt im Westen der heutigen Türkei. Im römischen Weltreich nannte man diese Gegend die Provinz ASIA. Kolossä lag am Fuß eines hohen Berges (ca.2500m) im Tal des Flusses Lykos, durch dessen Quellen die Stadt reichlich mit Wasser versorgt wurde. Von diesen Quellen aus wurde ein Aquädukt (Wasserleitung) nach Laodizea gebaut, dessen Reste noch heute besichtigt werden können. Kolossä lag auch in der Nähe der wichtigen Handelsstraße, welche die kleinasiatische Hafenstadt EPHESUS mit dem fernen Osten verband. Bedingt durch die Lage trafen dort verschiedene Kulturen und religiösen Strömungen aufeinander.

Aufgabe: *Überlege, welche Folgen das für das Verhalten der Einwohner haben konnte!*

- ____________________ ● ____________________
- ____________________ ● ____________________
- ____

Das Leben in der Antike

Durch die Herrschaft der Römer war das griechische Denken und die griechische Lebensart über das ganze damalige Reich ausgebreitet. Der Lebensstil war durch Genuß gekennzeichnet. Vergnügen und die Betonung des Körperlichen (Sport, Wettkämpfe) standen im Vordergrund. Der Kult der Götter hatte das ganze öffentliche Leben durchdrungen. Viele Bauten, Statuen und Gegenstände der Kunst spiegelten die römische und griechische Götterwelt wieder.
Das soziale Gefüge der römischen Gesellschaft hatte eine feste Prägung. Römer und Griechen standen obenan. Alle anderen (eroberten) Völker wurden als Barbaren und Skythen bezeichnet (vgl. Kol 3,11). Sklaven bildeten die Hauptgruppe innerhalb der damaligen Gesellschaft. Die Juden nahmen als einziges Volk einen Sonderstatus im Römerreich ein. Sie behielten ihre religiösen Rechte und waren auch von der göttlichen Verehrung des Kaisers befreit.

Die Christen besaßen nichts dergleichen. Aus dem festen Gefüge der jüdischen und heidnischen Tradition hatten sie sich mit ihrer Hinwendung zu Jesus Christus gelöst. Sie hatten nichts als ihren Glauben an den Herrn Jesus in ihren Herzen und die Heiligen Schriften des Alten Testamentes. Es gab noch keine christliche Kultur. Nur wenn ihre Beziehung zum Herrn Jesus wirklich lebendig war, konnten sie angesichts der vielfältigen heidnischen Einflüsse um sich herum an ihrem Glauben festhalten.

Tempel des Saturn

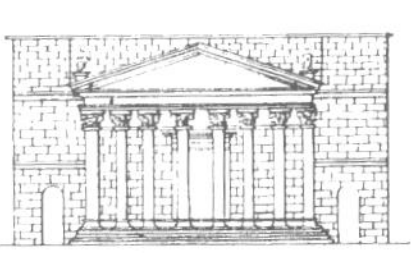
Tempel des Mars

Wagenrennen

Kollosseum in Rom

Kennst du noch weitere Einzelheiten über das Leben damals im Römischen Reich? Wo wird darüber im Neuen Testament etwas erwähnt?

- ____

Bibeltext: Kolosser 1,1-2

Absender und Empfänger des Briefes

Beantworte aus dem Bibeltext und den angegebenen Bibelstellen folgende Fragen:

- Wer sind die Absender?

  Paulus und Timotheus

- In welchen Umständen schreibt Paulus diesen Brief? Lies dazu Kol 1,24 u. 4,18!

  Paulus befindet sich in Gefangenschaft

- Was wird in den Aussagen in Kol 1,7 und 2,1 deutlich?

  Paulus ist vermutlich bis zum Zeitpunkt der Abfassung des Briefes selbst nicht in Kolossä gewesen

- Wer sind die Empfänger des Briefes?

  Christen in Kolossä und Umgebung

- Wo trafen sich die Christen in Kolossä? (vgl. die Aussage in Kol 4,9 mit Phlm 1-2)

  im Haus von Philemon

- Die Gemeinde in Kolossä ist buntgemischt. Worin unterscheiden sie sich? Lies Kol 3,11.18-25!

  Nationalität, Religiöses Vorleben, soziale Stellung

- Welche Schwierigkeiten sind damit möglicherweise verbunden?

  Unterschiedliche Auffassungen, unterschiedliches Verständnis, mögliche Spannungen untereinander

- Diese unterschiedlichen Menschen bekommen gemeinsam eine neue Bezeichnung:

  heilige und gläubige Brüder

- Versuche, diese neue Bezeichnung zu erklären!

  Sie gehören jetzt zu Gott, vertrauen auf ihn und sind untereinander wie Geschwister verbunden

- Wodurch ist das möglich geworden? (Beachte den Ausdruck „in Christus"! Vgl. Kol 1,20.)

  Durch den Glauben an Jesus Christus, der für sie am Kreuz gestorben ist, und durch den sie mit Gott vesöhnt sind.

Bibeltext: Kolosser 1,1-2

Absender und Empfänger des Briefes

Beantworte aus dem Bibeltext und den angegebenen Bibelstellen folgende Fragen:

- Wer sind die Absender?

____

- In welchen Umständen schreibt Paulus diesen Brief? Lies dazu Kol 1,24 und 4,18!

____

- Was wird in den Aussagen in Kol 1,7 und 2,1 deutlich?

____

____

- Wer sind die Empfänger des Briefes?

____

- Wo trafen sich die Christen in Kolossä? (vgl. die Aussage in Kol 4,9 mit Phim 1-2)

____

- Die Gemeinde in Kolossä ist buntgemischt. Worin unterscheiden sie sich? Lies Kol 3,11.18-25!

____

- Welche Schwierigkeiten sind damit möglicherweise verbunden?

____

____

- Diese unterschiedlichen Menschen bekommen gemeinsam eine neue Bezeichnung:

____

- Versuche, diese neue Bezeichnung zu erklären!

____

____

- Wodurch ist das möglich geworden? (Beachte den Ausdruck „in Christus"! Vgl. Kol 1,20.)

____

____

____

Bibeltext: Kolosser 1,15-19; 2,3.10; 3,11.15-17.24

Das Thema des Briefes

Lies die angegebenen Bibelstellen und beantworte die Fragen dazu!

- Was wird in diesen Bibelstellen deutlich?
  Alles dreht sich um Jesus Christus
- Was ist das Hauptthema des Briefes?
  Christus im Zentrum/Mittelpunkt

Zum Bibeltext (Kolosser 1,15-18): In welchem Zusammenhang wird hier der Christus erwähnt?

1 Das Bild des unsichtbaren Gottes

2 Der Erstgeborene aller Schöpfung

3 Das Haupt der Gemeinde

4 Der Erstgeborene aus den Toten

Aus den Formulierungen geht hervor, daß der Herr Jesus eine sehr wichtige Person ist. Das zeigt sich auch in den bedeutenden Taten, die er vollbracht hat. Überlege, was diese Titel beinhalten! Erkläre mit eigenen Worten, was sie aussagen!

Anwendung
Welchen Platz nimmt der Herr Jesus in deinem Leben ein?

Was ist hier dargestellt? Vergleiche die beiden Zeichnungen und beschreibe den Unterschied!

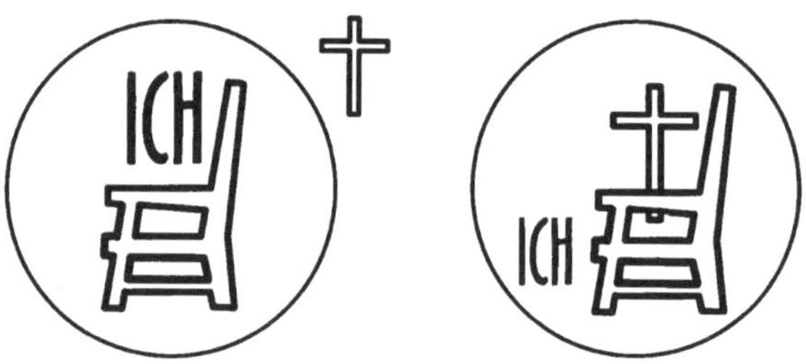

Zwei Lebensstile. Bei dem einen bestimmt der Herr Jesus, bei dem anderen das eigene Ich.

Paulus gebraucht in der Grußformel (1,2) die beiden Begriffe „Gnade" und „Friede". Denke darüber nach, was diese Begriffe in bezug auf das Verhältnis Gott - Mensch bedeuten.

Gnade Wohlwollende Zuwendung Gottes

Friede Harmonie mit Gott

Diese Dinge kommen von Gott. Paulus sagt das ausdrücklich. Deshalb brauchen wir nicht selbst mit aller Anstrengung darum kämpfen, sondern dürfen sie als Geschenk von Gott annehmen.

Bibeltext: Kolosser 1,15-19; 2,3.10; 3,11.15-17.24

Das Thema des Briefes

Lies die angegebenen Bibelstellen und beantworte die Fragen dazu!

- Was wird in diesen Bibelstellen deutlich?

  ____

- Was ist das Hauptthema des Briefes?

  ____

Zum Bibeltext (Kolosser 1,15-18): In welchem Zusammenhang wird hier der Christus erwähnt?

1______________ 2______________ 3______________ 4______________

______________ ______________ ______________ ______________

______________ ______________ ______________ ______________

Aus den Formulierungen geht hervor, daß der Herr Jesus eine sehr wichtige Person ist. Das zeigt sich auch in den bedeutenden Taten, die er vollbracht hat. Überlege, was diese Titel beinhalten! Erkläre mit eigenen Worten, was sie aussagen!

Anwendung
Welchen Platz nimmt der Herr Jesus in deinem Leben ein?

Was ist hier dargestellt? Vergleiche die beiden Zeichnungen und beschreibe den Unterschied!

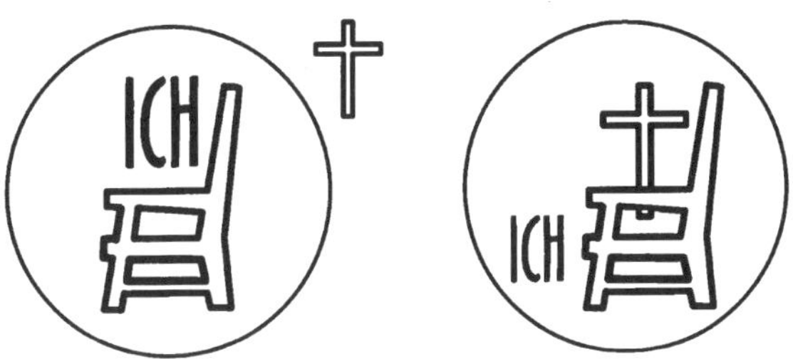

____

____

Paulus gebraucht in der Grußformel (1,2) die beiden Begriffe „Gnade" und „Friede". Denke darüber nach, was diese Begriffe in bezug auf das Verhältnis Gott - Mensch bedeuten.

Gnade ______________________________

Friede ______________________________

Diese Dinge kommen von Gott. Paulus sagt das ausdrücklich. Deshalb brauchen wir nicht selbst mit aller Anstrengung darum kämpfen, sondern dürfen sie als Geschenk von Gott annehmen.

Bibeltext: Kolosser 1,3-8

Wie kommt ein Mensch zum Glauben?

Nachdem Paulus sich vorgestellt hat, schreibt er den Kolossern, was er durch *Epaphras* bereits über sie weiß. Er nennt diese Einzelheiten in einem Dankgebet gegenüber Gott.

Lies die Verse 3-8 und schreibe auf, was Paulus über die Kolosser sagt!

Sie haben ...
- *Glauben Liebe Hoffnung*
- *das Wort Gottes gehört und angenommen*
- *Gottes Gnade erkannt*
- *von Epaphras gelernt*

Vielleicht hast du es schon bemerkt: Paulus teilt hier Grundsätze mit, wie ein Mensch zum Glauben an Jesus Christus kommt. Die Kolosser konnten sich so noch einmal überprüfen, ob sie wirklich mit Paulus dieselbe Grundlage hatten.

Fasse zusammen: Was ist nötig, damit ein Mensch Christ werden kann?

Wort Gottes hören
die Gnade Gottes erkennen und annehmen
vom gelebten Zeugnis eines anderen Christen lernen

Was muß im Leben eines echten Christen vorhanden sein? Lies dazu die Verse 4-5! Worauf bezieht Paulus das jeweils?

Glaube	*Liebe*	*Hoffnung*
AN	ZU	AUF
Jesus Christus	*allen Heiligen*	*das, was im Himmel aufbewahrt ist*

Überlege, was darüber hinaus noch wichtig ist! *Wachstum, Frucht, das Wort Gottes hören und daraus lernen, Gehorsam, Diener sein*

Paulus stellt drei mutmachende Tatsachen heraus, die durch die Annahme des Evangeliums gegeben sind:

1. Christen besitzen ein *Erbe* im Himmel, auf das sie sich *freuen* können (V.5).
2. Christen stehen auf einem sicheren *Fundament*, weil das Evangelium für die ganze *Welt* verbindlich ist (V.6).
3. Christen bringen *Frucht* und *wachsen* im Glauben, weil das Wort Gottes in ihnen wirksam ist (V.6).

Anwendung
Überlege einmal, ob diese Kennzeichen eines Christen bei dir zu erkennen sind. Worin äußern sie sich bei dir?

Bibeltext: Kolosser 1,3-8

Wie kommt ein Mensch zum Glauben?

Nachdem Paulus sich vorgestellt hat, schreibt er den Kolossern, was er durch ______________ bereits über sie weiß. Er nennt diese Einzelheiten in einem Dankgebet gegenüber Gott.
Lies die Verse 3-8 und schreibe auf, was Paulus über die Kolosser sagt!

Sie haben ...
- ______________________________
- ______________________________
- ______________________________
- ______________________________

Vielleicht hast du es schon bemerkt: Paulus teilt hier Grundsätze mit, wie ein Mensch zum Glauben an Jesus Christus kommt. Die Kolosser konnten sich so noch einmal überprüfen, ob sie wirklich mit Paulus dieselbe Grundlage hatten.

Fasse zusammen: Was ist nötig, damit ein Mensch Christ werden kann?

____

____

____

Was muß im Leben eines echten Christen vorhanden sein? Lies dazu die Verse 4-5! Worauf bezieht Paulus das jeweils?

________	________	________
AN	ZU	AUF
________	________	________
________	________	________
________	________	________

Überlege, was darüber hinaus noch wichtig ist! ______________________________

____

Paulus stellt drei mutmachende Tatsachen heraus, die durch die Annahme des Evangeliums gegeben sind:

1. Christen besitzen ein __________ im Himmel, auf das sie sich __________ können (V.5).

2. Christen stehen auf einem sicheren ______________ , weil das Evangelium für die ganze __________ verbindlich ist (V.6).

3. Christen bringen __________ und __________ im Glauben, weil das Wort Gottes in ihnen wirksam ist (V.6).

Anwendung
Überlege einmal, ob diese Kennzeichen eines Christen bei dir zu erkennen sind. Worin äußern sie sich bei dir?

____

____

____

Bibeltext: Kolosser 1,9-11

Wie wächst ein Christ im Glauben?

Wenn ein Mensch Christ wird, ist das nur der Anfang eines Weges. Paulus hat einen großen Teil dieses Weges schon hinter sich, davon sind seine Wünsche für das Wachstum der Kolosser im Glauben bestimmt. Das ist Inhalt seiner täglichen Fürbitte.

Schreibe die **Bitte** des Paulus auf! (Vers 9)
Paulus bittet darum, daß die Kolosser den Willen Gottes erkennen

Mit dieser Bitte verbindet Paulus ein **Ziel** (Vers 10a).

dem Herrn würdig wandeln = ein Leben führen, das Gott gefällt

Dann erklärt Paulus genauer, wie das aussieht.

Frucht bringen = sichtbare Ergebnisse
Wachstum = als Christ reifen
Kraft von Gott (Abhängigkeit) für Ausharren und Geduld
Dank an Gott

Für Paulus scheint es sehr wichtig zu sein, daß die Kolosser den Willen Gottes erkennen . Warum ist es wichtig, den Willen Gottes zu erkennen?

weil man sonst nicht nach dem Willen Gottes leben kann

Im NT wird an verschiedenen Stellen direkt gesagt, was der Wille Gottes ist.

Anwendung: Wie kann ich für mich persönlich den Willen Gottes erkennen?

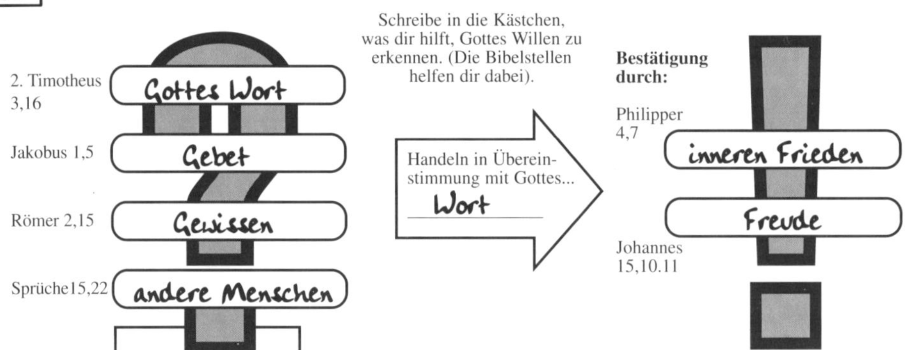

Schreibe in diese Kästchen, was der Wille Gottes ist!

1. Timotheus 2,4	1. Thessalonicher 4,3	1. Thessalonicher 5,18	1. Petrus 2,15
Rettung und Erkenntnis der Wahrheit	Heiligung	Dankbarkeit	Gutestun

Bibeltext: Kolosser 1,9-11

Wie wächst ein Christ im Glauben?

Wenn ein Mensch Christ wird, ist das nur der Anfang eines Weges. Paulus hat einen großen Teil dieses Weges schon hinter sich, davon sind seine Wünsche für das Wachstum der Kolosser im Glauben bestimmt. Das ist Inhalt seiner täglichen Fürbitte.

Schreibe die **Bitte** des Paulus auf! (Vers 9)
Paulus bittet darum, daß die Kolosser ______________________________

Mit dieser Bitte verbindet Paulus ein **Ziel** (Vers 10a).

______________________________ = ______________________________

Dann erklärt Paulus genauer, wie das aussieht.

____________________ = ______________________________

____________________ = ______________________________

______________________________ für ______________ und __________

__________ an __________

Für Paulus scheint es sehr wichtig zu sein, daß die Kolosser den Willen Gottes erkennen .
Warum ist es wichtig, den Willen Gottes zu erkennen?

____

Im NT wird an verschiedenen Stellen direkt gesagt, was der Wille Gottes ist.

Anwendung: Wie kann ich für mich persönlich den Willen Gottes erkennen?

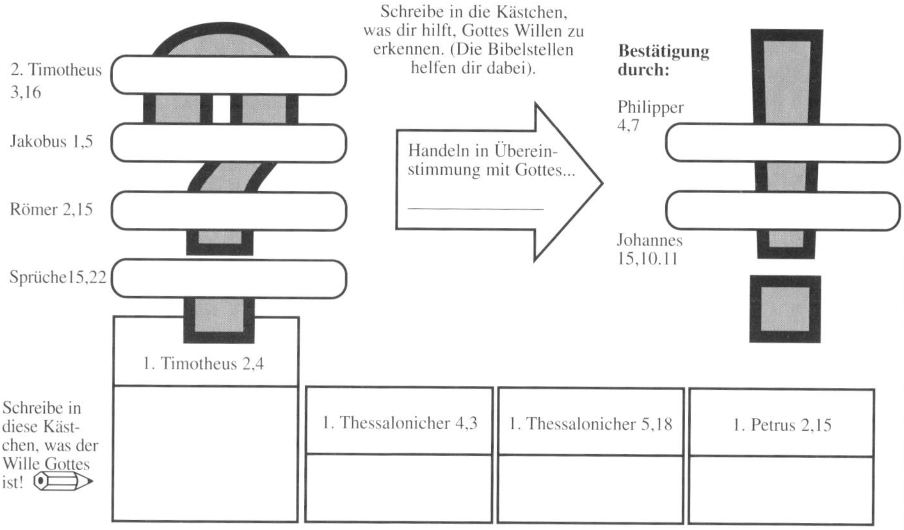

Bibeltext: Kolosser 1,12-13

Was besitzt ein Christ?

Paulus sieht das, was aus den Kolossern geworden ist, als Werk des Vaters im Himmel an. Anhand einiger Begriffe zeigt Paulus, wo sie jetzt stehen:

Schreibe die drei Tatsachen auf!

- fähig gemacht zum Erbe am Anteil der Heiligen im Licht
- errettet aus der macht der Finsternis
- versetzt in das Reich des Sohnes seiner Liebe

Die folgende Grafik verdeutlicht, was mit den Kolossern geschehen ist.
Trage die fehlenden Begriffe in den Text ein!

- Die übernatürliche Welt kann in zwei Bereiche gegliedert werden:

der Bereich des Lichts und der Bereich der Finsternis.
(Apostelgeschichte 26,18)

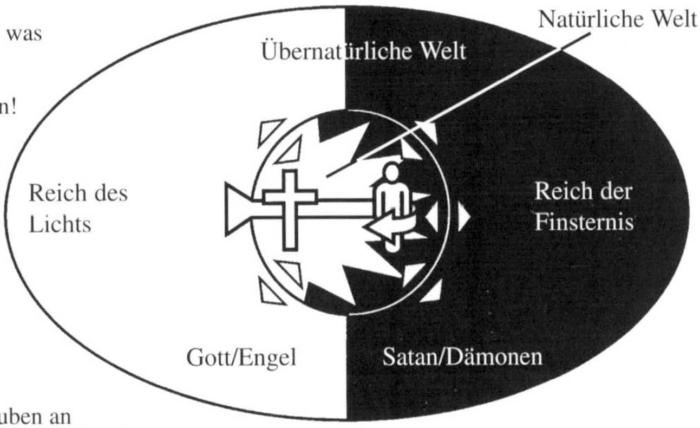

Die Kolosser sind durch den Glauben an Jesus Christus in einen neuen Herrschaftsbereich versetzt worden, in dem Jesus Christus, der Sohn Gottes regiert.

Was kennzeichnet das Reich des Sohnes? Liebe

Paulus macht an verschiedenen Stellen des Briefes deutlich, daß die Christen in der Gemeinde schon jetzt nach diesem Grundsatz leben sollen (Kol 1,4; 3,14.19).

Wem gegenüber kann Liebe geübt werden? (Kol 1,4; 3,19) gegenüber allen

- Gläubigen, Familienangehörigen usw.

Womit vergleicht Paulus die Liebe? (Kol 3,14)

- mit einem Band der Vollkommenheit

Was hat das für eine Wirkung?

- es hält alle zusammen und stellt einen Schmuck dar wie ein kostbares Halsband

Anwendung

Finde Beispiele dafür, wie Liebe zum Ausdruck kommt!

Bibeltext: Kolosser 1,12-13

Was besitzt ein Christ?

Paulus sieht das, was aus den Kolossern geworden ist, als Werk des ______________ im Himmel an. Anhand einiger Begriffe zeigt Paulus, wo sie jetzt stehen:

Schreibe die drei Tatsachen auf!

- ______________
- ______________
- ______________

Die folgende Grafik verdeutlicht, was mit den Kolossern geschehen ist.

Trage die fehlenden Begriffe in den Text ein!

- Die übernatürliche Welt kann in zwei Bereiche gegliedert werden:

der Bereich des ___________ und der Bereich der

______________.
(Apostelgeschichte 26,18)

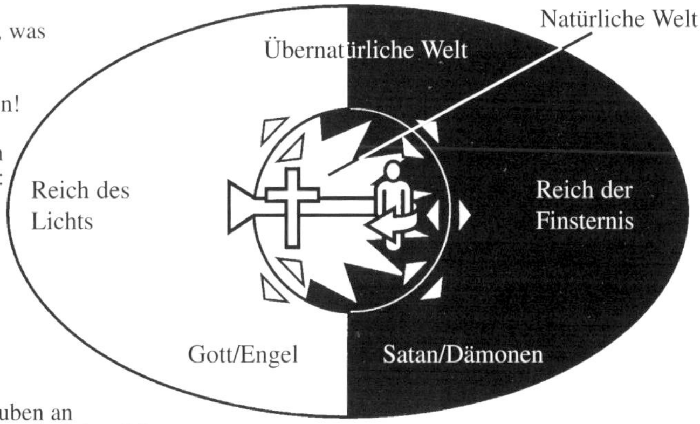

Die Kolosser sind durch den Glauben an Jesus Christus in einen neuen Herrschaftsbereich versetzt worden, in dem Jesus Christus, der Sohn Gottes regiert.

Was kennzeichnet das Reich des Sohnes? ______________

Paulus macht an verschiedenen Stellen des Briefes deutlich, daß die Christen in der Gemeinde schon jetzt nach diesem Grundsatz leben sollen (Kol 1,4; 3,14.19).

Wem gegenüber kann Liebe geübt werden? (Kol 1,4; 3,19) ______________

- ______________

Womit vergleicht Paulus die Liebe? (Kol 3,14)

- ______________

Was hat das für eine Wirkung?

- ______________

____

Anwendung

Finde Beispiele dafür, wie Liebe zum Ausdruck kommt!

____

____

Bibeltext: Kolosser 1,15-23

Die überragende Bedeutung des Herrn Jesus

Ein Beispiel:

Fasse in einem Satz zusammen, welche „Geschichte" diese Bilder erzählen!

Jemand begegnet im Verlauf eines Tages immer wieder einer Person, die durch besondere Aktivitäten in Erscheinung tritt, und gewinnt dadurch den Eindruck, dass es sich um eine bedeutende Persönlichkeit handelt, die er gerne näher kennenlernen möchte.

Paulus macht in diesem Brief etwas Ähnliches. Er lenkt den Blick der Kolosser auf verschiedene Bereiche, in denen jedesmal Jesus Christus eine wichtige Stellung einnimmt.

Aufgabe: Lies den Bibeltext (Kol 1,15-18) und schreibe drei Bereiche auf, in denen Christus eine zentrale Rolle einnimmt!

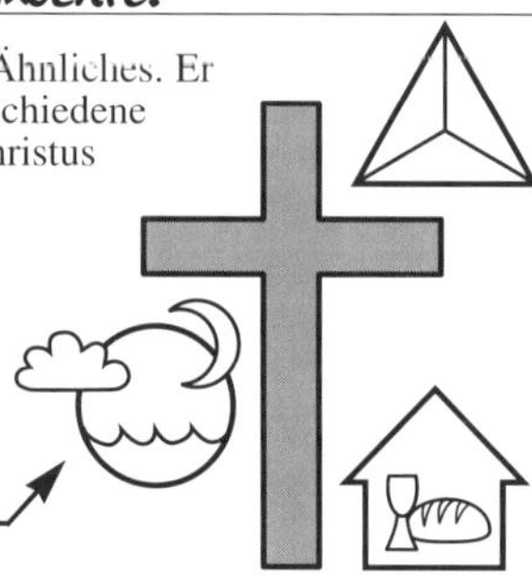

Gott

Schöpfung

Gemeinde

Du merkst, überall steht der Jesus Christus im Mittelpunkt. Überlege, durch welche bedeutenden Taten der Herr Jesus im Mittelpunkt steht!

Aufgabe: Lies den Bibeltext (Kol 1,15-22) noch einmal und schreibe jetzt Jesu Tätigkeiten auf!

- er hat geschaffen
- er erhält
- er regiert
- er hat Frieden gemacht
- er hat versöhnt
- er macht Menschen passend für die Gemeinschaft mit Gott

Welchen Rang würdest du einer Person einräumen, die das alles getan hat? (vgl. V.17.18b)

- den ersten Platz im ganzen Universum

Welche Begriffe oder Titel des Herrn Jesus betonen diese hohe Rangstellung?

- Erstgeborener
- Haupt
- Anfang

Anwendung

Wenn der Herr Jesus eine so überragende Bedeutung hat, müßte er dann nicht auch in deinem Leben eine wichtige Rolle spielen? In den Versen 22 u. 23 gibt Paulus Hinweise, wie du deutlich machen kannst, daß dir der Herr Jesus wichtig ist.

- im Glauben gegründet
- fest bleiben
- nicht abbringen lassen

Bibeltext: Kolosser 1,15-23

Die überragende Bedeutung des Herrn Jesus

Ein Beispiel:

Fasse in einem Satz zusammen, welche „Geschichte" diese Bilder erzählen!

Paulus macht in diesem Brief etwas Ähnliches. Er lenkt den Blick der Kolosser auf verschiedene Bereiche, in denen jedesmal Jesus Christus eine wichtige Stellung einnimmt.

Aufgabe: Lies den Bibeltext (Kol 1,15-18) und schreibe drei Bereiche auf, in denen Christus eine zentrale Rolle einnimmt!

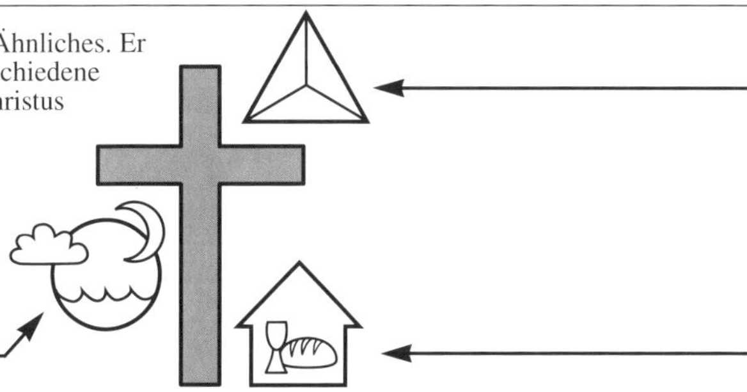

Du merkst, überall steht der Jesus Christus im Mittelpunkt. Überlege, durch welche bedeutenden Taten der Herr Jesus im Mittelpunkt steht!

Aufgabe: Lies den Bibeltext (Kol 1,15-22) noch einmal und schreibe jetzt Jesu Tätigkeiten auf!

-
-
-
-
-
-

Welchen Rang würdest du einer Person einräumen, die das alles getan hat? (vgl. V.17.18b)

-

Welche Begriffe oder Titel des Herrn Jesus betonen diese hohe Rangstellung?

-
-
-

Anwendung

Wenn der Herr Jesus eine so überragende Bedeutung hat, müßte er dann nicht auch in deinem Leben eine wichtige Rolle spielen?
In den Versen 22 u. 23 gibt Paulus Hinweise, wie du deutlich machen kannst, daß dir der Herr Jesus wichtig ist.

-
-
-

Bibeltext: Kolosser 1,23-2,5

Dienen, leiden und verwalten

Paulus räumt Jesus Christus in seinem Leben eine überragende Bedeutung ein. Er teilt den Kolossern mit, welche Folgen das für ihn hat.

In welcher Rolle sieht Paulus sich? (Vers 23.24)

als Diener oder Sklave → des des Evangeliums / der der Gemeinde

Was bedeutet es ein Diener oder Sklave zu sein?

- jemand anderem gehören / kein Recht auf Lohn / nicht für das eigene Wohl, sondern für das Wohl anderer besorgt sein / ständig bereit stehen ...

Paulus zeigt auch, welche Aufgaben mit seinem Dienst verbunden sind.

Lies dazu den Bibeltext (Kol 1,23 - 2,5) und schreibe vier Stichworte auf, die seinen Dienst beschreiben!

- Leiden
- (Haus-)Verwalter
- Geheimnisträger
- Kampf

Paulus darf im Auftrag Gottes ein Geheimnis „lüften“. Aus dem Bibeltext kannst du einiges über dieses Geheimnis herausfinden!

Wie lange ist dieses Geheimnis verborgen geblieben? (Kol 1,26)

Von der Ewigkeit bis Pfingsten

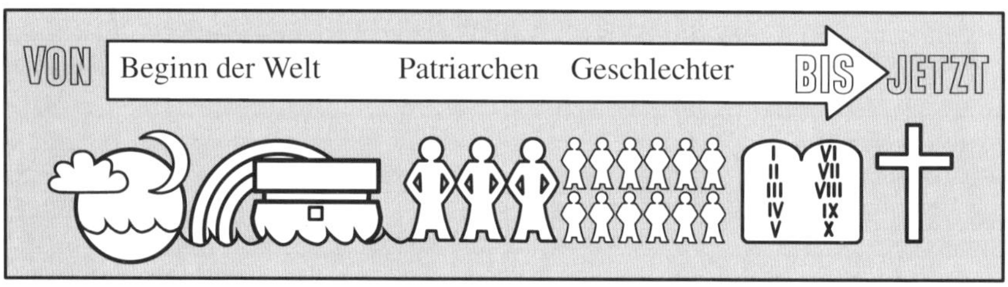

Warum läßt Gott dieses Geheimnis jetzt aufdecken?

1. Jesus Christus hat sein Werk vollbracht, damit hat er die Voraussetzung geschaffen, dass Menschen in die Gegenwart Gottes kommen können (1,22)
2. Weil er vor seinen Heiligen keine Geheimnisse hat (1,26)

Wann interessiert man sich für ein Geheimnis?

1. Es kommt auf die Person an, die dieses Geheimnis preisgibt
2. Wenn andere bereits dieses Geheimnis kennen
3. Sobald man weiss, dass jemand ein Geheimnis hat

Bibeltext: Kolosser 1,23-2,5

Dienen, leiden und verwalten

Paulus räumt Jesus Christus in seinem Leben eine überragende Bedeutung ein. Er teilt den Kolossern mit, welche Folgen das für ihn hat.

In welcher Rolle sieht Paulus sich? (Vers 23.24)

als ______________ < des ______________ / der ______________

Was bedeutet es ein Diener oder Sklave zu sein?

- ____
____
____

Paulus zeigt auch, welche Aufgaben mit seinem Dienst verbunden sind.

Lies dazu den Bibeltext (Kol 1,23 - 2,5) und schreibe vier Stichworte auf, die seinen Dienst beschreiben!

- ______________ - ______________
- ______________ - ______________

Paulus darf im Auftrag Gottes ein Geheimnis „lüften". Aus dem Bibeltext kannst du einiges über dieses Geheimnis herausfinden!

Wie lange ist dieses Geheimnis verborgen geblieben? (Kol 1,26)

____

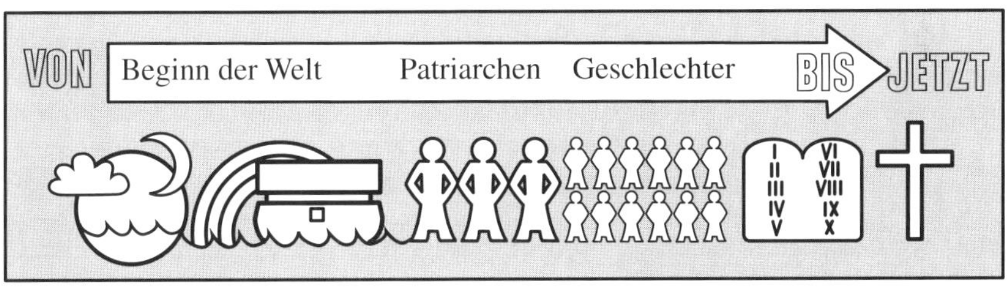

Warum läßt Gott dieses Geheimnis jetzt aufdecken?

1. ____
____
____
2. ____

Wann interessiert man sich für ein Geheimnis?

1. ____
2. ____
3. ____

Bibeltext: Kolosser 2,1-7

Der Kampf des Glaubens

Das Maß des persönlichen Einsatzes von Paulus entspricht der überragenden Qualität dessen, was er verkündigt. Er beschreibt diesen Einsatz mit dem Begriff „Kampf" (1,29 und 2,1).

Beantworte folgende Fragen!

Wann muß man um jemanden kämpfen? (Vgl. Vers 4)

wenn er in Gefahr ist / wenn er angegriffen wird /
wenn er dabei ist, verloren zu gehen

Wie kann man um jemanden kämpfen?

sich mit allen Mitteln für ihn einsetzen / ihn beschützen /
ihn auf die Gefahr hinweisen / ihn dafür ausrüsten,
selbst zu kämpfen / für ihn beten

Was bewahrt und stärkt eine Gemeinschaft von Christen im Kampf? (Vgl. Vers 2-7)

Gepflanzt wie ein Baum ...

Paulus benutzt zwei Bilder, um die Verbindung mit Jesus Christus zu beschreiben. Arthur Way hat diese Verse so übersetzt, daß deutlich wird, was Paulus den Kolossern sagen will:

„Seid wie Bäume tief verwurzelt, steht fest wie ein Gebäude, entdeckt seine Gegenwart bei euch, und seid sogar (denn dazu haben wir euch gelehrt) unerschüttert in eurem Glauben und fließt über vor Dankbarkeit."

(aus: William McDonald, Kommentar zum NT, Bd.2)

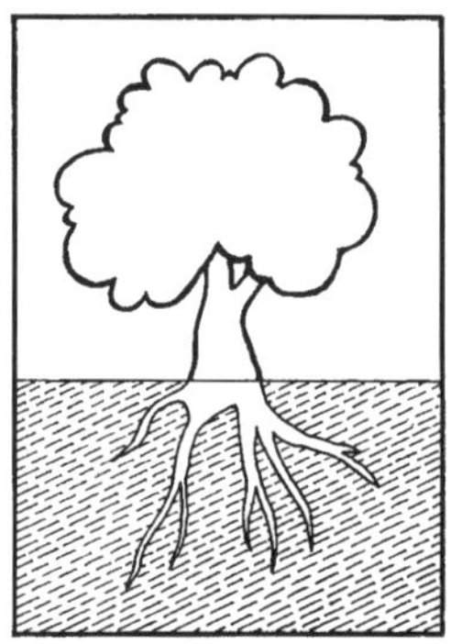

Wodurch soll der Wandel geprägt sein?

- durch festen, unerschütterlichen Glauben /
durch grosse Dankbarkeit

Anwendung
Überlege, wie du das im täglichen Leben erfahren kannst!

- Belehrung annehmen /
eine stets dankbare Haltung einnehmen

Bibeltext: Kolosser 2,1-7

Der Kampf des Glaubens

Das Maß des persönlichen Einsatzes von Paulus entspricht der überragenden Qualität dessen, was er verkündigt. Er beschreibt diesen Einsatz mit dem Begriff „Kampf" (1,29 und 2,1).

Beantworte folgende Fragen!

Wann muß man um jemanden kämpfen? (Vgl. Vers 4)

Wie kann man um jemanden kämpfen?

Was bewahrt und stärkt eine Gemeinschaft von Christen im Kampf? (Vgl. Vers 2-7)

Gepflanzt wie ein Baum ...

Paulus benutzt zwei Bilder, um die Verbindung mit Jesus Christus zu beschreiben. Arthur Way hat diese Verse so übersetzt, daß deutlich wird, was Paulus den Kolossern sagen will:

„Seid wie Bäume tief verwurzelt, steht fest wie ein Gebäude, entdeckt seine Gegenwart bei euch, und seid sogar (denn dazu haben wir euch gelehrt) unerschüttert in eurem Glauben und fließt über vor Dankbarkeit."

(aus: William McDonald, Kommentar zum NT, Bd.2)

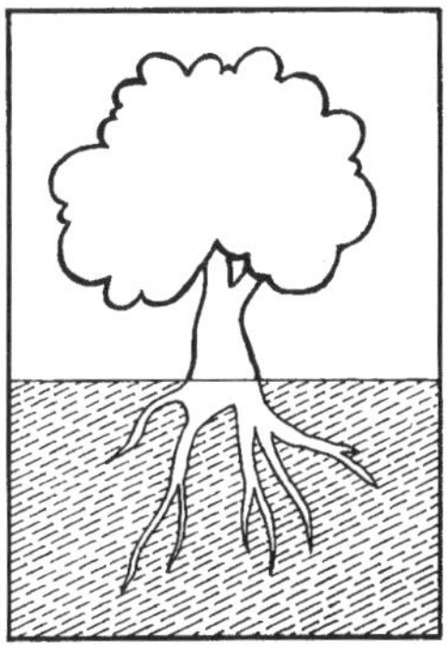

Wodurch soll der Wandel geprägt sein?

●

Anwendung
Überlege, wie du das im täglichen Leben erfahren kannst!

●

Bibeltext: Kolosser 2,8 - 3,4

Christen in Gefahr!

Paulus kämpft um die Kolosser, weil sie in Gefahr sind. In Kol 2,4 findest du eine erste Andeutung darüber, worin die Gefahr besteht. **Schreibe es hier auf!**

- Verführung und Überredung

Anschließend führt Paulus genauer aus, was er damit meint.

Aufgabe: Lies aus dem Textabschnitt die Verse 8-23 und finde heraus, welche Dinge für die Kolosser eine Gefahr bedeuten. Schreibe sie in die linke Spalte!

Gefahren	Bewertung
▲ Philosophie	leerer Betrug
▲ Überlieferung von Menschen	nicht Christus gemäss
▲ Speisevorschriften	Schatten der zukünftigen Dinge
▲ Festtagsgebote	Schatten der zukünftigen Dinge
▲ Engellehren	aus dem eigenen Willen heraus
▲ Visionen	aus dem eigenen Willen heraus
▲ Satzungen, Forderungen, Verbote	Elemente der Welt
▲ Askese	zur Zerstörung bestimmt
▲ eigenwille Formen der	nur einen Schein von Weisheit
▲ Gottesverehrung	

Wir können heute z. T. nicht mehr genau feststellen, was sich hinter den Dingen verbirgt, die Paulus nennt. Einige davon finden sich aber auch in der heutigen Zeit wieder. Kreise sie ein, wo du meinst, daß dies zutrifft!

Wie begegnet Paulus nun den Gefahren? Er bewertet die „Angebote", welche die Kolosser von verschiedenen Seiten bekommen. Sein Urteil kannst du an verschiedenen Begriffen oder Formulierungen im Text festmachen. Ordne diese Begriffe den entsprechenden Gefahren zu und trage sie in die rechte Spalte ein!

Formuliere mit eigenen Worten, wie Paulus diese Dinge einschätzt.

Er schätzt ihren Wert gering ein und beschreibt sie als vergängliche Dinge, die in keinem Vergleich stehen zu dem, was der Herr Jesus anbietet

Anwendung

Auch heute gibt es für Christen Gefahren, die sie von Jesus Christus ablenken. Schreibe einige auf und charakterisiere, was ihren Reiz ausmacht und was sie vordergründig anbieten. Überlege auch, wie man diesen Gefahren entgehen kann.

Gefahren heute: New Age, Sekten, sogenannte Wissenschaft, Rationalismus, Egoismus, Konsum usw.

Womit sie locken: Sie versprechen ein besseres Leben, grösseren Erfolg, Sicherheit usw.

Was dagegen tun? realistische Beurteilung, genau prüfen, sich an den richtigen Stellen informieren, an dem festhalten, was die Bibel sagt usw.

Bibeltext: Kolosser 2,8 - 3,4

Christen in Gefahr!

Paulus kämpft um die Kolosser, weil sie in Gefahr sind. In Kol 2,4 findest du eine erste Andeutung darüber, worin die Gefahr besteht. **Schreibe es hier auf!**

● ______________________________

Anschließend führt Paulus genauer aus, was er damit meint.

Aufgabe: Lies aus dem Textabschnitt die Verse 8-23 und finde heraus, welche Dinge für die Kolosser eine Gefahr bedeuten. Schreibe sie in die linke Spalte!

	Gefahren	Bewertung
▲		
▲		
▲		
▲		
▲		
▲		
▲		
▲		
▲		
▲		

Wir können heute z. T. nicht mehr genau feststellen, was sich hinter den Dingen verbirgt, die Paulus nennt. Einige davon finden sich aber auch in der heutigen Zeit wieder. Kreise sie ein, wo du meinst, daß dies zutrifft!

Wie begegnet Paulus nun den Gefahren? Er bewertet die „Angebote", welche die Kolosser von verschiedenen Seiten bekommen. Sein Urteil kannst du an verschiedenen Begriffen oder Formulierungen im Text festmachen. Ordne diese Begriffe den entsprechenden Gefahren zu und trage sie in die rechte Spalte ein!

Formuliere mit eigenen Worten, wie Paulus diese Dinge einschätzt.

Anwendung
Auch heute gibt es für Christen Gefahren, die sie von Jesus Christus ablenken.
Schreibe einige auf und charakterisiere, was ihren Reiz ausmacht und was sie vordergründig anbieten. Überlege auch, wie man diesen Gefahren entgehen kann.

Gefahren heute: ______________________________

Womit sie locken: ______________________________

Was dagegen tun? ______________________________

Bibeltext: Kolosser 2,8 - 23

Die bessere Alternative: Jesus Christus

Paulus stellt den Kolossern eine bessere Alternative vor, die sie eigentlich längst besitzen. Er macht ihnen noch einmal klar, was es bedeutet, in Verbindung mit Jesus Christus zu stehen.

Aufgabe: Ergänze die folgenden Sätze! (Vers 9.10)

- Der Herr Jesus überragt alles, weil ...
  in ihm die Fülle der Gottheit wohnt (d.h. er repräsentiert Gott)
- Der Herr Jesus überragt alles, weil ....
  er das Haupt jeder Gewalt und Macht ist (d.h. er hat Macht über alles)

Schlußfolgerung: Einer so mächtigen Person kann man wirklich vertrauen.

Die Verbindung zum Herrn Jesus beschreibt Paulus mit Hilfe einer immer wiederkehrenden Formulierung: IN IHM oder in abgewandelter Form DURCH IHN bzw. MIT IHM.

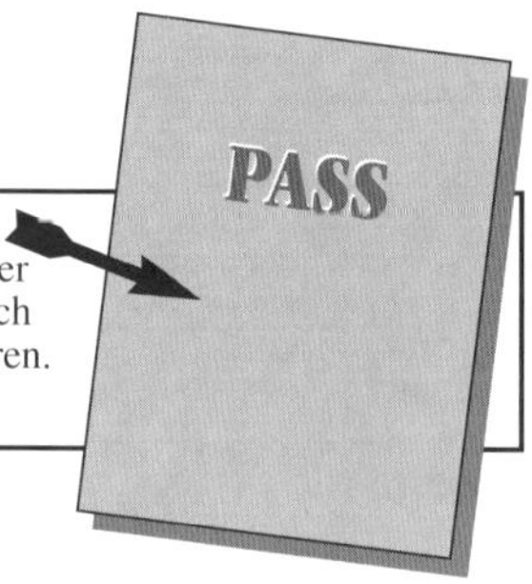

Ein Beispiel ...
Kinder stehen im Ausweis ihrer Eltern. Das berechtigt sie dazu, mit über eine Grenze in ein anderes Land zu gehen. Der Paß ihrer Eltern gilt auch für sie. Ähnlich ist es mit dem Herrn Jesus und denen, die zu ihm gehören. Für sie gilt, was der Herr Jesus getan hat.

Aufgabe: Suche im Bibeltext die Aussagen, die Paulus im Zusammenhang mit „IN IHM“ und „MIT IHM“ macht.

V.10a: in ihm zur Fülle gebracht
V.11: in ihm beschnitten
V.12a: mit ihm in der Taufe „begraben“
V.12b: mit ihm „auferweckt“
V.13b: mit ihm lebendig gemacht

- Weitere „Vorteile“ durch den Herrn Jesus:

V.13c die Vergebung aller Sünden
V.14: Befreiung von der Anklage
V.15: Sieg über Gewalten und Mächte

- **Fasse** mit eigenen Worten zusammen, was der Herr Jesus durch sein Erlösungswerk erreicht hat!

Durch den Herrn Jesus haben wir ein neues Leben bekommen. Alle Sünden sind vergeben. Wir sind von jedem Urteil freigesprochen. Auch die Mächte der Finsternis können daran nichts mehr ändern.

Überlege, was das für die Kolosser bedeutet in bezug auf die gefährlichen Ersatzangebote um sie herum?

Sie brauchen sich das Heil nicht mehr zu verdienen und sich keine Gebote mehr auflegen lassen. Sich an den Herrn Jesus halten macht frei!

Anwendung
Wie kann dir das Bewußtsein, „in ihm“ zu sein, in deinem Leben als Christ helfen?

Weil ich das Beste schon besitze, brauche ich mich durch Ersatzangebote nicht verunsichern lassen.

Bibeltext: Kolosser 2,8 - 23

Die bessere Alternative: Jesus Christus

Paulus stellt den Kolossern eine bessere Alternative vor, die sie eigentlich längst besitzen.
Er macht ihnen noch einmal klar, was es bedeutet, in Verbindung mit Jesus Christus zu stehen.

Aufgabe: Ergänze die folgenden Sätze! (Vers 9.10)

- Der Herr Jesus überragt alles, weil ...

____

- Der Herr Jesus überragt alles, weil ....

____

Schlußfolgerung: Einer so mächtigen Person kann man wirklich ______________.

Die Verbindung zum Herrn Jesus beschreibt Paulus mit Hilfe einer immer wiederkehrenden Formulierung: IN IHM oder in abgewandelter Form DURCH IHN bzw. MIT IHM.

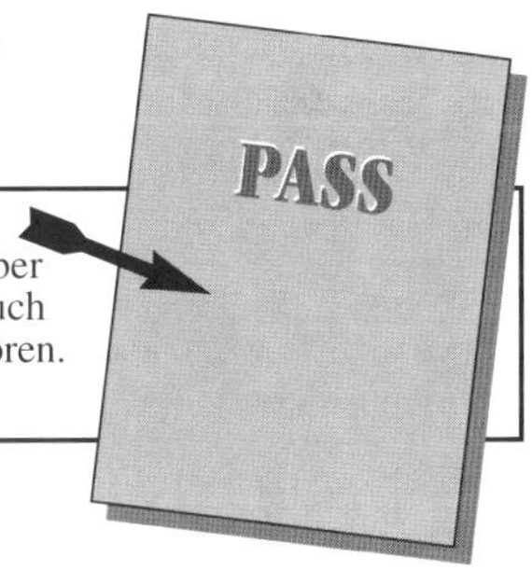

Ein Beispiel ...
Kinder stehen im Ausweis ihrer Eltern. Das berechtigt sie dazu, mit über eine Grenze in ein anderes Land zu gehen. Der Paß ihrer Eltern gilt auch für sie. Ähnlich ist es mit dem Herrn Jesus und denen, die zu ihm gehören. Für sie gilt, was der Herr Jesus getan hat.

Aufgabe: Suche im Bibeltext die Aussagen, die Paulus im Zusammenhang mit „IN IHM" und „MIT IHM" macht.

V.10a: ______________________

V.11: ______________________

V.12a: ______________________

V.12b: ______________________

V.13b: ______________________

- Weitere „Vorteile" durch den Herrn Jesus:

V.13c ______________________

V.14: ______________________

V.15: ______________________

- **Fasse** mit eigenen Worten zusammen, was der Herr Jesus durch sein Erlösungswerk erreicht hat!

____

____

____

Überlege, was das für die Kolosser bedeutet in bezug auf die gefährlichen Ersatzangebote um sie herum?

____

____

Anwendung
Wie kann dir das Bewußtsein, „in ihm" zu sein, in deinem Leben als Christ helfen?

____

____

Bibeltext: Kolosser 2,12; 3,1-4

Die Taufe
Ein Bild für die enge Verbindung mit Jesus Christus

Paulus erwähnt die Taufe. Sie verdeutlicht eine wichtige Veränderung, die im Leben eines Christen stattgefunden hat, und zeigt die intensive Verbindung, die zwischen dem Christen und dem Herrn Jesus besteht. Aus der Taufhandlung leitet Paulus im weiteren Verlauf des Briefes wichtige Gedanken ab.

Beschreibe anhand der Grafik, welche Tatbestände durch die Taufe dargestellt werden! →

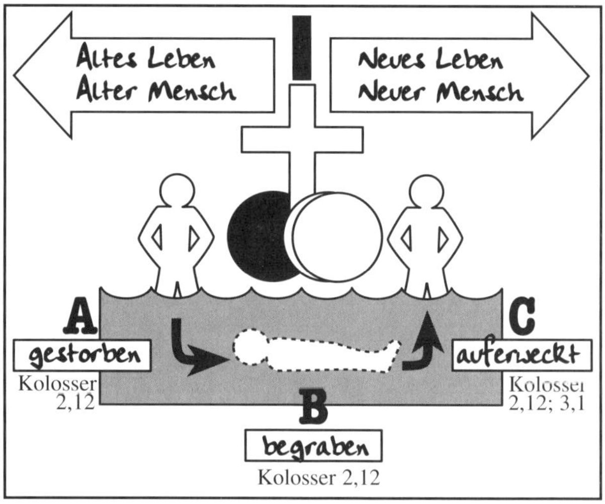

Paulus bringt das in einen praktischen Bezug zu der Situation der Kolosser und zum Verhalten der Christen.

Fülle die Lücken mit Hilfe der Aussagen in den Versen 2,12 und 3,1-4 ! Achte dabei auf die Sätze, die mit „wenn" beginnen.

1. gestorben Verhältnis zu den irdischen Dingen

2. auferweckt Ausrichtung auf die himmlischen Dinge

3. geoffenbart Hoffnung auf die endgültige Herrlichkeit

Man bekommt den Eindruck, daß Paulus die Christen schon im Himmel sieht.

Versuche, zu erklären, was es für einen Christen bedeutet, einerseits durch Jesus Christus in eine himmlische Stellung versetzt zu sein, andererseits aber noch mit beiden Beinen auf der Erde zu stehen!

Es ist ein zwispältiger Zustand. Der Christ steht im Kampf, seiner himmlischen Stellung zu entsprechen oder sich den irdischen Dingen zu widmen.

Die letzte Wenn-Formel zeigt, wann dieser zwiespältige Zustand überwunden sein wird (vgl. auch 1Thess 4,16-17): Wenn der Herr Jesus wiederkommt, werden die Christen endgültig in den himmlischen Zustand verwandelt.

Anwendung

Wie kann ein Christ „sinnen auf das, was droben ist"?

Er kann durch Glauben in diesem himmlischen Zustand schon jetzt leben, indem er sich nach dem Wort Gottes richtet.

Bibeltext: Kolosser 2,12; 3,1-4

Die Taufe

Ein Bild für die enge Verbindung mit Jesus Christus

Paulus erwähnt die Taufe. Sie verdeutlicht eine wichtige Veränderung, die im Leben eines Christen stattgefunden hat, und zeigt die intensive Verbindung, die zwischen dem Christen und dem Herrn Jesus besteht. Aus der Taufhandlung leitet Paulus im weiteren Verlauf des Briefes wichtige Gedanken ab.

Beschreibe anhand der Grafik, welche Tatbestände durch die Taufe dargestellt werden! →

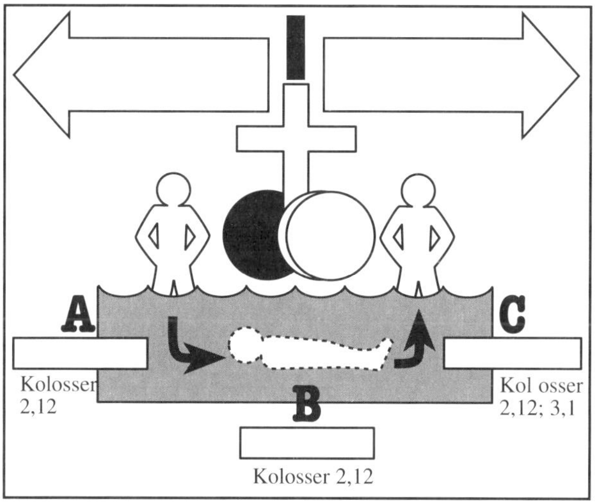

Paulus bringt das in einen praktischen Bezug zu der Situation der Kolosser und zum Verhalten der Christen.

Fülle die Lücken mit Hilfe der Aussagen in den Versen 2,12 und 3,1-4 ! Achte dabei auf die Sätze, die mit „wenn" beginnen.

1. gestorben Verhältnis zu den ________________ Dingen

2. auferweckt Ausrichtung auf die ________________ Dinge

3. geoffenbart Hoffnung auf die endgültige ________________

Man bekommt den Eindruck, daß Paulus die Christen schon im Himmel sieht.

Versuche, zu erklären, was es für einen Christen bedeutet, einerseits durch Jesus Christus in eine himmlische Stellung versetzt zu sein, andererseits aber noch mit beiden Beinen auf der Erde zu stehen!

____

____

Die letzte Wenn-Formel zeigt, wann dieser zwiespältige Zustand überwunden sein wird (vgl. auch 1Thess 4,16-17): ____

____

Anwendung

Wie kann ein Christ „sinnen auf das, was droben ist"?

____

____

Bibeltext: Kolosser 3,5 - 11

Wie soll ein Christ sein?

Ein Beispiel ...

Du kannst dich sicher daran erinnern:
Beim Spiel als Kind versetzt man sich oft in die Rolle einer Person. Du stellst dir vor, daß du ein Arzt bist und handelst auch so. Du behandelst Patienten, du verschreibst Medikamente und lebst für eine Zeit in dieser gespielten Welt. Plötzlich bist du jemand ganz anderes ...

Paulus schlägt etwas ganz ähnliches vor. Die Kolosser sollen sich für Leute halten, die schon im Himmel sind. Dementsprechend sollen sie sich jetzt verhalten und handeln. Es gibt aber einen wichtigen Unterschied. Für Paulus ist das alles kein Spiel, er nimmt diese „Rolle“ sehr ernst. Sie ist durch das Werk des Herrn Jesus schon zur Wirklichkeit geworden!

Aufgabe: Zähle auf, was keinen Platz mehr im Leben einer „himmlischen“ Person hat! Lies dazu den Bibeltext! (Kolosser 3,5-10)

● Unzucht	● Lästerung	● Zorn
● Leidenschaft	● schändliches Reden	● Bosheit
● Habsucht	● Unreinheit	● Lügen
● Wut	● böse Lust	●

Zu welchen Handlungen fordert Paulus **bildhaft** auf?

1. töten (wie etwas, das verurteilt ist)
2. ablegen (wie ein altes Kleid)

Was drückt er damit aus? ● totale Konsequenz

Anwendung
Wie kann ein Christ das im Alltagsleben umsetzen? Erkläre, was die drei Schritte bedeuten!

1. Erkennen → erkennen, was zum „alten Menschen“ gehört

2. Umdenken → auf das besinnen, was zum „neuen Menschen“ gehört

3. Anders handeln → bewusst als „neuer Mensch“ handeln

Bibeltext: Kolosser 3,5 - 11

Wie soll ein Christ sein?

Ein Beispiel ...

Du kannst dich sicher daran erinnern:
Beim Spiel als Kind versetzt man sich oft in die Rolle einer Person. Du stellst dir vor, daß du ein Arzt bist und handelst auch so. Du behandelst Patienten, du verschreibst Medikamente und lebst für eine Zeit in dieser gespielten Welt. Plötzlich bist du jemand ganz anderes ...

Paulus schlägt etwas ganz ähnliches vor. Die Kolosser sollen sich für Leute halten, die schon im Himmel sind. Dementsprechend sollen sie sich jetzt verhalten und handeln. Es gibt aber einen wichtigen Unterschied. Für Paulus ist das alles kein Spiel, er nimmt diese „Rolle" sehr ernst. Sie ist durch das Werk des Herrn Jesus schon zur Wirklichkeit geworden!

Aufgabe: Zähle auf, was keinen Platz mehr im Leben einer „himmlischen" Person hat! Lies dazu den Bibeltext! (Kolosser 3,5-10)

- ______ • ______ • ______
- ______ • ______ • ______
- ______ • ______ • ______
- ______ • ______ • ______

Zu welchen Handlungen fordert Paulus **bildhaft** auf?

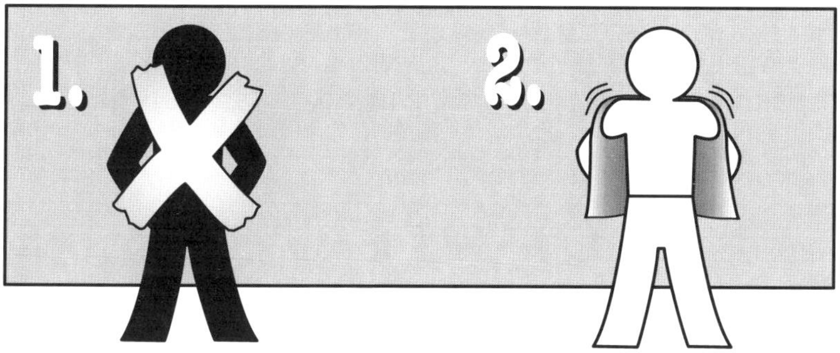

1.______ 2.______

Was drückt er damit aus? • ______

Anwendung
Wie kann ein Christ das im Alltagsleben umsetzen? Erkläre, was die drei Schritte bedeuten!

1. Erkennen ➜ ______

2. Umdenken ➜ ______

3. Anders handeln ➜ ______

Bibeltext: Kolosser 3,12 - 17

Die neue „Rolle“ des Christen

Paulus beschreibt jetzt das Verhalten, welches zum neuen Leben des Christen als „Himmelsperson“ gehört. Er benutzt dazu das Bild, welches du eben schon kennengelernt hast. Wenn man aber ein altes Kleid ablegt, zieht man dafür ein neues an.

Aufgabe: Zähle auf, welches die neuen Kleider des Christen sind! Lies dazu den Bibeltext ! (Kol 3,12-14)

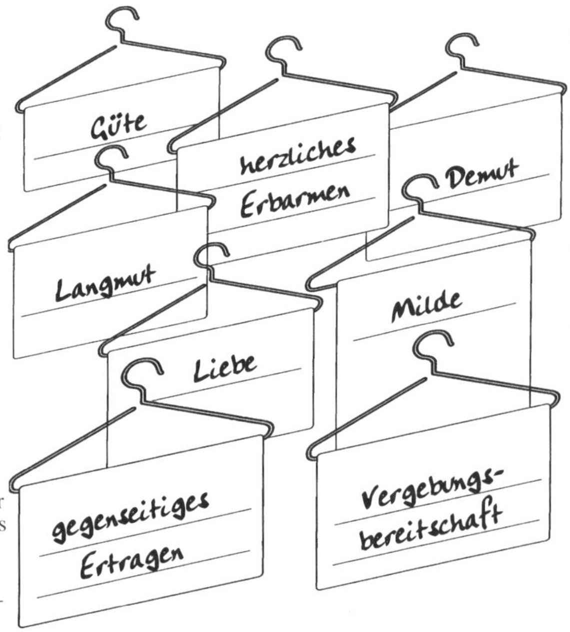

Erkläre die Begriffe mit eigenen Worten. Was fällt dir auf?

Paulus nennt Tugenden, die das Verhalten untereinander regeln und harmonisch gestalten.

Das hat einen guten Grund. Denke einmal zurück an die Gefahren, denen die Kolosser ausgesetzt sind und überlege, warum Paulus hier so sehr den Zusammenhalt betont.

Eine intakte Gemeinschaft und ein harmonisches Miteinander sind ein wichtiger Schutz gegen Gefahren von aussen

Was kennzeichnet ein gesundes Gemeindeleben?

Paulus gibt auch praktische Hinweise für die Stunden, in denen die Kolosser als Gemeinde zusammen sind. Auch dort sollen sie zeigen, daß sie eine Einheit bilden.

Worauf sollen sie besonders achten? Lies den Bibeltext! (Kol 3,15-17)

Frieden untereinander — Beschäftigung mit dem Wort Gottes
Dankbarkeit füreinander — gegenseitiges Lehren u. Ermahnen
gemeinsam Gott danken — in Übereinstimmung mit Jesus handeln
Singen von Psalmen, Lobliedern und geistlichen Liedern

Anwendung
Paulus weist die Kolosser eindringlich darauf hin, wie wichtig die Beschäftigung mit dem Wort Gottes ist. Welche Rolle spielt die Bibel in deinem Leben? Überprüfe es einmal, indem du auflistest, bei welchen Gelegenheiten, du dich mit Gottes Wort beschäftigst!

Stille Zeit / Gemeindestunden / Jugendstunde / Kalenderzettel ...

Welche Möglichkeiten hast du, mit der Bibel vertraut zu werden?

Jahresbibelleseplan / Bibelverse lernen / Geschichten aus der Bibel anderen erzählen (Kinderstunde) / Bibelstudienkurse / Rätselbücher zur Bibel usw.

Bibeltext: Kolosser 3,12 - 17

Die neue „Rolle" des Christen

Paulus beschreibt jetzt das Verhalten, welches zum neuen Leben des Christen als „Himmelsperson" gehört. Er benutzt dazu das Bild, welches du eben schon kennengelernt hast. Wenn man aber ein altes Kleid ablegt, zieht man dafür ein neues an.

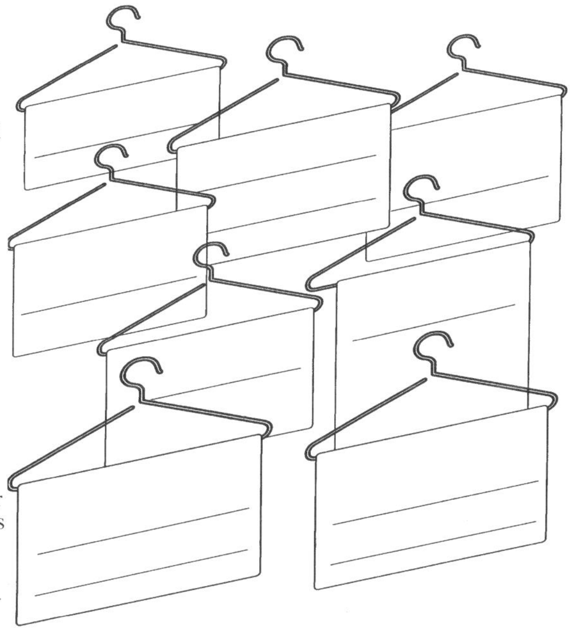

Aufgabe: Zähle auf, welches die neuen Kleider des Christen sind! Lies dazu den Bibeltext ! (Kol 3,12-14)

Erkläre die Begriffe mit eigenen Worten. Was fällt dir auf?

Paulus nennt Tugenden, die das

________________ untereinander regeln

und ________________ gestalten.

Das hat einen guten Grund. Denke einmal zurück an die Gefahren, denen die Kolosser ausgesetzt sind und überlege, warum Paulus hier so sehr den Zusammenhalt betont.

____

____

____

Was kennzeichnet ein gesundes Gemeindeleben?

Paulus gibt auch praktische Hinweise für die Stunden, in denen die Kolosser als Gemeinde zusammen sind. Auch dort sollen sie zeigen, daß sie eine Einheit bilden.

Worauf sollen sie besonders achten? Lies den Bibeltext! (Kol 3,15-17)

______________________________ ______________________________

______________________________ ______________________________

______________________________ ______________________________

____

Anwendung
Paulus weist die Kolosser eindringlich darauf hin, wie wichtig die Beschäftigung mit dem Wort Gottes ist. Welche Rolle spielt die Bibel in deinem Leben? Überprüfe es einmal, indem du auflistest, bei welchen Gelegenheiten, du dich mit Gottes Wort beschäftigst!

____

Welche Möglichkeiten hast du, mit der Bibel vertraut zu werden?

____

____

Bibeltext: Kolosser 3,12 - 17

Was sonst noch wichtig ist ...

Wir haben bereits festgestellt, welche Empfehlungen Paulus den Kolossern gibt. In dem Bibeltext fallen jedoch einige Einzelheiten auf, deren nähere Betrachtung sich lohnt.

1. Wie die Kolosser angeredet werden (Vers 12)

Paulus betont die neue Stellung der Kolosser, indem er sie in bestimmter Weise anspricht. Welche Bezeichnungen benutzt er? Schreibe die Begriffe mit Erklärungen auf!

Auserwählte = Gottes Gnadenwahl

Heilige = passend für Gott (vgl. 3,11)

Geliebte = von Gott geliebt und befähigt zur Liebe untereinander

Ist es nicht schön, so angeredet zu werden? Was würdest du denken, wenn du erfährst, daß du auch so angeredet wirst?

2. Der Hinweis auf die Vergebung (Vers13)

Was ist Vergebung? Beschreibe es mit eigenen Worten!

Schuld nicht mehr anrechnen und nicht mehr vorwerfen, sondern vergessen; das Verhältnis so wiederherstellen, wie es vorher war.

Wann muß ich vergeben? (Vgl. Mt 18,21-22)

immer; so oft wie möglich

Warum kann man vergeben?

weil Gott uns auch vergeben hat

3. Mit der Bibel leben (Vers 16a)

Was heißt das: „Mit der Bibel leben“? die Bibel als Leitfaden fürs Leben benutzen, sie lesen und sich von ihr verändern lassen; persönlich eine Bibel besitzen

Zum Nachdenken

Welche Bibelverse kennst du auswendig?
Wo hast du schon einmal Worte der Bibel auf dein Leben angewendet?

4. Lieder singen (Vers 16b)

Wie können dir Lieder in deinem Glaubensleben helfen?

sie erinnern an wichtige Inhalte des Glaubens; sie sind ein gutes Mittel, um Gott zu loben; sie fördern die Gemeinschaft mit Gott

Was ist ein geistliches Lied?

ein Lied, das Gott lobt, Aussagen über den Glauben oder über Erfahrungen im Glaubensleben macht

Was kann durch Singen ausgedrückt werden?

Freude, Dank, Lob, Erwartung, Gemeinschaft, Anbetung, Trauer

Was kann man beim Singen empfangen?

Stärkung, Ermutigung, Zuspruch, Konzentration auf Gott, Freude...

Anwendung

Wie kann der „Friede des Christus“ dein Herz erfüllen?

wenn ich das ernsthaft beherzige, was Paulus hier vorschlägt

Bibeltext: Kolosser 3,12 - 17

Was sonst noch wichtig ist ...

Wir haben bereits festgestellt, welche Empfehlungen Paulus den Kolossern gibt. In dem Bibeltext fallen jedoch einige Einzelheiten auf, deren nähere Betrachtung sich lohnt.

1. Wie die Kolosser angeredet werden (Vers 12)

Paulus betont die neue Stellung der Kolosser, indem er sie in bestimmter Weise anspricht. Welche Bezeichnungen benutzt er? Schreibe die Begriffe mit Erklärungen auf!

= ______________________________

= ______________________________

= ______________________________

Ist es nicht schön, so angeredet zu werden? Was würdest du denken, wenn du erfährst, daß du auch so angeredet wirst?

2. Der Hinweis auf die Vergebung (Vers13)

Was ist Vergebung? Beschreibe es mit eigenen Worten!

____

____

Wann muß ich vergeben? (Vgl. Mt 18,21-22)

____

Warum kann man vergeben?

____

3. Mit der Bibel leben (Vers 16a)

Was heißt das: „Mit der Bibel leben“? ______________________________

____

Zum Nachdenken

Welche Bibelverse kennst du auswendig?
Wo hast du schon einmal Worte der Bibel auf dein Leben angewendet?

4. Lieder singen (Vers 16b)

Wie können dir Lieder in deinem Glaubensleben helfen?

____

____

Was ist ein geistliches Lied?

____

____

Was kann durch Singen ausgedrückt werden?

____

____

Was kann man beim Singen empfangen?

____

____

Anwendung

Wie kann der „Friede des Christus“ dein Herz erfüllen?

____

Bibeltext: Kolosser 3,18 - 4,1

Christsein - auch privat!

Findest du nicht auch, daß es am schwersten ist, mit denen auszukommen, mit denen man täglich zusammen ist, z. B. in der Familie oder am Arbeitsplatz? Bei den Kolossern war das sicher auch so. Aber Paulus macht ihnen klar, daß es genauso wichtig ist, sich im persönlichen Bereich als Christ zu bewähren.

Aufgabe: Ordne die einzelnen Personengruppen und Verhaltensaufforderungen einander zu!

angesprochene Gruppe	aufgefordert zu	gegenüber wem
Frauen	unterordnen	Männer
Männer	lieben und nicht bitter sein	Frauen
Kinder	gehorchen	Eltern
Väter	sollen ihre Kinder nicht reizen	Kinder
Sklaven = „Arbeitnehmer“	gehorchen, nicht anbiedern, gern arbeiten, kein Unrecht tun	Herren
Herren = „Arbeitgeber“	gerecht behandeln, gerecht entlohnen	Sklaven

Was fällt dir auf? Durch welche Beziehung werden diese Verhältnisse geprägt?

Durch die Beziehung zu Jesus Christus

Welche Formulierungen weisen auf diese Beziehung hin?

1. im Herrn 2. den Herrn fürchtend 3. als dem Herrn

Anwendung
Die Voraussetzung zum richtigen Verhalten gegenüber anderen ist also die innige Verbindung zum Herrn Jesus. Nur wer begriffen hat, wer der Herr Jesus ist, und sich ihm entsprechend unterordnet, ist auch fähig, sich anderen unterzuordnen, selbst wenn diese sich falsch verhalten.

Was ist damit gemeint: „den Herrn fürchten“?

Jesus Christus als Herrn anerkennen und sich vor ihm verantworten

Wie kannst du eine solche Einstellung durch dein Verhalten deutlich machen?

Die Gemeinschaft mit dem Herrn pflegen, um ihn noch besser kennenzulernen; seinem Vorbild nacheifern, sobald ich erkenne, was er von mir erwartet.

Bibeltext: Kolosser 3,18 - 4,1

Christsein - auch privat!

Findest du nicht auch, daß es am schwersten ist, mit denen auszukommen, mit denen man täglich zusammen ist, z. B. in der Familie oder am Arbeitsplatz? Bei den Kolossern war das sicher auch so. Aber Paulus macht ihnen klar, daß es genauso wichtig ist, sich im persönlichen Bereich als Christ zu bewähren.

Aufgabe: Ordne die einzelnen Personengruppen und Verhaltensaufforderungen einander zu!

angesprochene Gruppe	aufgefordert zu	gegenüber wem
Frauen **Männer**	__________ __________ __________	__________ __________ __________
Kinder **Väter**	__________ __________ __________	__________ __________ __________
Sklaven = „Arbeitnehmer“	__________ __________	__________ __________
Herren = „Arbeitgeber“	__________ __________	__________ __________

Was fällt dir auf? Durch welche Beziehung werden diese Verhältnisse geprägt?

____

Welche Formulierungen weisen auf diese Beziehung hin?

1. __________ 2. __________ 3. __________

Anwendung
Die Voraussetzung zum richtigen Verhalten gegenüber anderen ist also die innige Verbindung zum Herrn Jesus. Nur wer begriffen hat, wer der Herr Jesus ist, und sich ihm entsprechend unterordnet, ist auch fähig, sich anderen unterzuordnen, selbst wenn diese sich falsch verhalten.

Was ist damit gemeint: „den Herrn fürchten“?

____

Wie kannst du eine solche Einstellung durch dein Verhalten deutlich machen?

____

____

Bibeltext: Kolosser 4,2 - 6

Beten und Bezeugen
Aufgaben für jeden Christen!

Fast ist es geschafft. Paulus kommt zum Ende seines Briefes. Was ihm jetzt noch wichtig ist, fügt er mit kurzen Worten an. Es sind letzte Ermahnungen zum Gebet und Zeugnis der Kolosser, aber auch noch viele persönliche Mitteilungen.

Wofür sollen die Kolosser besonders beten?

1. für Paulus und Timotheus
2. für die Verkündigung des Evangeliums

Worauf sollen sie in bezug auf ihr Zeugnis gegenüber den Nichtchristen achten?

auf Wandel und Wort

Anwendung

Überprüfe einmal, wie es bei dir damit bestellt ist. Was hat Platz in deinen Gebeten? Erinnere dich daran, wie Paulus betet. (Lies noch einmal Kolosser 1,9-14!) Was kannst du von Paulus in bezug auf das Beten lernen?

- er ist dankbar (1,3)
- er betet beständig
- er betet zusammen mit anderen
- er betet konkret
- er macht empfangene Informationen zu einem Gebetsanliegen

Gibt es für dich Berührungspunkte mit Nichtchristen? Wie verhältst du dich ihnen gegenüber?

Persönliche Mitteilungen

Von Paulus kann man selbst noch aus seinen persönlichen Mitteilungen lernen, z. B. wie er über seine Geschwister und Mitchristen redet bzw. schreibt.

Aufgabe: Liste auf, welche Mitarbeiter Paulus nennt! Ordne zu, wie er sie bezeichnet bzw. was er über sie mitteilt!

T.ychikus	geliebter Bruder, treuer Diener, Mitknecht im Herrn
O.nesimus	treuer und geliebter Bruder
A.ristarchus	Mitgefangener
M.arkus	Vetter des Barnabas
J.ustus	Mitarbeiter am Reich Gottes
E.paphras	Knecht Christi Jesu, fleißiger Beter, setzt sich ein
L.ukas	der geliebte Arzt

Paulus erreicht durch diese Mitteilungen zwei Dinge, die sehr wichtig sind, um das Miteinander in der Gemeinde zu pflegen. Versuche, sie aus dem Zusammenhang abzuleiten!

1. Er gibt ihnen Inhaltsstoff für ihre Gebete
2. Er fördert die Verbundenheit unter den Gläubigen

Anwendung

Wie wir über unsere Geschwister reden, trägt entscheidend mit dazu bei, daß Gottes Gemeinde wächst. Überlege einmal, über wen du in der letzten Zeit mit anderen geredet hast! Was hast du über diese Person gesagt? Wir haben die Neigung, an anderen nur das Schlechte zu sehen. Mache dir eine Liste von den Personen, mit denen du Kontakt hast, und schreibe auf, was man Gutes über sie sagen kann! Bestimmt fällt es dir dann leichter, Gott für andere zu danken.

Bibeltext: Kolosser 4,2 - 6

Beten und Bezeugen
Aufgaben für jeden Christen!

Fast ist es geschafft. Paulus kommt zum Ende seines Briefes. Was ihm jetzt noch wichtig ist, fügt er mit kurzen Worten an. Es sind letzte Ermahnungen zum Gebet und Zeugnis der Kolosser, aber auch noch viele persönliche Mitteilungen.

Wofür sollen die Kolosser besonders beten?

1. ________________ 2. ________________

Worauf sollen sie in bezug auf ihr Zeugnis gegenüber den Nichtchristen achten?

____

Anwendung
Überprüfe einmal, wie es bei dir damit bestellt ist. Was hat Platz in deinen Gebeten? Erinnere dich daran, wie Paulus betet. (Lies noch einmal Kolosser 1,9-14!) Was kannst du von Paulus in bezug auf das Beten lernen?

- ________________
- ________________
- ________________
- ________________
- ________________

Gibt es für dich Berührungspunkte mit Nichtchristen? Wie verhältst du dich ihnen gegenüber?

Persönliche Mitteilungen

Von Paulus kann man selbst noch aus seinen persönlichen Mitteilungen lernen, z. B. wie er über seine Geschwister und Mitchristen redet bzw. schreibt.

Aufgabe: Liste auf, welche Mitarbeiter Paulus nennt! Ordne zu, wie er sie bezeichnet bzw. was er über sie mitteilt!

Paulus erreicht durch diese Mitteilungen zwei Dinge, die sehr wichtig sind, um das Miteinander in der Gemeinde zu pflegen. Versuche, sie aus dem Zusammenhang abzuleiten!

1. ________________

2. ________________

Mitarbeiterliste

T....................	geliebter Bruder, treuer Diener, Mitknecht im Herrn
O....................	treuer und geliebter Bruder
A....................	Mitgefangener
M....................	Vetter des Barnabas
J....................	Mitarbeiter am Reich Gottes
E....................	Knecht Christi Jesu, fleißiger Beter, setzt sich ein
L....................	der geliebte Arzt

Anwendung
Wie wir über unsere Geschwister reden, trägt entscheidend mit dazu bei, daß Gottes Gemeinde wächst. Überlege einmal, über wen du in der letzten Zeit mit anderen geredet hast! Was hast du über diese Person gesagt? Wir haben die Neigung, an anderen nur das Schlechte zu sehen. Mache dir eine Liste von den Personen, mit denen du Kontakt hast, und schreibe auf, was man Gutes über sie sagen kann! Bestimmt fällt es dir dann leichter, Gott für andere zu danken.

Bibeltext: Kolosser 1,7-8; 4,12-13

Im Dienst für Jesus

Einer der in diesem Brief erwähnten Mitarbeiter des Paulus verdient es, genauer beschrieben zu werden. Du kannst dir sicher denken, wer gemeint ist:

Epaphras.

Begründe, warum er für die Kolosser eine besondere Bedeutung besitzt. Lies dazu den Bibeltext!

- Gründer der Gemeinde
- er hat Pionierarbeit geleistet
- er gehört zu ihnen

Wie bezeichnet Paulus ihn?

als Diener und Mitknecht

Was zeichnet ihn in seinem Dienst aus?

1. Treue 2. Gebet 3. Mühe

Anwendung

Kannst du dir vorstellen, einmal selbst in der Gemeinde zu dienen? Beim Bau der Gemeinde Gottes werden immer Mitarbeiter gebraucht. Es gibt viele Arbeitsfelder, die brach liegen. Wer den Wunsch hat, dem Herrn von Herzen zu dienen, den wird Gott auch an eine Aufgabe heranführen.

Wen ruft Gott in seinen Dienst? (1Thes 1,9; Röm 12,1)

jeden, der sich bekehrt hat

Welche Voraussetzungen muß man als Mitarbeiter erfüllen? (1Kor 4,2; Lk 14,33; 1Kor 13,3)

Treue, Liebe, ganze Hingabe

Welche Möglichkeiten gibt es, in der Gemeinde mitzuarbeiten?

Welchen Lohn gibt es für solche, die in der Gemeinde mitarbeiten? (2Tim 4,7-8)

Belohnung (Siegeskranz) im Himmel durch den Herrn Jesus

Wie kann man seine Gabe erkennen?

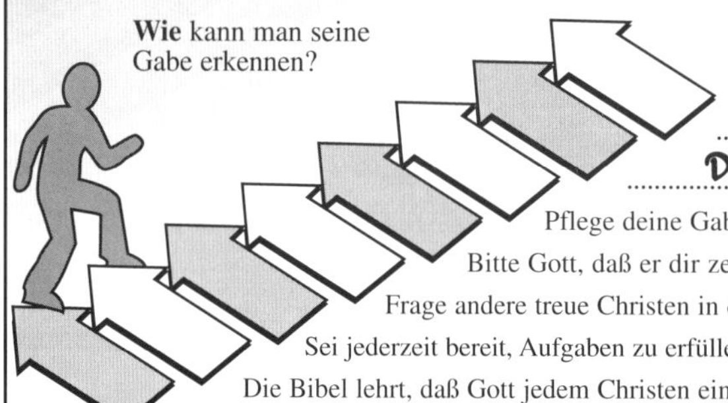

- Überlege, was die weiteren Stufen beinhalten könnten!

Freude auf den Lohn

Durchhalten bis zum Ziel

Pflege deine Gabe, indem du sie in Aufgaben betätigst.

Bitte Gott, daß er dir zeigt, welche Gabe er dir geschenkt hat.

Frage andere treue Christen in deiner Gemeinde, was du tun könntest.

Sei jederzeit bereit, Aufgaben zu erfüllen, auch wenn sie dir unangenehm sind.

Die Bibel lehrt, daß Gott jedem Christen eine Gabe gegeben hat.

Grundvoraussetzung ist deine persönliche Bekehrung und Wiedergeburt.

Bibeltext: Kolosser 1,7-8; 4,12-13

Im Dienst für Jesus

Einer der in diesem Brief erwähnten Mitarbeiter des Paulus verdient es, genauer beschrieben zu werden. Du kannst dir sicher denken, wer gemeint ist:

____________________________.

Begründe, warum er für die Kolosser eine besondere Bedeutung besitzt. Lies dazu den Bibeltext!

- ____________________________
- ____________________________
- ____________________________

Wie bezeichnet Paulus ihn?

____

Was zeichnet ihn in seinem Dienst aus?

1.__________ 2.__________ 3.__________

Anwendung

Kannst du dir vorstellen, einmal selbst in der Gemeinde zu dienen? Beim Bau der Gemeinde Gottes werden immer Mitarbeiter gebraucht. Es gibt viele Arbeitsfelder, die brach liegen. Wer den Wunsch hat, dem Herrn von Herzen zu dienen, den wird Gott auch an eine Aufgabe heranführen.

Wen ruft Gott in seinen Dienst? (1Thes 1,9; Röm 12,1)

____

Welche Voraussetzungen muß man als Mitarbeiter erfüllen? (1Kor 4,2; Lk 14,33; 1Kor 13,3)

____

Welche Möglichkeiten gibt es, in der Gemeinde mitzuarbeiten?

____

Welchen Lohn gibt es für solche, die in der Gemeinde mitarbeiten? (2Tim 4,7-8)

____

Wie kann man seine Gabe erkennen?

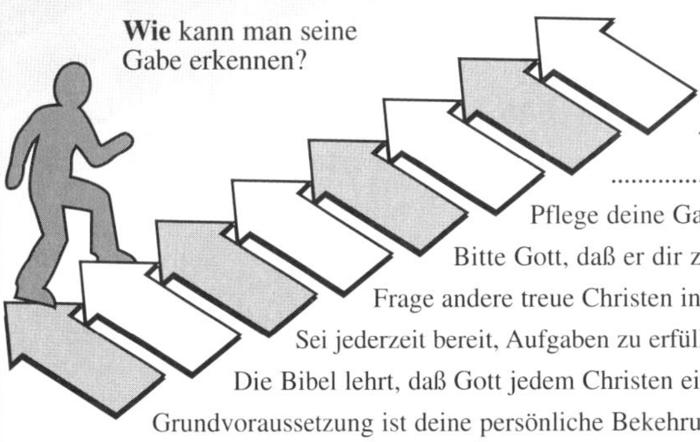

- Überlege, was die weiteren Stufen beinhalten könnten!

....

....

Pflege deine Gabe, indem du sie in Aufgaben betätigst.
Bitte Gott, daß er dir zeigt, welche Gabe er dir geschenkt hat.
Frage andere treue Christen in deiner Gemeinde, was du tun könntest.
Sei jederzeit bereit, Aufgaben zu erfüllen, auch wenn sie dir unangenehm sind.
Die Bibel lehrt, daß Gott jedem Christen eine Gabe gegeben hat.
Grundvoraussetzung ist deine persönliche Bekehrung und Wiedergeburt.

Der Brief an die Kolosser (Kapitel 1,1-13)

Kolosser 1

1 Paulus, Apostel Christi Jesu durch Gottes Willen, und Timotheus, der Bruder,
2 den heiligen und gläubigen Brüdern in Christus zu Kolossä: Gnade euch und Friede von Gott, unserem Vater!

3 Wir danken Gott, dem Vater unseres Herrn Jesus Christus, allezeit, wenn wir für euch beten,
4 da wir von eurem Glauben an Christus Jesus gehört haben und von der Liebe, die ihr zu allen Heiligen habt,
5 wegen der Hoffnung, die für euch in den Himmeln aufbewahrt ist. Von ihr habt ihr zuvor gehört im Wort der Wahrheit des Evangeliums,
6 das zu euch gekommen ist, wie es auch in der ganzen Welt ist und Frucht bringt und wächst, wie auch unter euch von dem Tag an, da ihr es gehört und die Gnade Gottes in Wahrheit erkannt habt.
7 So habt ihr es gelernt von Epaphras, unserem geliebten Mitknecht, der ein treuer Diener des Christus für euch ist
8 und uns auch eure Liebe im Geist kundgetan hat.

9 Deshalb hören auch wir nicht auf, von dem Tag an, da wir es gehört haben, für euch zu beten und zu bitten, daß ihr mit der Erkenntnis seines Willens erfüllt werdet in aller Weisheit und geistlichem Verständnis,
10 um des Herrn würdig zu wandeln zu allem Wohlgefallen, fruchtbringend in jedem guten Werk und wachsend durch die Erkenntnis Gottes,
11 gekräftigt mit aller Kraft nach der Macht seiner Herrlichkeit, zu allem Ausharren und aller Langmut, mit Freuden dem Vater danksagend.
12 Er hat euch fähig gemacht zum Anteil am Erbe der Heiligen im Licht
13 und uns errettet aus der Macht der Finsternis und

aus: Revidierte Elberfelder Bibel, R. Brockhaus Verlag Wuppertal und Zürich

versetzt in das Reich des Sohnes seiner Liebe.
14 In ihm haben wir die Erlösung, die Vergebung der Sünden.
15 Er ist das Bild des unsichtbaren Gottes, der Erstgeborene aller Schöpfung.
16 Denn in ihm ist alles in den Himmeln und auf der Erde geschaffen worden, das Sichtbare und das Unsichtbare, es seien Throne oder Herrschaften oder Gewalten oder Mächte: alles ist durch ihn und für ihn geschaffen;
17 und er ist vor allem, und alles besteht durch ihn.
18 Und er ist das Haupt des Leibes, der Gemeinde. Er ist der Anfang, der Erstgeborene aus den Toten, damit er in allem den Vorrang habe;
19 denn es gefiel der ganzen Fülle, in ihm zu wohnen
20 und durch ihn alles mit sich zu versöhnen - indem er Frieden gemacht hat durch das Blut seines Kreuzes, durch ihn, sei es, was auf der Erde oder was in den Himmeln ist.
21 Und euch, die ihr einst entfremdet und Feinde wart nach der Gesinnung in den bösen Werken,
22 hat er aber nun versöhnt in dem Leib seines Fleisches durch den Tod, um euch heilig und tadellos und unsträflich vor sich hinzustellen,
23 sofern ihr im Glauben gegründet und fest bleibt und euch nicht abbringen laßt von der Hoffnung des Evangeliums, das ihr gehört habt, das in der ganzen Schöpfung unter dem Himmel gepredigt worden ist, dessen Diener ich, Paulus, geworden bin.

24 Jetzt freue ich mich in den Leiden für euch und ergänze in meinem Fleisch, was noch aussteht von den Drangsalen des Christus für seinen Leib, das ist die Gemeinde.
25 Ihr Diener bin ich geworden nach der Verwaltung Gottes, die mir im Blick auf euch gegeben ist, um das Wort Gottes zu vollenden:
26 Es ist das Geheimnis, das von den Weltzeiten und von den Geschlechtern her verborgen war, jetzt aber

aus: Revidierte Elberfelder Bibel, R. Brockhaus Verlag Wuppertal und Zürich

seinen Heiligen geoffenbart worden ist.
27 Ihnen wollte Gott kundtun, was der Reichtum der
Herrlichkeit dieses Geheimnisses unter den Natio-
nen sei, und das ist: Christus in euch, die Hoffnung
der Herrlichkeit.
28 Ihn verkündigen wir, indem wir jeden Menschen
ermahnen und jeden Menschen in aller Weisheit
lehren, um jeden Menschen vollkommen in Christus
darzustellen;
29 wozu ich mich auch bemühe und kämpfend ringe
gemäß seiner Wirksamkeit, die in mir wirkt in Kraft.

Kolosser 2

1 Denn ich will, daß ihr wißt, welch großen Kampf ich
habe um euch und die in Laodicea und alle, die mein
leibliches Angesicht nicht gesehen haben,
2 damit ihre Herzen getröstet werden, vereinigt in
Liebe und zu allem Reichtum an Gewißheit des Ver-
ständnisses zur Erkenntnis des Geheimnisses Gottes,
das ist Christus,
3 in dem alle Schätze der Weisheit und Erkenntnis
verborgen sind.
4 Dies sage ich aber, damit niemand euch verführe
durch überredende Worte.
5 Denn wenn ich auch dem Leib nach abwesend bin,
so bin ich doch im Geist bei euch, freue mich und
sehe eure Ordnung und die Festigkeit eures Glau-
bens an Christus.
6 Wie ihr nun den Christus Jesus, den Herrn, emp-
fangen habt, so wandelt in ihm,
7 gewurzelt und auferbaut in ihm und befestigt im
Glauben, wie ihr gelehrt worden seid, darin über-
strömend mit Danksagung.

aus: Revidierte Elberfelder Bibel, R. Brockhaus Verlag Wuppertal und Zürich

Der Brief an die Kolosser (Kapitel 2,8-19)

KOL

8 Seht zu, daß niemand euch einfange durch die Phi-
losophie und leeren Betrug nach der Überlieferung
der Menschen, nach den Elementen der Welt und
nicht Christus gemäß.
9 Denn in ihm wohnt die ganze Fülle der Gottheit
leibhaftig;
10 und ihr seid in ihm zur Fülle gebracht. Er ist das
Haupt jeder Gewalt und jeder Macht.
11 In ihm seid ihr auch beschnitten worden mit einer
Beschneidung, die nicht mit Händen geschehen ist,
sondern im Ausziehen des fleischlichen Leibes, in
der Beschneidung des Christus,
12 mit ihm begraben in der Taufe, in ihm auch mit auf-
erweckt durch den Glauben an die wirksame Kraft
Gottes, der ihn aus den Toten auferweckt hat.
13 Und euch, die ihr tot wart in den Vergehungen und
in der Unbeschnittenheit eures Fleisches, hat er mit
lebendig gemacht mit ihm, indem er uns alle Ver-
gehungen vergeben hat;
14 er hat den Schuldschein gegen uns gelöscht, den in
Satzungen bestehenden, der gegen uns war, und ihn
auch aus unserer Mitte fortgeschafft, in dem er ihn
ans Kreuz nagelte;
15 er hat die Gewalten und die Mächte völlig entwaff-
net und sie öffentlich zur Schau gestellt. In ihm hat
er den Triumph über sie gehalten.
16 So richte euch nun niemand wegen Speise oder
Trank oder betreffs eines Festes oder Neumondes
oder Sabbats,
17 die ein Schatten der künftigen Dinge sind, der Kör-
per selbst aber ist des Christus.
18 Laßt euch um den Kampfpreis von niemandem
bringen, der seinen eigenen Willen tut in Demut und
Anbetung der Engel, der auf Dinge eingeht, die er in
Visionen gesehen hat, ohne Ursache aufgeblasen
von dem Sinn seines Fleisches,
19 und nicht festhält das Haupt, von dem aus der ganze
Leib, durch die Gelenke und Bänder unterstützt und
zusammengefügt, das Wachstum Gottes wächst.

aus: Revidierte Elberfelder Bibel, R. Brockhaus Verlag Wuppertal und Zürich

20 Wenn ihr mit Christus den Elementen der Welt gestorben seid, was unterwerft ihr euch Satzungen, als lebtet ihr noch in der Welt?
21 Berühre nicht, koste nicht, betaste nicht!
22 Dinge, die alle zur Zerstörung durch den Gebrauch bestimmt sind nach den Geboten und Lehren der Menschen,
23 die zwar einen Schein von Weisheit haben in eigenwilligem Gottesdienst und in Demut und im Nichtverschonen des Leibes, also nicht in einer gewissen Wertschätzung, sondern zur Befriedigung des Fleisches.

Kolosser 3

1 Wenn ihr nun mit dem Christus auferweckt worden seid, so sucht, was droben ist, wo der Christus ist, sitzend zur Rechten Gottes.
2 Sinnt auf das, was droben ist, nicht auf das, was auf der Erde ist;
3 denn ihr seid gestorben, und euer Leben ist verborgen mit dem Christus in Gott.
4 Wenn der Christus, unser Leben, geoffenbart werden wird, dann werdet auch ihr mit ihm geoffenbart werden in Herrlichkeit.

5 Tötet nun eure Glieder, die auf der Erde sind: Unzucht, Unreinheit, Leidenschaft, böse Lust und Habsucht, die Götzendienst ist.
6 Um dieser Dinge willen kommt der Zorn Gottes.
7 Darin seid auch ihr einst gewandelt, als ihr in diesen Dingen lebtet.
8 Jetzt aber legt auch ihr das alles ab: Zorn, Wut, Bosheit, Lästerung, schändliches Reden aus eurem Mund.
9 Belügt einander nicht, da ihr den alten Menschen mit seinen Handlungen ausgezogen

aus: Revidierte Elberfelder Bibel, R. Brockhaus Verlag Wuppertal und Zürich

Der Brief an die Kolosser (Kapitel 3,10-22)

10 und den neuen angezogen habt, der erneuert wird
zur Erkenntnis nach dem Bild dessen, der ihn erschaffen hat.
11 Da ist weder Grieche noch Jude, Beschneidung noch
Unbeschnittenheit, Barbar, Skythe, Sklave, Freier,
sondern Christus alles und in allen.

12 Zieht nun an als Auserwählte Gottes, als Heilige und
Geliebte: herzliches Erbarmen, Güte, Demut, Milde,
Langmut.
13 Ertragt einander und vergebt euch gegenseitig, wenn
einer Klage gegen den anderen hat; wie auch der
Christus euch vergeben hat, so auch ihr.
14 Zu diesem allen aber zieht die Liebe an, die das
Band der Vollkommenheit ist.

15 Und der Friede des Christus regiere in euren Herzen,
zu dem ihr auch berufen worden seid in einem Leib;
und seid dankbar.
16 Das Wort des Christus wohne reichlich in euch; in
aller Weisheit lehrt und ermahnt euch gegenseitig,
mit Psalmen, Lobliedern und geistlichen Liedern
singt Gott in euren Herzen in Gnade.
17 Und alles, was ihr tut, im Wort oder im Werk, alles
tut im Namen des Herrn Jesus, und sagt Gott, dem
Vater, Dank durch ihn.

18 Ihr Frauen, ordnet euch euren Männern unter, wie es
sich im Herrn geziemt.
19 Ihr Männer, liebt eure Frauen und seid nicht bitter
gegen sie.
20 Ihr Kinder, gehorcht euren Eltern in allem, denn dies
ist wohlgefällig im Herrn.
21 Ihr Väter, reizt eure Kinder nicht, damit sie nicht
mutlos werden.
22 Ihr Sklaven, gehorcht in allem euren Herren nach
dem Fleisch, nicht in Augendienerei, als Menschengefällige, sondern in Einfalt des Herzens, den Herrn
fürchtend.

aus: Revidierte Elberfelder Bibel, R. Brockhaus Verlag Wuppertal und Zürich

23 Was ihr auch tut, arbeitet von Herzen als dem Herrn und nicht den Menschen,
24 da ihr wißt, daß ihr vom Herrn als Vergeltung das Erbe empfangen werdet; ihr dient dem Herrn Christus.
25 Denn wer unrecht tut, wird das Unrecht empfangen, das er getan hat; und da ist kein Ansehen der Person.

Kolosser 4

1 Ihr Herren, gewährt euren Sklaven, was recht und billig ist, da ihr wißt, daß auch ihr einen Herrn in den Himmeln habt.

2 Haltet fest am Gebet, und wacht darin mit Danksagung;
3 und betet zugleich auch für uns, daß Gott uns eine Tür des Wortes auftue, das Geheimnis des Christus zu reden, dessentwegen ich auch gebunden bin,
4 damit ich es kundmache, wie ich reden soll.
5 Wandelt in Weisheit gegenüber denen, die draußen sind, kauft die gelegene Zeit aus.
6 Euer Wort sei allezeit in Gnade, mit Salz gewürzt; ihr sollt wissen, wie ihr jedem einzelnen antworten sollt.

7 Alles, was mich angeht, wird euch Tychikus mitteilen, der geliebte Bruder und treue Diener und Mitknecht im Herrn.
8 Ihn habe ich eben deshalb zu euch gesandt, daß ihr unsere Umstände erfahrt und er eure Herzen tröste,
9 mit Onesimus, dem treuen und geliebten Bruder, der von euch ist; sie werden euch alles mitteilen, was hier vorgeht.
10 Es grüßt euch Aristarchus, mein Mitgefangener, und Markus, der Vetter des Barnabas, dessentwegen ihr

Befehle erhalten habt - wenn er zu euch kommt, so
nehmt ihn auf,
11 und Jesus, genannt Justus. Aus der Beschneidung
sind diese allein Mitarbeiter am Reich Gottes; sie
sind mir ein Trost gewesen.
12 Es grüßt euch Epaphras, der von euch ist, ein Knecht
Christi Jesu, der allezeit für euch ringt in den Ge-
beten, daß ihr vollkommen und völlig überzeugt in
allem Willen Gottes dasteht.
13 Denn ich gebe ihm Zeugnis, daß er viel Mühe hat
um euch und die in Laodizea und die in Hierapolis.
14 Es grüßt euch Lukas, der geliebte Arzt, und Demas.
15 Grüßt die Brüder in Laodizea und Nympha und die
Gemeinde in seinem Haus.
16 Und wenn der Brief bei euch gelesen ist, so ver-
anlaßt, daß er auch in der Gemeinde der Laodizeer
gelesen werde und daß auch ihr den aus Laodizea
lest;
17 und sagt Archippus: Sieh auf den Dienst, den du im
Herrn empfangen hast, daß du ihn erfüllst.
18 Der Gruß mit meiner, des Paulus, Hand. Gedenkt
meiner Fesseln! Die Gnade sei mit euch!

aus: Revidierte Elberfelder Bibel, R. Brockhaus Verlag Wuppertal und Zürich

DER BRIEF AN PHILEMON

THEMENSCHWERPUNKTE:

- Die Hintergründe des Briefes
- Nützlich für Gott

PHIM

Der Brief an Philemon

Inhalt

Der Brief an Philemon

1. Sachanalyse

1.1. Einleitungsfragen

1.1.1. Verfasser

Der Philemonbrief ist der persönlichste Brief des Apostel Paulus. Er stellt sich als Gefangener Christi Jesu (V.1), als Paulus, der Alte, der etwas gebieten könnte (V.8.9), als Gefährte des Philemon (V.17) und noch einmal als Paulus, der den Brief mit seiner Hand geschrieben hat und dem Philemon etwas schuldet, vor.
Als Mitverfasser wird Timotheus erwähnt.

1.1.2. Empfänger

Der Brief ist an Philemon gerichtet und zusätzlich an Appia, vielleicht seine Frau, an Archippus (vgl. Kol 4,17) und an die Hausgemeinde. Paulus spricht Philemon als Geliebten und als Mitarbeiter an, damit wird die Herzlichkeit in dieser Dienstgemeinschaft deutlich.

(vgl. Sachanalyse zum Kolosserbrief)

Im Zusammenhang mit dem Kolosserbrief kann man vermuten, daß Philemon in Kolossä wohnte und die Gemeinde in seinem Haus zusammenkam (vgl. Kol 4,9). Philemon war ein wohlhabender Christ, der wahrscheinlich durch Paulus zum Glauben gekommen war (V.19).

1.1.3. Historischer Zusammenhang

Onesimus trifft als entlaufener Sklave mit Paulus zusammen, dieser ist zur Zeit in Gefangenschaft. Durch Paulus findet er zum Glauben an Jesus Christus. Obwohl Paulus ihn sehr gut gebrauchen kann, schickt er ihn zu seinem Dienstherrn, Philemon, zurück.
Im römischen Weltreich gab es ca. 60 Millionen Sklaven, d. h. 60 Mio. Menschen, die recht- und mittellos waren. Da dieses Sklavenpotential auch zu einer großen Gefahr für das römische Weltreich werden konnte (Sklavenaufstände), war man mit entlaufenen Sklaven sehr streng. Sie wurden entweder gekreuzigt oder für ihr ganzes Leben als Ungehorsame abgestempelt, z.B. bekamen sie mit einem heißen Brenneisen ein „F" auf die Stirn gebrannt für „FUGITIVUS" (= Entlaufener).

Sklaven hatten keinerlei Rechte. Sie wurden auf dem Markt gehandelt wie ein Stück Ware und waren der Willkür ihrer Herren total ausgeliefert. Einer davon war Onesimus. Die Besonderheit liegt hier darin, daß der Dienstherr Christ war und der Sklave nun ebenso. Nach welchem Prinzip mußte bzw. konnte Philemon jetzt seinen „Sklaven" eigentlich behadeln?

1.1.4. Abfassungsort und -zeit

Da dieser Brief etwa zur gleichen Zeit wie der Kolosserbrief verfaßt wurde und auch die Überbringer identisch sind (Onesimus wird in beiden Briefen als einer der Überbringer erwähnt: Kol 4,9 u. Phim 12), gelten die gleichen Überlegungen wie in der Sachanalyse zum Kolosserbrief.

1.1.5. Inhalt

Anlaß des Briefes ist das Zusammentreffen des entlaufenen Sklaven, Onesimus, mit dem Gefangenen, Paulus. Nach seiner Bekehrung wird er ein brauchbarer Mitarbeiter. Paulus bezeichnet ihn als „nützlich" (Vers 11), damit wird er seinem Namen endlich gerecht (Onesimus = Nützlicher).
Paulus steht zu seiner Grundaussage in Kol 3,22 und zeigt nun wie er seelsorgerlich in einem aktuellen Fall handelt. Der Brief ist ein Muster christlicher Nächstenliebe und Fürsprache. Er zeigt gleichzeitig eine christliche Ethik, die hilft, in menschenunwürdigen Gesellschaftsstrukturen zu leben.

(Einzelheiten siehe Kurzkommentar)

Der Brief kann in vier Teile gegliedert werden:

- Verse 1-3: Verfasser, Empfänger und Gruß
- Verse 4-7: Dank und Gebet für Philemon
- Verse 8-21: Fürsprache für Onesimus
- Verse 22-25: Persönliche Mitteilungen und Grüße

1.1.6. Literarische Eigenart
und Bedeutung im neutestamentlichen Kontext

Obwohl dieser Brief ein persönliches Anliegen des Paulus zum Inhalt hat, beginnt er ihn doch wie einen offiziellen Gemeindebrief. So ist der gesamte Aufbau des Briefes vergleichbar mit den Gefangenschafts- und Pastoralbriefen des Paulus. Stil und Eigenart des Verfassers sind unverkennbar. Gleichzeitig zeugt der Brief von der Höflichkeit, Zuvorkommenheit und z. T. auch ein wenig vom Humor des Paulus.
Dem neutestamentlichen Kanon würde ein entscheidendes Stück fehlen, hätte man diesen kurzen Brief nicht aufgenommen, er ist ein hervorragendes Beispiel für christliche Fürsprache und gleichzeitig ein Ansporn unvergebene Schuld zu bereinigen.

1.2. Kurzkommentar

Die Gliederung folgt der Revidierten Elberfelder Übersetzung.

Vorbemerkungen
Einiges deutet darauf hin, daß der Brief gleichzeitig mit dem Kolosserbrief verfaßt und an die Adressaten gesandt wurde. Der Überbringer war wahrscheinlich Onesimus selbst, um den es hier in diesem Brief vorrangig geht (vgl. V.10).

Der Brief macht deutlich, wie feinfühlig Paulus Dinge, die das Verhältnis zwischen Brüdern belasten konnten, zu regeln pflegte. Er ist auch eine lebendige Illustration in bezug auf den Mangel, den Paulus bei den Korinthern feststellen mußte (vgl. 1Kor 6,5).
Er macht auch deutlich, mit welcher Liebe Paulus um Personen besorgt war, die durch ihn zum Glauben gekommen waren. Der Brief gibt Einblick in den seelsorgerlichen Dienst des Apostels.
Nebenbei kündigt Paulus durch diesen Brief einen Besuch an (V.22).

Obwohl Paulus ein ganz und gar persönliches Anliegen vortragen will, beginnt er doch den Brief wie einen offiziellen Gemeindebrief (vgl. Kol 1,1-2). Schon dadurch bringt er seine Achtung gegenüber Philemon zum Ausdruck. Verse 1-3

Er nennt als **Absender:**
- sich selbst
- Timotheus

Er nennt als **Empfänger:**
- Philemon
- Appia
- Archippus (vgl. Kol 4,17)
- die Gemeinde im Haus des Philemon

Die Segens- und Grußformel ist sogar um eine Nuance ausführlicher als im Kolosserbrief.

Bemerkenswert ist ebenso, daß Paulus sich bewußt nicht als Apostel vorstellt, obwohl er diese Funktion mehrfach im Verlauf des Briefes andeutet (V.8.21), sondern als „ein **Gefangener** Jesu Christi", wodurch er sich - vielleicht ganz bewußt - auf die Stufe eines Sklaven (wie Onesimus) stellt. Dieses Selbstverständnis bringt er mehrfach zum Ausdruck, z.B. auch durch die Wendung „in den Fesseln" (V.10.13). Diese Ausdrucksweise macht unmißverständlich klar, daß Paulus den Zustand der Gefangenschaft nicht nur sinnbildlich, sondern auch buchstäblich meint.
Er war, während er diese beiden Briefe verfaßte, (wahrscheinlich in Rom) in Gefangenschaft.

PHIM

Der Brief an Philemon

Verse 4-7 Ähnlich wie im Kolosserbrief beginnt Paulus das Anliegen seines Briefes mit einem Hinweis auf seine **Gebete** und darauf, daß der Empfänger dieses Briefes Gegenstand seiner Gebete ist.
In kürzerer Form geht er hier ebenso vor wie im Kolosserbrief. Er nennt zuerst, was ihm über den Empfänger zu Ohren gekommen ist:

- seine Liebe
- seinen Glauben

Er äußert dann seine Wünsche in bezug auf das geistliche Wachstum des Philemon:

- die Gemeinschaft des Glaubens
- die Erkenntnis alles Guten, das uns im Hinblick auf Christus ist

Die **Verwandschaft zum Kolosserbrief** ist offensichtlich, insbesondere die zweite Formulierung klingt wie eine Zusammenfassung dessen, was Paulus den Kolossern vor die Herzen gestellt hat (vgl. Kol 2,3: „Christus, in dem alle Schätze der Weisheit und Erkenntnis verborgen sind.“).

Bevor er sein eigentliches Anliegen vorträgt, stellt Paulus noch den **Verdienst des Philemon** heraus, den er anerkennt:

- er hat Freude bewirkt
- er hat Trost bewirkt
- er hat durch tätige Liebe die Herzen der Heiligen erquickt

Verse 8-21 Paulus macht einleitend deutlich, daß er in bezug auf sein Anliegen nicht seine apostolische Autorität ins Spiel bringen will, sondern ganz aus seiner gegenwärtigen Lage heraus argumentieren will.
Außer der schon erwähnten Bezeichnung „Gefangener Jesu Christi“ nennt er eine weitere, die man nur hier im NT findet: „Paulus, der Alte“. Vielleicht will er damit zum Ausdruck bringen, daß er, alt geworden, eines Dieners für seine persönlichen Dinge bedarf, eine Aufgabe, die Onesimus weiterhin gut erfüllen könnte. Es geht letztlich um die **Regelung eines Zerwürfnisses**, bei dem auf der einen Seite Philemon und auf der anderen Seite Onesimus und dazwischen **Paulus als Vermittler** steht. Es liegt also nahe, diese drei Personen von den Aussagen des Briefes her näher zu beschreiben, um einschätzen zu können, was in dieser Angelegenheit damals vor sich gegangen ist und wie sie wieder in Ordnung gebracht werden konnte.

Was wird deutlich über **Philemon** als formal rechtmäßig Fordernder?

- Paulus bezeichnet ihn als *Geliebten, Mitarbeiter* (V.1) und *Bruder* (V.20). Daraus kann man schließen, daß er für den Herrn aktiv und ein bewährter Diener war.

- Er hat sein Haus der *Gemeinde* zur Verfügung gestellt (V.2). Das deutet darauf hin, daß er innerhalb der Gemeinde eine zentrale Position einnahm.
- Er hat sich *im Dienst* an allen Heiligen *bewährt* (V.5.7). Darunter ist sicher auch Beherbergung und Bewirtung reisender Brüder zu verstehen (vgl. V.22).
- Er war *Besitzer von Sklaven* (V.15), was auf einen gewissen Wohlstand hindeutet.
- Er war in einer nicht näher beschriebenen Weise *dem Paulus verpflichtet* (V.8.13.19b.21).

Was wird deutlich über **Onesimus** als formal rechtlich Schuldiger?

- Er ist als Sklave aus dem Haus Philemons *entflohen* und offensichtlich nach Rom gelangt (V.15).
- Er ist durch Paulus in Rom *zum Glauben gekommen* (V.10).
- Er hat Paulus in Rom gedient (V.13), deshalb wird er als *nützlich* beschrieben, ein Wortspiel mit seinem Namen (V.11).
- Er ist vom geistlichen Standpunkt (nicht vom rechtlichen) aus gesehen kein Sklave mehr, sondern *Bruder.*
- Er hat offenbar noch eine *Schuld gegenüber Philemon* zu begleichen (V.18.19)

Was wird deutlich über **Paulus** als von seiner geistlichen Funktion her berechtigter Vermittler?

- Er hat ein *gutes Verhältnis zu Philemon*, dessen geistliche Qualitäten er voll anerkennt (V.1.4-7).
- Ihn verbindet aber auch eine *herzliche Gemeinschaft mit Onesimus*, den er zum Herrn geführt hat (V.10.12).
- Er ist sich voll und ganz der *Rechte des „Besitzers"* des Sklaven Onesimus bewußt und will diese Rechte keineswegs übergehen (V.14- 15), gerade auch dann nicht, als er erkannt hat, wie gut er Onesimus bei sich in Rom gebrauchen konnte.
- Er läßt Philemon *freie Hand zur Entscheidung* über die Angelegenheit (V.14.15).
- Er ist *bereit* für alles *zu bezahlen*, was sich Onesimus gegenüber Philemon hat zu Schulden kommen lassen (V.18.19).
- Obwohl er als Apostel „gebieten" könnte, versucht er die Angelegenheit nach den Grundsätzen der *Demut und Liebe* zu regeln (V.8.9).

Paulus ist sich bewußt, daß man die Dinge immer von zwei Seiten betrachten kann: „Im Fleisch" und „im Herrn" (vgl. V.16b).
Aus seiner reichen Erfahrung weiß er: Nur wenn man selbst bereit ist, demütig auf alle seine Rechte (hier: seine apostolische Autorität) zu verzichten, kann man anderen am besten helfen, sie zu einer Entscheidung nach geistlichen und nicht nach fleischlichen Gesichtspunkten zu bewegen.
Paulus macht durch diesen Brief aber auch deutlich: Man darf niemals einen Bruder in bezug auf seine „natürlichen" Rechte über-

vorteilen, denn dies kann zu einem nicht wiederherstellbaren Zerwürfnis führen.

Verse 22-25

Paulus beendet seinen Brief mit der **Ankündigung eines Besuchs.** Er macht ihn allerdings nicht von seiner Planung abhängig, sondern von den Gebeten der Gemeinde im Haus des Philemon (vgl. auch Röm 1,10).

Die in seiner **„Grußliste“** aufgeführten Personen werden sämtlich auch im Kolosserbrief erwähnt. Ein weiterer Beleg, daß beide Briefe zum gleichen Zeitpunkt verfaßt worden sind.
Die **Schlußformel** ist ein von Paulus mehrfach verwendeter Segenswunsch (Gal 6,18; Phil 4,23; 2Tim 4,22).

2. Vorüberlegungen zur Situation der Schüler

Welchen Wissensstand, auf den Philemonbrief bezogen, kann man bei den Schülern voraussetzen?

Das Leben von Sklaven in der Antike berührt das Interesse des Schülers, weil es Lebensumstände einer Zeit zum Thema hat, in die sich der Schüler gerne hineinversetzt. Dieses Interesse wird im säkularen Bereich von bestimmten Verlagen aufgegriffen und in z. T. aufwendigen Bildbänden thematisiert und kann dem Schüler in Einzelheiten bekannt sein.

Welche Anknüpfungspunkte ergeben sich aus dem Brief zum Leben des Schülers?

Der Sklave Onesimus rückt aufgrund seines eher jugendlichen Alters mehr in den Horizont des Schülers als sonstige erwachsene Personen der Bibel.
Dem Geschehen, das aus den wenigen Informationen abgeleitet werden kann, haftet etwas Abenteuerliches an.
Der persönliche Stil des Briefes spricht mehr an als lehrmäßige Ausführungen und erleichtert eher ein Einfühlen in die Umstände, auf die der Briefinhalt Bezug nimmt.

Möglicherweise kennt der Schüler auch von der familiären Situation her Umstände, die ihn bewegen könnten, wegzulaufen. Die Situation des Von-zuhause-Weg-laufens ist eine mögliche Schlüsselsituation im Leben eines Heranwachsenden.

3. Aufbau der Unterrichtseinheit

Lernziele	**Lern- u. Arbeitsschritte**
1. Stunde: Zusammenhang mit dem Kolosserbrief und die Hintergründe des Briefes kennenlernen.	Das gemeinsame Thema der beiden Briefe herausstellen: der Sklave Onesimus. Aussagen des Paulus über Philemon zusammenstellen. Fakten über das Sklaventum im römischen Weltreich ermitteln. Stationen im Leben des Onesimus rekonstruieren.
2. Stunde: Erfahren, wie zerbrochene Verhältnisse geheilt werden und das Leben sinnvoll für Gott genutzt werden kann.	Tabellarische Erarbeitung einer Gegenüberstellung: Der „alte“ und „neue“ Onesimus. Beschreibung der Vermittlerrolle des Paulus zwischen Philemon und Onesimus. Beantwortung der Sinnfrage anhand der Überlegung: Welchen Nutzen bringt mein Leben für Gott? (erläutert am Beispiel des Onesimus).

Der Brief an Philemon

3.1. Erste Stunde: Die Hintergründe des Briefes

Bibeltext **Philemon 1-25**

Einstieg
siehe Phim.AB 1

1. Schritt: In einer Grafik wird der Zusammenhang zwischen dem Kolosser- und dem Philemonbrief dargestellt. Eintragen des Namens Onesimus.

Erarbeitung
siehe Phim.AB 1

2. Schritt: Unter der Fragestellung „Wer war Philemon?" anhand des Briefes die „Personalakte" des Philemon ausfüllen.

Gespräch

Das Verhältnis zwischen Paulus und Philemon von den gewonnenen Eindrücken her skizzieren.

Stillarbeit
siehe Phim.AB 2

3. Schritt: Ausgabe des Arbeitsblattes als „stummen Impuls": Anhand verschiedener Szenen Eindrücke von der Situation des Sklaven im römischen Weltreich gewinnen.

Vertiefung
siehe Phim.AB 3

4. Schritt: Auf diesem Hintergrund die Lebensstationen des Sklaven Onesimus rekonstruieren und seine persönliche Situation zum Zeitpunkt der Verfassung dieses Briefes beschreiben.
Herausstellung der Bekehrung als Grundlage der Wende im Leben des Onesimus.

Anwendung

Parallelen zu vergleichbaren Situationen heute aufzeigen und diskutieren.

Ergebnis

Der Philemonbrief vertieft exemplarisch die von Paulus im Kolosserbrief getätigten Äußerungen zum Verhältnis zwischen Sklaven und ihren Herren. Er vermittelt außerdem einen Einblick in einen wichtigen Aspekt der damaligen gesellschaftlichen Strukturen und der Schwierigkeiten, die sich daraus ergeben können. Am „Schicksal" des Onesimus wird deutlich, daß Gott auf erstaunliche Weise im Leben eines Menschen zum Ziel kommen kann.

3.2. Zweite Stunde: Nützlich für Gott

Philemon 1-25 — **Bibeltext**

1. Schritt: Tafelanschrieb (Onesimus = ?) als stummer Impuls. Gemeinsames Gespräch über die Bedeutung des Namens. Hinweis: Mit der Namengebung drückten früher die Eltern oft ihren Wunsch über das Leben ihres Kindes aus.

Einstieg
Gespräch

2. Schritt: Tabellarische Erarbeitung und Gegenüberstellung: Der „alte“ und „neue“ Onesimus. Herausstellen der neuen Bedingungen, die das Leben des Onesimus jetzt prägen.

Erarbeitung
siehe Phim.AB 4

3. Schritt: Bildimpuls „Streitszene“. Unter der Fragestellung „Was kann man tun, wenn zwei sich nicht mehr vertragen?“ auf die Rolle eines Vermittlers hinarbeiten. Frage: Wer übernimmt hier die Rolle des Vermittlers?
Voraussetzungen und Haltung von Paulus als Vermittler herausstellen.

Vertiefung
siehe Phim.AB 5

4. Schritt: Die Folgen einer erfolgreichen Vermittlung reflektieren in Form eines fiktiven Antwortbriefes des Philemon an Paulus.

Stillarbeit

5. Schritt: Betrachtung der Grafik. Herausstellung der Tatsache, daß eine wiederhergestellte Beziehung zwischen Onesimus und Gott auch die Regelung zwischenmenschlicher Beziehungen erfordert. Die Grafik deutet auch den Versöhnungsdienst des Christen an, indem er ein „lebendiges Beispiel“ für die Tatsache ist, daß ein Mensch Frieden mit Gott finden kann.

Erarbeitung
siehe Phim.AB 6

Die neuen (geregelten) Verhältnisse ermöglich Onesimus ein Leben, das nützlich ist für Gott. (Zusammenfassung der wichtigsten Veränderungen im Leben des Onesimus.)
Anwendung: Wie stellst du dir ein Leben vor, das nützlich ist für Gott? Evtl. Rückbezug auf die Grafik.

Gespräch

Eine Wende zu Gott zieht auch die Hinwendung zu anderen nach sich. Das Leben eines Christen ist durch intakte Beziehungen zu seinen Mitmenschen geprägt. Gleichzeitig erfährt sein Leben einen tieferen Sinn, indem er seiner ursprünglichen Bestimmung als Mensch entsprechend Nutzen bringen kann für Gott. Ein Christ darf dabei lernen, auch die Hilfe anderer bei der Regelung von Schwierigkeiten in Anspruch zu nehmen bzw. selbst die Rolle eines Vermittlers zu praktizieren.

Ergebnis

4. Abschließende Vergegenwärtigung

Was hat der Schüler an Kenntnissen hinzugewonnen?

In einer Welt zunehmender Konflikte und Auseinandersetzungen ist die „Kunst“, zerbrochene Beziehungen wieder zu heilen, weithin vergessen bzw. werden Bemühungen dahingehend erst gar nicht mehr in Betracht gezogen.
Auch unter Christen bestand darüberhinaus von jeher die Gefahr, Beziehungskonflikte eher nach Rechtsprinzipien zu regeln und als nach dem Grundsatz der Liebe und der Vergebung. Der Philemonbrief ist ein wohltuendes Beispiel für letzteres.
Der Schüler lernt hier einen Weg kennen, den er auch für die Regelung eigener Konflikte früher oder später in Betracht ziehen kann.
Der Schüler erfährt auch, daß es letztlich keine Lösung sein kann, vor schwierigen Situationen davonzulaufen. Zu einem Leben als Christ gehört auch die Regelung von Schuld gegenüber anderen. Über die Rolle des Vermittlers lernt er, wie hilfreich es ist, wenn jemand durch sein Verhalten ein Beispiel gibt und für beide Seiten die Haltung „vorgibt“, die nötig ist, um einen Zerbruch zu heilen.

Welche Anstöße zum Wachstum im Glauben hat der Schüler bekommen?

Das Beispiel des Onesimus ermutigt dazu, auch in schwierigen Situationen mit der Führung Gottes zu rechnen und dabei die Hilfe anderer in Anspruch zu nehmen. Wenn man selbst nicht mehr weiter weiß - und diese Situation entsteht im Leben des Heranwachsenden sicher häufiger als im Leben des Erwachsenen - darf man als Christ damit rechnen, daß Glaubensgeschwister zur Seite stehen.
An Onesimus wird auch deutlich, daß die Sinngebung im Leben nicht in der Befreiung von allen Zwängen, sondern im Dienst für Gott besteht.

Weiterführende Aufgabenstellungen/Hausaufgaben

- Auswendiglernen folgender Bibeltexte (Auswahl):
  - Philemon 4-6
  - Philemon 10-11

- Arbeiten mit einer Konkordanz zur Vertiefung zentraler Begriffe: nützlich, Liebe, Erquickung.

5. Literaturangaben

Barclay, William: Auslegung des Neuen Testaments. Aussaat, Wuppertal 1974, (Seite 246-247)

Das große Bibellexikon Band 2. Brockhaus, (Stichwort: Onesimus) Wuppertal 1988,

John, Patricia St.: Flucht in die Freiheit. (histor. Roman über das Leben des Onesimus für Kinder ab 10 J.), CLV, Bielefeld 1991

McDonald, William: Kommentar zum Neuen Testament Band 2. CLV, Bielefeld 1994

Miquel, P.: So lebten sie zur Zeit der römischen Legionäre. Tessloff, Nürnberg 1981

Was die Bibel lehrt, CV-Kommentar-Reihe Band 10 (Philipper, Kolosser, Philemon). CV, Dillenburg 1990

Bibeltext: Philemon 1-25

Zwei Briefe - ein gemeinsames Thema

Paulus schreibt zusätzlich zum Brief an die Gemeinde in Kolossä einen weiteren an eine Einzelperson in dieser Gemeinde. In der folgenden Grafik wird der Zusammenhang zwischen beiden Briefen deutlich:

Der Brief an Philemon ist ein praktisches Beispiel dafür, wie Paulus sich das Verhältnis zwischen einem Sklaven und seinem Herrn unter der Vorgabe des Christseins vorstellt. Zugleich macht er an einem konkreten Fall deutlich, wie Paulus sich um einzelne Menschen bemüht hat.

Wer war Philemon?

Paulus hat natürlich keine Personalakten über seine Briefempfänger geführt. Dennoch geht aus dem Brief hervor, daß er viel über Philemon weiß.

Erstelle eine Liste von Anreden und Aussagen, die Paulus über Philemon macht:

Vers 1 Geliebter / Mitarbeiter

Vers 2 stellt sein Haus der Gemeinde zur Verfügung

Vers 5 ein liebevoller und gläubiger Christ

Vers 7 tröstet und ermutigt andere Christen

Vers 15 Besitzer von Sklaven

Vers 19 verdankt Paulus etwas

Vers 20 Bruder

Vers 21 bereit zum Gehorsam und grosszügig

Vers 22 gastfrei

Beschreibe mit eigenen Worten, welches Verhältnis Paulus zu Philemon hat!

Bibeltext: Philemon 1-25

Zwei Briefe - ein gemeinsames Thema

Paulus schreibt zusätzlich zum Brief an die Gemeinde in Kolossä einen weiteren an eine Einzelperson in dieser Gemeinde. In der folgenden Grafik wird der Zusammenhang zwischen beiden Briefen deutlich:

Der Brief an Philemon ist ein praktisches Beispiel dafür, wie Paulus sich das Verhältnis zwischen einem Sklaven und seinem Herrn unter der Vorgabe des Christseins vorstellt. Zugleich macht er an einem konkreten Fall deutlich, wie Paulus sich um einzelne Menschen bemüht hat.

Wer war Philemon?

Paulus hat natürlich keine Personalakten über seine Briefempfänger geführt. Dennoch geht aus dem Brief hervor, daß er viel über Philemon weiß.

Erstelle eine Liste von Anreden und Aussagen, die Paulus über Philemon macht:

Vers 1 ______________________________

Vers 2 ______________________________

Vers 5 ______________________________

Vers 7 ______________________________

Vers 15 ______________________________

Vers 19 ______________________________

Vers 20 ______________________________

Vers 21 ______________________________

Vers 22 ______________________________

Beschreibe mit eigenen Worten, welches Verhältnis Paulus zu Philemon hat!

____

____

Die Sklaven im Römischen Weltreich

Wir haben heute kaum noch eine Vorstellung von dem, was es damals bedeutete, Sklave zu sein. Deshalb hier einige Informationen:

Damals gab es im römischen Weltreich ca. 60 Millionen Sklaven, Menschen, die recht- und mittellos waren. Sie wurden auf dem Markt gehandelt wie ein Stück Ware.

Sie waren der Willkür ihrer Herren vollständig ausgeliefert. Wie solche Entscheidungen oft ausfielen, wenn ein Sklavenhalter über sein Werkzeug Sklave entschied, wird in der antiken Literatur beschrieben. So konnte ein Herr seinen Sklaven ohrfeigen, gefesselt auf seinen Ländereien arbeiten lassen oder auspeitschen und an der Stirn brandmarken lassen. Unverbesserliche Sklaven durften sogar gekreuzigt werden.

Wie ein Mann namens Vedius Pollio einen Sklaven behandelte, der mit einem Tablett voller Kristallbecher ausrutschte, wobei ein Becher zerbrach, berichtet der römische Schriftsteller Plinius: Pollio ließ den Sklaven auf der Stelle in den auf dem Hof befindlichen Fischteich werfen, wo ihn die Neunaugen grausam zerrissen.

Und bei Juvenal ist die Rede von Herrinnen, die ihre Sklavinnen aus Mutwillen schlagen, sowie von Herren, die voller Entzücken den Peitschenhieben lauschen, die auf ihre Sklaven niederprasseln, was ihnen lieblicher als Sirenengesang in den Ohren klingt.

Entlaufene Sklaven, die wieder eingefangen wurden, erhielten bestenfalls ein **F** auf der Stirn eingebrannt (F für fugitivus = Entlaufener), falls sie nicht kurzerhand gekreuzigt wurden.

Wozu ist Philemon als Besitzer von Sklaven berechtigt?

Er hat das Recht, Onesimus als entlaufenen Sklaven zu behandeln und nach der damaligen Sitte zu bestrafen.

Anwendung

Wie würdest du anstelle von Philemon handeln?
Überlege, was es heißt nach dem Grundsatz des Rechts zu handeln?
Welche Alternative gibt es für den Christen?

Ein Christ kann auch nach dem Gebot der Liebe handeln.

Die Sklaven im Römischen Weltreich

Wir haben heute kaum noch eine Vorstellung von dem, was es damals bedeutete, Sklave zu sein. Deshalb hier einige Informationen:

Damals gab es im römischen Weltreich ca. 60 Millionen Sklaven, Menschen, die recht- und mittellos waren. Sie wurden auf dem Markt gehandelt wie ein Stück Ware.

Sie waren der Willkür ihrer Herren vollständig ausgeliefert. Wie solche Entscheidungen oft ausfielen, wenn ein Sklavenhalter über sein Werkzeug Sklave entschied, wird in der antiken Literatur beschrieben. So konnte ein Herr seinen Sklaven ohrfeigen, gefesselt auf seinen Ländereien arbeiten lassen oder auspeitschen und an der Stirn brandmarken lassen. Unverbesserliche Sklaven durften sogar gekreuzigt werden.

Wie ein Mann namens Vedius Pollio einen Sklaven behandelte, der mit einem Tablett voller Kristallbecher ausrutschte, wobei ein Becher zerbrach, berichtet der römische Schriftsteller Plinius: Pollio ließ den Sklaven auf der Stelle in den auf dem Hof befindlichen Fischteich werfen, wo ihn die Neunaugen grausam zerrissen.

Und bei Juvenal ist die Rede von Herrinnen, die ihre Sklavinnen aus Mutwillen schlagen, sowie von Herren, die voller Entzücken den Peitschenhieben lauschen, die auf ihre Sklaven niederprasseln, was ihnen lieblicher als Sirenengesang in den Ohren klingt.

Entlaufene Sklaven, die wieder eingefangen wurden, erhielten bestenfalls ein **F** auf der Stirn eingebrannt (F für fugitivus = Entlaufener), falls sie nicht kurzerhand gekreuzigt wurden.

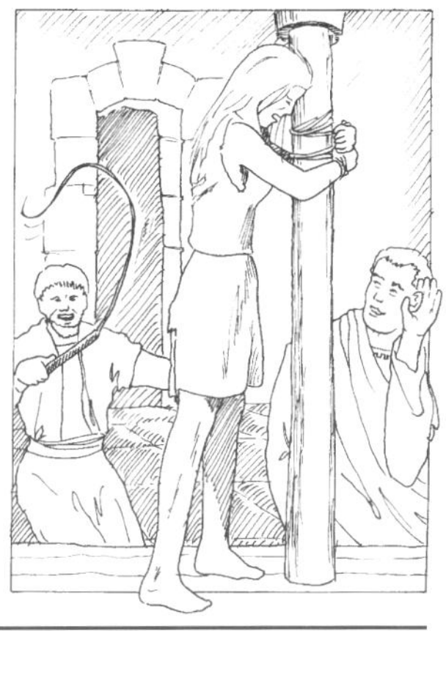

Wozu ist Philemon als Besitzer von Sklaven berechtigt?

____

____

Anwendung

Wie würdest du anstelle von Philemon handeln?
Überlege, was es heißt nach dem Grundsatz des Rechts zu handeln?
Welche Alternative gibt es für den Christen?

____

____

Bibeltext: Philemon 1-25

Der Fall Onesimus

Sicher hast du schon gemerkt, daß Paulus mit diesem Brief ein schwieriges Problem regeln will. Versuche herauszufinden, was vorgefallen ist!

Station ①

Warum flieht Onesimus?

Vermutungen: • vielleicht ist ihm die geistliche Atmosphäre unerträglich • will endlich Freiheit

Was ist mit der Flucht verbunden? (Verse 18.19)

evtl. Diebstahl von Geld, Kleidung

Station ② *(Verse 10.16)*

Was geschieht mit Onesimus bei Paulus in Rom?

er wird auf unbekannte Weise Christ

Station ③ *(Verse 10.12.16 und 11.13)*

Welche Aufgabe übernimmt Onesimus bei Paulus?

es entsteht ein herzliches Verhältnis, er ist Paulus ein nützlicher Diener geworden

Station ④ *(Verse 18.19 und Vers 15)*

Warum wird Onesimus zurückgeschickt?

- zur Bereinigung seines Verhältnisses zu seinem Dienstherrn, der nun sein Bruder ist.
- Paulus respektiert Philemon als den rechtmässigen Besitzer.

Beantworte folgende Fragen:

Mit welchen Konsequenzen mußte Onesimus von der rechtlichen Seite her rechnen?

vom römischen Recht her konnte er schwer bestraft werden

Warum ist es schwierig, im „Fall Onesimus" eine Lösung zu finden?

als Christ muss ihn Philemon eigentlich nach dem Grundsatz der Liebe behandeln, zumal er jetzt sein Bruder geworden ist

Anwendung

Kennst du Situationen, in denen heute ähnliche Probleme auftreten können? Schreibe sie auf und erkläre, inwiefern sie mit dem „Fall Onesimus" verglichen werden können!

Bibeltext: Philemon 1-25

Der Fall Onesimus

Sicher hast du schon gemerkt, daß Paulus mit diesem Brief ein schwieriges Problem regeln will. Versuche herauszufinden, was vorgefallen ist!

Station ①

Warum flieht Onesimus?

Was ist mit der Flucht verbunden? (Verse 18.19)

Station ② *(Verse 10.16)*

Was geschieht mit Onesimus bei Paulus in Rom?

Station ③ *(Verse 10.12.16 und 11.13)*

Welche Aufgabe übernimmt Onesimus bei Paulus?

Station ④ *(Verse 18.19 und Vers 15)*

Warum wird Onesimus zurückgeschickt?

Beantworte folgende Fragen:

Mit welchen Konsequenzen mußte Onesimus von der rechtlichen Seite her rechnen?

Warum ist es schwierig, im „Fall Onesimus" eine Lösung zu finden?

Anwendung

Kennst du Situationen, in denen heute ähnliche Probleme auftreten können? Schreibe sie auf und erkläre, inwiefern sie mit dem „Fall Onesimus" verglichen werden können!

Bibeltext: Philemon 1-25

Der „neue" Onesimus

Der „alte" Onesimus	Der „neue" Onesimus	
● Weggelaufener	Vers 12:	Heimkehrer
● Heide	Vers 10:	Christ
● Unnützer	Vers 11:	„Nützlicher" (= Onesimus)
● Rebell	Verse 13.14:	Diener
● Ungehorsamer		Gehorsamer
● Sklave	Vers 16:	Bruder

Die neuen „Bedingungen" für Onesimus:

- Äußere Bequemlichkeit ist für Onesimus nicht mehr das Wichtigste.
- Er lernt, sein „Arbeitsverhältnis" als Aufgabe vom Herrn zu sehen.
- Er muß lernen, seinen Arbeitsplatz als Übungsfeld für Gehorsam zu sehen.
- Er muß akzeptieren, daß jeder in einem anderen Stand berufen ist (vgl. 1Kor 7,20).

Anwendung
Übertrage diese Bedingungen auf dein eigenes Leben als Christ! Was müßte sich bei dir ändern?

____

____

Philemon und Onesimus

Eine neues Verhältnis?

Betrachte die nebenstehende Grafik und überlege, welche Bedeutung die Veränderung des Onesimus für Philemon hat!

1. Wie sieht das Verhältnis zwischen den beiden rein rechtlich aus?

Dienstherr ◄► Sklave

2. Welches Verhältnis überlagert das rechtliche? (Lies dazu Kol 3,22-4,1)

die Beziehung zu Jesus Christus

3. Paulus berücksichtigt als Vermittler beide Verhältnisse.
Unterstreiche im Bibeltext mit zwei verschiedenen Farben, wo Paulus sowohl das eine als auch das andere Verhältnis berücksichtigt!
(z.B. mit **grün** das Verhältnis „Sklave - Herr" und mit **rot** das Verhältnis „Bruder - Bruder")

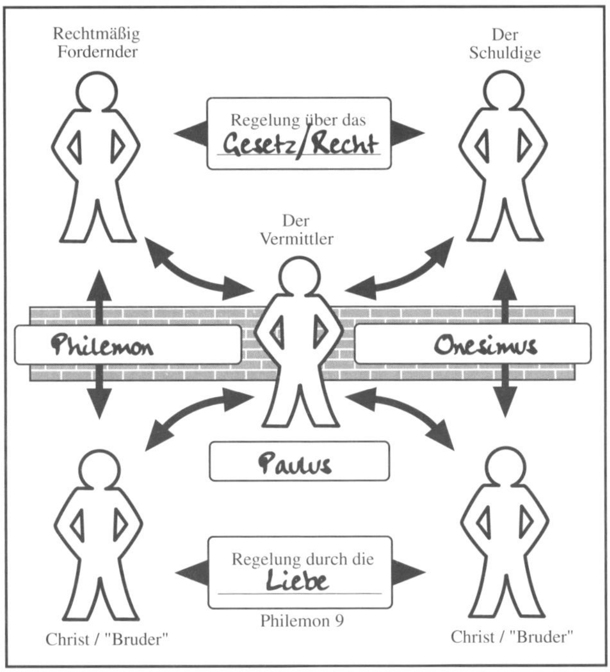

Bibeltext: Philemon 1-25

Der „neue“ Onesimus

Der „alte“ Onesimus	Der „neue“ Onesimus	
● Weggelaufener	Vers 12:	____________
● Heide	Vers 10:	____________
● Unnützer	Vers 11:	____________
● Rebell	Verse 13.14:	____________
● Ungehorsamer		____________
● Sklave	Vers 16:	____________

Die neuen „Bedingungen“ für Onesimus:

- Äußere Bequemlichkeit ist für Onesimus nicht mehr das Wichtigste.
- Er lernt, sein „Arbeitsverhältnis“ als Aufgabe vom Herrn zu sehen.
- Er muß lernen, seinen Arbeitsplatz als Übungsfeld für Gehorsam zu sehen.
- Er muß akzeptieren, daß jeder in einem anderen Stand berufen ist (vgl. 1Kor 7,20).

Anwendung
Übertrage diese Bedingungen auf dein eigenes Leben als Christ! Was müßte sich bei dir ändern?

____

____

Philemon und Onesimus

Eine neues Verhältnis?

Betrachte die nebenstehende Grafik und überlege, welche Bedeutung die Veränderung des Onesimus für Philemon hat!

1. Wie sieht das Verhältnis zwischen den beiden rein rechtlich aus?

______ ↔ ______

2. Welches Verhältnis überlagert das rechtliche? (Lies dazu Kol 3,22-4,1)

____

____

3. Paulus berücksichtigt als Vermittler beide Verhältnisse.
Unterstreiche im Bibeltext mit zwei verschiedenen Farben, wo Paulus sowohl das eine als auch das andere Verhältnis berücksichtigt!
(z.B. mit **grün** das Verhältnis „Sklave - Herr“ und mit **rot** das Verhältnis „Bruder - Bruder“)

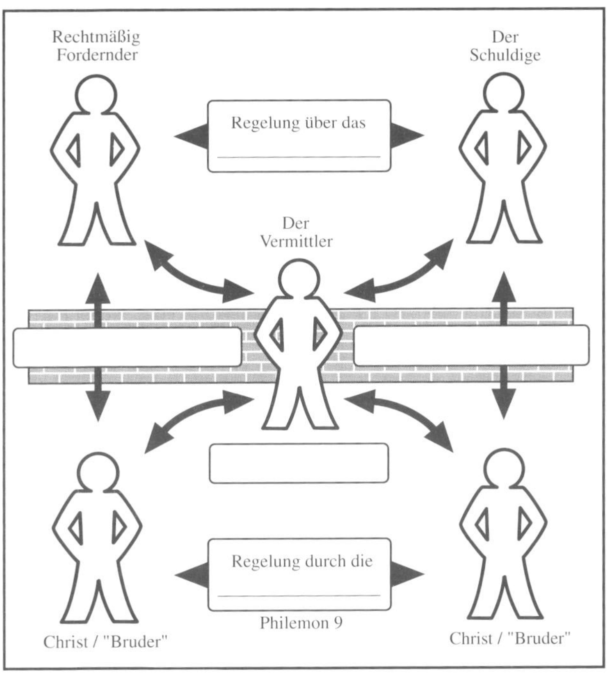

Bibeltext: Philemon 1-25

Vermittler gesucht!

Was kann man tun, wenn sich zwei „Streithähne" nicht mehr vertragen ?

1. einen Vermittler einschalten
2. sich in Zukunft aus dem Weg gehen
3. sich eine Zeit lang trennen

Paulus nimmt im „Fall Onesimus" eine Vermittlerrolle ein.
Welche Voraussetzungen für einen Vermittler werden im Philemonbrief deutlich?

1. ein gutes Verhältnis zu beiden beteiligten Personen
2. eine gute Kenntnis der Zusammenhänge
3. die Absicht, beiden Seiten gerecht zu werden

In welcher Haltung vermittelt Paulus?

1. (Verse 1.8.9) demütig
2. (Verse 14.18.19) in Achtung der Rechte von Philemon
3. (Verse 20.21) in der Erwartung eines sehr positiven Ergebnisses
4. wie ein Hirte, der sich fürsorglich um seine Schafe kümmert (wie ein Vater um sein Kind)

Aufgabe: Versuche einen Antwortbrief des Philemon zu schreiben!
Wie könnte er auf den Vermittlungsversuch des Paulus reagiert haben?

Anwendung
Gibt es für dich eine Person, die du im Streitfall als Vermittler um Hilfe bitten könntest?

- Falls ja, wie würdest du vorgehen?

- Falls nein, welche Alternative siehst du für dich? Begründe es!

Bibeltext: Philemon 1-25

Vermittler gesucht!

Was kann man tun, wenn sich zwei „Streithähne" nicht mehr vertragen ?

1. ________________________________
2. ________________________________
3. ________________________________

Paulus nimmt im „Fall Onesimus" eine Vermittlerrolle ein.
Welche Voraussetzungen für einen Vermittler werden im Philemonbrief deutlich?

1. ________________________________
2. ________________________________
3. ________________________________

In welcher Haltung vermittelt Paulus?

1. (Verse 1.8.9) __________________________
2. (Verse 14.18.19) __________________________
3. (Verse 20.21) __________________________
4. ________________________________

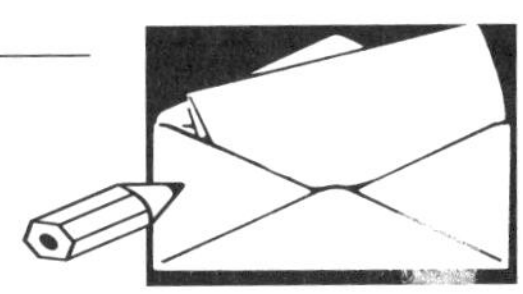

Aufgabe: Versuche einen Antwortbrief des Philemon zu schreiben!
Wie könnte er auf den Vermittlungsversuch des Paulus reagiert haben?

Anwendung
Gibt es für dich eine Person, die du im Streitfall als Vermittler um Hilfe bitten könntest?

- Falls ja, wie würdest du vorgehen?

____

- Falls nein, welche Alternative siehst du für dich? Begründe es!

____

____

Nützlich für Gott!

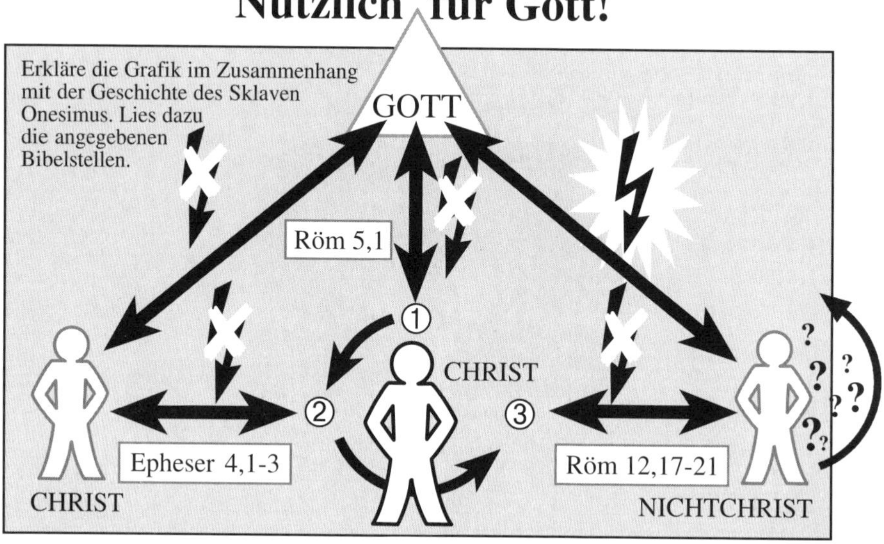

Wenn die vertikale Beziehung zwischen Gott und Mensch in Ordnung gebracht ist, dann kann auch die horizontale, die zwischenmenschliche Beziehung, nicht länger in Unordnung bleiben. Erst eine wiederhergestellte Beziehung zu Gott **und** Menschen ermöglicht ein **LEBEN, DAS NUTZEN BRINGT FÜR GOTT.**

Zusammenfassung der wichtigsten Punkte im Leben des Onesimus:

1. Er wird nützlich, indem er in Buße und Glauben zu Jesus Christus kommt.
2. Er nutzt das Geschenk der Gemeinschaft und Bruderschaft (mit Paulus).
3. Er findet zu seiner wahren Bestimmung (vgl. 1Thes 1,9).
4. Er lernt, den äußeren Dingen den richtigen Stellenwert beizumessen (die äußere Freiheit als Sklave ist nicht das Wichtigste).
5. Er lernt, daß zerbrochene Beziehungen geheilt werden können (Weglaufen ist keine Lösung; Trennung von seinem geistlichen Vater, Paulus).

Onesimus hat erfahren: Eine Wende zu Gott zieht auch die Hinwendung zu anderen nach sich. Gleichzeitig erfährt sein Leben einen tieferen Sinn, indem er seiner ursprünglichen Bestimmung als Mensch entsprechend Nutzen bringen kann für Gott.

Wie ging es weiter mit Onesimus?

Manche vermuten, daß er von Philemon freigelassen wurde und nach Ephesus gegangen ist, um dort Timotheus in der Gemeinde zu helfen. Später sei er dann einer der Führer dieser Gemeinde geworden. Falls dies zutrifft, wäre dies ein beeindruckendes Beispiel dafür, was Gott aus einem fast verpfuschten Leben machen kann.

Anwendung

Gott will, daß du wie Onesimus „nützlich" für ihn bist. Überlege, wie du am besten nützlich für Gott sein kannst! Nimm dazu folgende Bibelstellen zu Hilfe:

Röm 12,11-13 ____________________

Hebr 13,16 ____________________

Tit 3,8 ____________________

2Tim 2,21 ____________________

Nützlich für Gott!

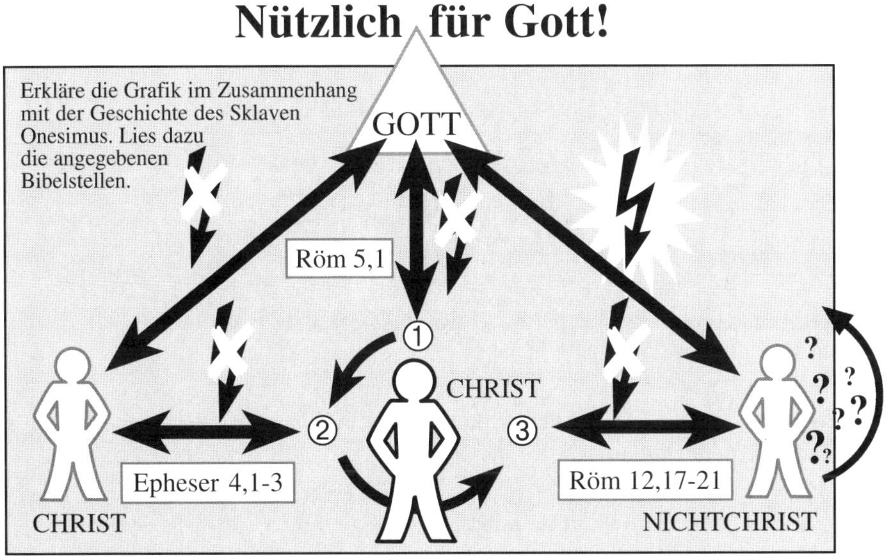

Wenn die vertikale Beziehung zwischen Gott und Mensch in Ordnung gebracht ist, dann kann auch die horizontale, die zwischenmenschliche Beziehung, nicht länger in Unordnung bleiben. Erst eine wiederhergestellte Beziehung zu Gott **und** Menschen ermöglicht ein **LEBEN, DAS NUTZEN BRINGT FÜR GOTT.**

Zusammenfassung der wichtigsten Punkte im Leben des Onesimus:

1. Er wird nützlich, indem er in Buße und Glauben zu Jesus Christus kommt.
2. Er nutzt das Geschenk der Gemeinschaft und Bruderschaft (mit Paulus).
3. Er findet zu seiner wahren Bestimmung (vgl. 1Thes 1,9).
4. Er lernt, den äußeren Dingen den richtigen Stellenwert beizumessen (die äußere Freiheit als Sklave ist nicht das Wichtigste).
5. Er lernt, daß zerbrochene Beziehungen geheilt werden können (Weglaufen ist keine Lösung; Trennung von seinem geistlichen Vater, Paulus).

Onesimus hat erfahren: Eine Wende zu Gott zieht auch die Hinwendung zu anderen nach sich. Gleichzeitig erfährt sein Leben einen tieferen Sinn, indem er seiner ursprünglichen Bestimmung als Mensch entsprechend Nutzen bringen kann für Gott.

Wie ging es weiter mit Onesimus?

Manche vermuten, daß er von Philemon freigelassen wurde und nach Ephesus gegangen ist, um dort Timotheus in der Gemeinde zu helfen. Später sei er dann einer der Führer dieser Gemeinde geworden. Falls dies zutrifft, wäre dies ein beeindruckendes Beispiel dafür, was Gott aus einem fast verpfuschten Leben machen kann.

Anwendung

Gott will, daß du wie Onesimus „nützlich" für ihn bist. Überlege, wie du am besten nützlich für Gott sein kannst! Nimm dazu folgende Bibelstellen zu Hilfe:

Röm 12,11-13 ______________________________

Hebr 13,16 ______________________________

Tit 3,8 ______________________________

2Tim 2,21 ______________________________

Der Brief an Philemon (Vers 1-14)

Philemon

1 Paulus, ein Gefangener Christi Jesu, und Timotheus, der Bruder, Philemon, dem Geliebten und unserem Mitarbeiter,
2 und Appia, der Schwester, und Archippus, unserem Mitkämpfer, und der Gemeinde, die in deinem Haus ist:
3 Gnade euch und Friede von Gott, unserem Vater, und dem Herrn Jesus Christus!

4 Ich danke meinem Gott, indem ich allezeit deiner in meinen Gebeten gedenke,
5 da ich von deiner Liebe und von dem Glauben höre, den du an den Herrn Jesus und allen Heiligen gegenüber hast,
6 daß die Gemeinschaft deines Glaubens wirksam werde in der Erkenntnis alles Guten, das in uns im Hinblick auf Christus ist.
7 Denn ich hatte große Freude und großen Trost durch deine Liebe, weil die Herzen der Heiligen durch dich, Bruder, erquickt worden sind.

8 Deshalb, obgleich ich große Freimütigkeit in Christus habe, dir zu gebieten, was sich geziemt,
9 bitte ich doch vielmehr um der Liebe willen als ein solcher, wie ich bin, Paulus, der Alte, jetzt aber auch ein Gefangener Jesu Christi.
10 Ich bitte dich für mein Kind, das ich gezeugt habe in den Fesseln, Onesimus,
11 der dir einst unnütz war, jetzt aber dir und mir nützlich ist.
12 Den habe ich zu dir zurückgesandt - ihn, das ist mein Herz.
13 Ich wollte ihn bei mir behalten, damit er statt deiner mir diene in den Fesseln des Evangeliums.
14 Aber ohne deinen Willen wollte ich nichts tun, damit deine Wohltat nicht wie gezwungen, sondern freiwillig sei.

aus: Revidierte Elberfelder Bibel, R. Brockhaus Verlag Wuppertal und Zürich

Der Brief an Philemon (Vers 15-25)

Philemon

15 Denn vielleicht ist er deswegen für eine Zeit von dir getrennt gewesen, damit du ihn für immer besitzen sollst,
16 nicht länger als einen Sklaven, sondern mehr als einen Sklaven, als einen geliebten Bruder, besonders für mich, wieviel mehr aber für dich, sowohl im Fleisch als im Herrn.
17 Wenn du mich nun für deinen Gefährten hältst, so nimm ihn auf wie mich.
18 Wenn er dir aber irgend ein Unrecht getan hat oder dir etwas schuldig ist, so rechne dies mir an.
19 Ich, Paulus, habe es mit meiner Hand geschrieben, ich will bezahlen; ich brauche dir nicht zu sagen, daß du auch dich selbst mir schuldig bist.
20 Ja, Bruder, ich möchte deiner froh werden im Herrn; erquicke mein Herz in Christus.
21 Da ich deinem Gehorsam vertraue, habe ich dir geschrieben, und ich weiß, daß du auch mehr tun wirst, als ich sage.

22 Zugleich aber bereite mir auch eine Herberge, denn ich hoffe, daß ich durch eure Gebete euch werde geschenkt werden.
23 Es grüßt dich Epaphras, mein Mitgefangener in Christus Jesus,
24 Markus, Aristarchus, Demas, Lukas, meine Mitarbeiter.
25 Die Gnade unseres Herrn Jesus Christus sei mit eurem Geist!

Stichwortverzeichnis

Stichwortverzeichnis

Materialhinweise

Materialhinweise: Studienheft „Das Neue Testament entdecken"

Best.Nr.: 273132 DM 7,80

Vertraut werden mit Gottes Wort

Passend zu dem vorliegenden Leiterhandbuch „DAS NEUE TESTAMENT ENTDECKEN" bieten wir ein separates Heft mit sämtlichen Arbeitsblättern und Bibeltexten an: Das Studienheft „DAS NEUE TESTAMENT ENTDECKEN".
Im Gruppen- und Einzelstudium sowie im Unterricht ist dies die ideale Ergänzung zum Leiterhandbuch.

Jede Studieneinheit ist nach bewährtem Muster mit graphischen Darstellungen, Fragen oder erklärenden Beispielen aufbereitet.
Die ansprechend gestalteten Arbeitsblätter in Heftform laden zum systematischen Erarbeiten der biblischen Bücher ein.

DIN A4, geheftet, 72 Seiten, DM 7,80,
(ab 10 Exemplaren: DM 5,- / Stück)
Best.-Nr 273132

Studienheft

Leiterhandbuch

nur Vorteile:

- **kostengünstig** — Der Anschaffungspreis für das Heft ist sehr gering.
- **kopieren entfällt** — Die Studienheft-Seiten in A4 sind sofort einsetzbar und ersparen den Zeitaufwand und Kopierkosten.
- **kompakt** — Im Studienheft sind Arbeitsblätter und Bibeltext enthalten. Der Schüler hat überschaubares Material.
- **komplett** — Alle Arbeitsblätter sind zusammengeheftet. Es gibt keine fliegenden Blätter oder verlorene Seiten.

- **kombiniert mit dem Leiterhandbuch ein ideales Arbeitsmaterial!**

In 4 Jahren durch die ganze Bibel!

Mit Kindern die Bibel entdecken

Die gute biblische Unterrichtshilfe in 4 Bänden

Best.Nr.: siehe unten je DM 29,80

In der Kinderarbeit erprobt!

Band 1

Schwerpunkt
Markus-Evangelium
gebunden
360 Seiten
Best.Nr.: 3013
DM 29,80

Band 2

Schwerpunkt
Lukas-Evangelium
gebunden
360 Seiten
Best.Nr.: 3028
DM 29,80

Band 3

Schwerpunkt
Johannes-Evangelium
gebunden
360 Seiten
Best.Nr.: 3029
DM 29,80

Band 4

Schwerpunkt
Matthäus-Evangelium
gebunden
360 Seiten
Best.Nr.: 3030
DM 29,80

Das Ziel der Reihe ist:
Mit Kindern in Sonntagschule oder Kindergottesdienst in 4 Jahren mit einer Lektion pro Woche die ganze Bibel zu entdecken.

- Übersichtlich gegliederte Lektionen mit Informationen über Personen und Orte der Bibel.
- Begriffserklärungen, Tips zur Durchführung für 2 Altersgruppen (6-9 und 10-13 Jahre).
- Mit Illustrationen, OHP-Vorlagen, Tafelskizzen, Liedern, Bastelarbeiten, Materialtips usw.
- Hervorragendes Material für jeden Kindermitarbeiter

Ein zusätzlich angebotenes **„Ergänzungsheft"** gibt den aktuellen Bezug zu anderen Kinderarbeitsmaterialien wie den Kinderkalender **„Die helle Straße"** und die wöchentlich erscheinende Kinderzeitung **„Freund der Kinder"**.

Materialhinweise:
Biblische Lehre für junge Leute

Best.Nr.: 273054 DM 39,80

Teenagergemäß biblische Lehre vermitteln!

Ein grundlegendes Werk für den biblischen Unterricht in Teenykreis, Familie und Religionsunterricht.

Das Programm umfaßt 15 Themenkreise biblischer Lehre, wie z. B.: „Gottes Wort“, „Schöpfung“, „Der Mensch“, „Jesus Christus“ usw.
Im Anhang werden 5 besondere Themen behandelt, wie z. B. „Prophetie“, „Sektenkunde“, „Okkultismus“.

Die jeweils drei bis vier Unterrichtsstunden umfassenden Einheiten lassen sich als abgerundete Einzelthemen auch unabhängig voneinander einsetzen. Separat werden Arbeitsblätter („Ich entdecke, was die Bibel lehrt!“) für die Schüler angeboten.

Paketpreis „Arbeitsblätter & Arbeitsbuch“ nur DM 49,80 (Best.Nr.: 3054P)

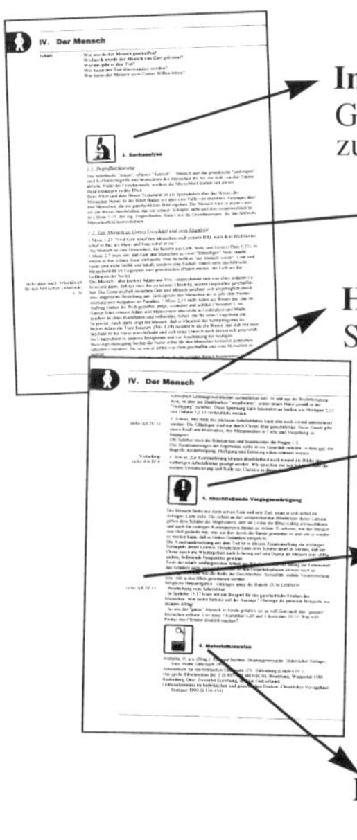

Informativ: Gründliche Sachanalyse zu jeder Thematik

Überschaubar: Saubere Gliederung und sinnvoller Aufbau

Hilfreich: Schrittweise Anleitung zur Durchführung

Durchdacht: Didaktische Vorüberlegungen zum Unterricht

Orientierungshilfe: Viele Querverweise leiten durchs Buch

Ansprechend: Kopierfähige Arbeitsblätter mit vielen Grafiken und Lückentexten (Fertige Ausfüllhilfen im Arbeitsbuch)

Fundgrube: Zahlreiche weitere Materialempfehlungen

Buchauszug: Biblische Lehre für junge Leute

Arbeitsbuch S. 60

IV. Der Mensch

3.1. Erste Stunde: Der Mensch - im Bild Gottes geschaffen

Einstieg siehe AB IV.1. Bildbetrachtung	*1. Schritt:* Zur Fragestellung "Was ist der Mensch?" zeigen wir den Schülern einige skizzierte Vorstellungen vom Menschen. Die Schüler äußern sich zu diesen Menschenbildern und fügen eventuell selbst weitere Vorstellungen hinzu.
Gespräch	Mögliche Fragen: "Was sagen die einzelnen Menschenbilder aus?" "Welche Erfahrungen vom Menschen liegen diesen Bildern zugrunde?" "Entsprechen sie der Wahrheit?"
Erarbeitung (1) Stillarbeit/Partnerarbeit siehe AB IV.1. (2. Teil)	*2. Schritt:* Was sagt die Bibel zu diesen Vorstellungen vom Menschen? Die Schüler ordnen die einzelnen Bibelstellen den Bildern zu. Dabei sollen die einzelnen Menschenbilder entweder bestätigt (so entspricht z.B. "Der Mensch ist dem Menschen ein Wolf" dem Jesuswort von Mt 7,15) oder korrigiert werden. Was sagen die Bibelstellen über den Menschen aus?
Gespräch	Wir stellen heraus, daß der Mensch in der Bibel unterschiedlich dargestellt wird: Auf der einen Seite als Krone der Schöpfung, Bild Gottes und "königliches Geschlecht" und auf der anderen Seite als böses, verderbtes Wesen.
vertiefende Fragestellung	Wie ist diese doppelte Beurteilung zu verstehen?
Erarbeitung (2) Bibeltext siehe AB IV.2.	*3. Schritt:* Schüler äußern sich spontan zu der Frage: Wie hat Gott den Menschen ursprünglich gemeint und gewollt? Anhand von 1.Mose 1,27-28+2,7.15-25 tragen die Schüler zusammen, wie im Paradies das Verhältnis zwischen Mensch und Gott, Mensch und Mensch, Mensch und Natur gewesen ist. Eintragen der entsprechenden Begriffe auf die Pfeile des Arbeitsblatts bzw. Folie.
Gespräch	In diesem Zusammenhang sollte (wenigstens bei reiferen Gruppen) über den Zustand der Nacktheit gesprochen werden: als ein sich dem anderen Bloßlegen-können, ohne sich schämen zu müssen. Mögliche Frage: "Warum schämt man sich nicht?" Ergebnis: Weil man den anderen kennt und ihm vertraut. Schamlosigkeit und Nacktheit außerhalb der Ehe werden in der Bibel mit negativen Folgen beschrieben (z.B. 1Mo 9,22-25). Gott ist es, der dem Menschen die ersten Kleider gibt (1Mo 3,21). Leichtfertige Verhaltensweisen bzgl. der Nacktheit äußern sich heute vielfach bei sog. FKK-Freizeiten.
Vertiefung	Wir fragen die Schüler, was das Schöne am Leben im Paradies war. Die Menschen haben doch auch damals gearbeitet. Was war das Besondere an ihrem Zustand im
Gespräch	Paradies: Vertrauensbeziehung, Segen Gottes, Liebe, Vertrauen usw. Mögliche Fragen: "Was für enge Freundschaften und Beziehungen habt ihr schon erlebt?" (Schüler berichten aus Familie und Freundschaft) "Wodurch kann eine enge Beziehung zerbrechen?"

3.2. Zweite Stunde: Der Mensch in der Trennung von Gott

Einstieg Gespräch	*1. Schritt:* Wiederholung: Wodurch zeichnete sich das Leben im Paradies aus? (Beziehung, Vertrauen etc.) Erörterung, warum Gott den Menschen mit dem Verbot, von der Frucht des Baumes der Erkenntnis des Guten und Bösen zu essen, die Möglichkeit zu sündigen gab. Ergebnis: "Gott hat den Menschen in seinem Bild geschaffen. Er wollte ein Gegenüber, das einen freien Willen hat. Vertrauen und Glaube ist nur dann echt, wenn sie sich bewähren können." Anhand von persönlichen Beispielen können die Schüler hier belegen, daß sich Treue, Freundschaft und Vertrauen immer erst in Krisenzeiten bewährt.

60

Arbeitsblatt:

Ich entdecke was die Bibel lehrt!

Best.Nr.: 273067 DM 19,80

Wer ist der Mensch?

Der Mensch ist des Menschen Wolf. (lat. Sprichwort)

Der Mensch ist eine denkendes Wesen. Er kann alles erkennen.

Der Mensch ist gut. (Humanismus)

Der Mensch ist, was er ißt. (Feuerbach)

Der Mensch ist das, was die Gesellschaft aus ihm macht.

68% Wasser
20% Kohlenstoff
6% Sauerstoff
2% Stickstoff
4% Aschenbestandteile
Wert = ca. 20,- DM

Der Mensch ist eine Einheit aus Geist, Seele und Leib

Lies die Bibelstellen!
Welche Vorstellungen vom Menschen werden durch die Textstellen bestätigt, welche in Frage gestellt? (Trage in die Kästchen ein: ! für Bestätigung ? für Infragestellung)

zu C: Psalm 14,2-3 ____ ☐
zu B: Matthäus 7,15 ____ ☐
zu D: Prediger 8,16-17 ____ ☐
zu A: 1. Mose 1,27 ____ ☐
zu E: 5. Mose 10,20 u. 1. Petrus 2,9f. ____ ☐
zu F: 1. Mose 2,7 u. Psalm 8,5f. ____ ☐
zu G: 1. Thessalonicher 5,23 ____ ☐

Christliche Verlagsgesellschaft Dillenburg, Moltkestraße 1, 35683 Dillenburg 1, Tel.: 02771/8302-0

Buchauszug:
Bibellesen mit Gewinn

Best.Nr.: 273088 DM 29,80

sen. Je weniger Zeit Sie aber für das Beobachten verwenden, desto ungenauer werden auch Ihre Ergebnisse sein.

3. Zusammenfassung

Sie dürfen aber nicht nur Fragen an den Text stellen und entsprechende Antworten suchen, Sie müssen die Antworten auch zu einem bedeutungsvollen Ganzen zusammenfassen. Ansonsten haben Sie nichts als einen Korb voller Bruchstücke.

Ich wurde einmal gebeten, in einer Gemeinde zu predigen. „Such dir selbst ein Thema aus", sagte man mir, „nur nicht den Epheserbrief!"

Das schien mir eine merkwürdige Bitte zu sein, bis sie es schließlich erklärten: „Unser Prediger betrachtet nun schon drei Jahre mit uns den Epheserbrief, und wir sind erst im zweiten Kapitel."

Mit einigen dieser Leute ging ich zum Mittagessen und fragte sie bei der Gelegenheit: „Was ist denn das Thema des Epheserbriefes?"

Sie hatten keine Ahnung. Sie kannten alle möglichen Details, doch ihr Prediger hatte diese vielen Einzelheiten nie zu einem bedeutungsvollen Ganzen zusammengefaßt. Das Ergebnis war: Trotz drei Jahren des Lehrens hatte seine Gemeinde nie die eigentliche Bedeutung des Epheserbriefes entdeckt.

Zusammenfassung ist die Stufe, bei der Sie die Aussage einer Stelle neu formulieren, nachdem Sie sie vorher auseinandergenommen haben, um die Einzelheiten zu untersuchen.

Lesen, Aufschreiben, Nachsinnen

Wollen Sie mit Ihrem Schriftstudium gerne mehr erreichen als bisher? Dann empfehle ich Ihnen drei Angewohnheiten, die Sie intensivieren sollten, um Ihre Leistungsfähigkeit zu steigern. Praktizieren Sie sie immer dann, wenn Sie Ihre Bibel aufschlagen.

Lesen

Auf den ersten Blick scheint das selbstverständlich zu sein. Viele „Leser" blättern jedoch nur herum. Sie schlagen die Seiten um, wie sie Fernsehkanäle wechseln, um sich das anzuschauen, was ihr Interesse weckt. Beim Wort Gottes ist eine solche Methode fehl am Platz. Das Lesen des Wortes erfordert Konzentration. Lesen Sie also einzelne Teile der Bibel immer wieder neu. Je öfter Sie sie lesen, desto mehr wird

Christliche Verlagsgesellschaft Dillenburg, Moltkestraße 1, 35683 Dillenburg 1, Tel.: 02771/8302-0

Buchauszug:
Bibellesen mit Gewinn
Seite 49

Ihnen klar werden. Vergessen Sie nicht, sich Kapitel 8 - 17 anzuschauen, wo ich zehn Tips für richtiges Lesen gebe.

Aufschreiben

Schreiben Sie Ihre Gedanken mit eigenen Worten auf. Notieren Sie, was Ihnen im Text aufgefallen ist. Schreiben Sie Ihre Einsichten und Fragen auf. Ich weiß nicht, wie oft mir jemand schon gesagt hat: „Herr Professor, was ich aufschreiben kann, ist nichts Besonderes." Tatsache ist aber doch, daß Sie nicht auf etwas aufbauen können, was Sie gar nicht haben. Beginnen Sie also, wo Sie gerade sind, auch mit ganz einfachen Dingen. Jeder fängt an diesem Punkt an. Vergessen Sie nicht, es niederzuschreiben. Verwenden Sie einen Notizblock, um aufzuschreiben, was Ihnen auffällt. Formulieren Sie es mit Ihren eigenen Worten, fassen Sie Ihre Beobachtungen und Einsichten zusammen, damit sie Ihnen später wieder einfallen. Wenn Ihnen dies zur Gewohnheit wird, ist es eine wertvolle Hilfe, sich an das, was Sie einmal entdeckt haben, zu erinnern und es zu verwenden.

Nachsinnen

Nachsinnen bedeutet, sich Zeit zu nehmen, um über das Gelesene intensiv nachzudenken. Fragen Sie sich selbst: Was geschieht in dieser Textstelle? Was sagt sie mir über Gott? Was über mich selbst? Was muß ich tun, wie muß ich handeln nach dem, was ich hier lese? Wie wir noch sehen werden, ist das Nachsinnen entscheidend, um Gottes Wort zu verstehen und anzuwenden.

Gehen Sie über zur Anwendung

Beobachtung und Auslegung führen zur dritten Stufe, dem entscheidenden Schritt: zur Anwendung. Hier beantworten Sie sich die Frage: „Wie kann ich es anwenden? Was bedeutet es für mich?" Noch einmal, nicht „kann ich es überhaupt anwenden", sondern „wie kann ich es anwenden". Es sind dabei zwei Bereiche zu berücksichtigen.

Buchauszug:
Bibellesen mit Gewinn

Seite 50

1. Was bedeutet es *für mich?*
Dies kann eine sehr peinliche Frage sein. Wie uns bereits George, der Sonntagschullehrer, in Kapitel 1 mitteilte, ist es leicht, die Bibel zu studieren und zu sagen: „Du meine Güte! Dies ist genau das, was meine Klasse braucht. Mensch, ich kann es kaum erwarten, hinzugehen und es ihnen zu sagen." Doch wenn man so vorgeht, ist es leicht möglich, die persönlichen Fragen zu ignorieren, wie z. B. „Was sagt **mir** dies?" oder „Wie kann es sich in **meinem** Leben auswirken?" Denn wenn es bei mir nicht funktioniert, habe ich dann überhaupt die Berechtigung, es an andere weiterzugeben? Es fehlt mir doch dann an Glaubwürdigkeit.

2. Was bedeutet es *für andere?*
Natürlich hat die Bibel auch für andere Konsequenzen. Es ist berechtigt zu fragen: Wie kann dies das Leben anderer verändern? Ihre Ehe und Familie? Ihr Geschäft und ihren Beruf? Alle Bereiche des Lebens. Ich werde Ihnen einen Weg zeigen, wie man Anwendungen der Schrift für andere nutzbar macht.

Die Übersicht behalten

Damit ist gemeint, im Auge zu behalten, wo wir überhaupt hin wollen und wie wir dorthin gelangen. Jedesmal, wenn Sie einen Abschnitt im Wort Gottes lesen, behalten Sie dabei den Überblick:

Beobachtung:	Was sehe ich?
Auslegung:	Was sagt es aus?
Anwendung:	Was bedeutet es für mich?

Das ist unser Ziel. Begeben wir uns gemeinsam auf eine aufregende Reise!

Wie Sie Ihren Weg durch die Bibel finden

Haben Sie sich jemals völlig hilflos gefühlt, wenn Sie während einer Predigt aufgefordert wurden, diese oder jene Stelle in der Schrift aufzuschlagen? Vielleicht war es eines dieser fremdklingenden alttestamentlichen Bücher, wie Nahum, Zephanja oder Haggai. Sie blättern eine Zeitlang herum und tun so, als ob Sie wüßten, wo es zu finden ist. Schließlich schlagen Sie im Inhaltsverzeichnis nach. Wenn Sie dann endlich die angegebene Stelle aufgeschlagen haben, ist der Redner längst weitergegangen, und Sie haben den Faden erneut verloren.

Wenn man nicht weiß, wie man eine bestimmte Bibelstelle in der Schrift

Buchauszug: Grundlagen biblischer Lehre

Best.Nr.: 273078 DM 29,80

A. Direkte Aussagen über die ewige Existenz und Gottheit des Sohnes Gottes

Die ewige Existenz und die Gottheit Jesu Christi werden in einer umfangreichen Sammlung von Schriftstellen dargelegt, die die unendliche Größe Seiner Person sowie Seine ewige Existenz als gleichrangig mit der der anderen Personen der Gottheit bestätigen. Diese Tatsache wird durch Seine Fleischwerdung nicht beeinträchtigt.

Die Schrift sagt in Johannes 1,1-2: "Im Anfang war das Wort, und das Wort war bei Gott, und das Wort war Gott. Dieses war im Anfang bei Gott." In Micha 5,2 wird geoffenbart: "Und du, Bethlehem-Ephrata, zu klein, um unter den Tausenden von Juda zu sein, aus dir wird mir hervorkommen, der Herrscher über Israel sein soll; und seine Ausgänge sind von der Urzeit, von den Tagen der Ewigkeit her." Jesaja 7,14 bestätigt Seine jungfräuliche Geburt und gibt Ihm den Namen Immanuel, der "Gott mit uns" bedeutet. Nach Jesaja 9,6-7 wurde uns Jesus, obwohl Er als Kind geboren wurde, auch als ein Sohn gegeben, und er wird ausdrücklich "starker Gott" genannt. Als Christus in Johannes 8,58 sagte: "Wahrlich, wahrlich, ich sage euch: Ehe Abraham ward, bin ich", verstanden das die Juden als eine Behauptung der Gottheit und der ewigen Existenz (vgl. 2Mo 3,14; Jes 43,13). In Johannes 17,5 sagte Christus in Seinem Gebet: "Und nun verherrliche du, Vater, mich bei dir selbst mit der Herrlichkeit, die ich bei dir hatte, ehe die Welt war" (vgl Joh 13,3). Philipper 2,6-7 sagt, daß Christus vor Seiner Fleischwerdung "in der Gestalt Gottes" war. Eine deutlichere Aussage wird in Kolosser 1,15-19 gemacht, wo erklärt wird, daß Jesus Christus vor aller Schöpfung, ja der Schöpfer selbst ist und das Bild des unsichtbaren Gottes. In 1. Timotheus 3,16 wird von Jesus Christus gesagt, daß er "Gott (...) geoffenbart (...) im Fleische" ist. In Hebräer 1,2-3 wird wiederum erklärt, daß der Sohn der Schöpfer und das Bild Gottes ist, und Seine ewige Existenz wird in Hebräer 13,8 bestätigt (vgl Eph 1,4; Off 1,18). Die Schrift sagt also oft, daß Christus ewig ist und daß Er Gott ist. Soweit die Gelehrten unserer Zeit die Bibel als verbindlich anerkennen, bestätigen sie - ein paar Sekten ausgenommen - die ewige Existenz und Gottheit Christi.

B. Schlußfolgerungen daraus, daß der Sohn Gottes ewig ist

Das Wort Gottes beinhaltet durchgängig die Präexistenz und ewige Existenz des Herrn Jesus Christus. Einige der einleuchtenden Beweise mögen hier genannt werden:

Buchauszug: Grundlagen biblischer Lehre

1. Die Werke der Schöpfung werden Christus zugeschrieben (Joh 1,3; Kol 1,16; Hebr 1,10). Er geht deshalb zeitlich aller Schöpfung voraus.

2. Der Engel des Herrn, dessen Erscheinen im Alten Testament oft verzeichnet wird, ist niemand anderer als der Herr Jesus Christus. Auch wenn Er manchmal als ein Engel oder sogar als ein Mensch erscheint, trägt Er doch die unmißverständlichen Zeichen der Gottheit. Er erschien Hagar (1Mo 16,7), Abraham (1Mo 18,1; 22,11-12; vgl. Joh 8,58), Jakob (1Mo 48,15-16; vgl.a. 1Mo 31,11-13; 32,24-32), Moses (2Mo 3,2.14), Josua (Jos 5,13-14) und Manoah (Ri 13,19-22). Er ist es, der für die Seinen kämpft und sie verteidigt (2Kö 19,35; 1Chr 21,15-16; Ps 34,7; Sach 14,1-4).

3. Die Titel des Herrn Jesus Christus weisen auf Sein ewiges Sein hin. Er ist genau das, was Seine Namen beinhalten. Er ist "der Sohn Gottes", "der eingeborene Sohn", "der Erste und der Letzte", "das Alpha und das Omega", "der Herr", "der Herr aller", "der Herr der Herrlichkeit", "der Christus", "Wunderbarer", "Berater", "starker Gott", "Vater der Ewigkeit", "Gott", "Gott mit uns", "unser großer Gott" und "Gott, gepriesen in Ewigkeit".

Diese Titel bringen Ihn in Verbindung mit der alttestamentlichen Offenbarung des Jahwe-Gottes (vgl. Mt 1,23 mit Jes 7,14; Mt 4,7 mit 5Mo 6,16; Mk 5,19 mit Ps 66,16; und Mt 22,42-45 mit Ps 110,1).

Die Namen für den Sohn Gottes im Neuen Testament sind so mit den Titeln des Vaters und des Heiligen Geistes verbunden, daß Seine Gleichheit mit ihnen deutlich wird (Mt 28,19; Joh 14,1; 17,3; Apg 2,38; 1Kor 1,3; 2Kor 13,14; Eph 6,23; Offb 20,6; 22,3), und Er wird ausdrücklich Gott genannt (Joh 1,1; Röm 9,5; Tit 2,13; Hebr 1,8).

4. Die Präexistenz und ewige Existenz des Sohnes Gottes sind darin beinhaltet, daß Er die Wesenseigenschaften Gottes hat: Leben (Joh 1,4), Existenz aus sich selbst (Joh 5,26), Unveränderlichkeit (Hebr 13,8), Wahrheit (Joh 14,6), Liebe (1Joh 3,16), Heiligkeit (Hebr 7,26), Ewigkeit (Kol 1,17; Hebr 1,11), Allgegenwärtigkeit (Mt 28,20), Allwissenheit (1Kor 4,5; Kol 2,3) und Allmacht (Mt 28,18; Offb 1,8).

5. Auf gleiche Weise sind die Präexistenz und ewige Existenz Christi in der Tatsache enthalten, daß Er als Gott angebetet wird (Joh 20,28; Apg 7,59-60; Hebr 1,6). Daraus folgt, daß der Herr Jesus Christus, weil Er Gott ist, auch von Ewigkeit zu Ewigkeit existiert.

Das Thema der Gottheit und ewigen Existenz des Sohnes Gottes sollte in engem Zusammenhang mit dem Menschsein Christi durch die Inkarnation gesehen werden, was der Gegenstand des nächsten Kapitels sein wird.

Buchauszug: Schritte durch die Bibel

Best.Nr.: 273040 DM 29,80

198. Lukas 19,28-48

Notizen

Christi Einzug in Jerusalem

Leitvers: Lukas 19,38

Es ist der Tag nach dem Abendessen in Bethanien, an dem der Einzug des Herrn Jesus Christus in Jerusalem stattfindet. Die zur Passahzeit von Pilgerzügen belebte Straße von Jericho nach Jerusalem führte aus dem Tal von Bethanien in einer halben Stunde über Bethphage zum mittleren Gipfel des Oelbergs, von dort hinab ins Kidrontal und wieder hinauf zu dem nördlich vom Tempelplatz befindlichen Stadttor.

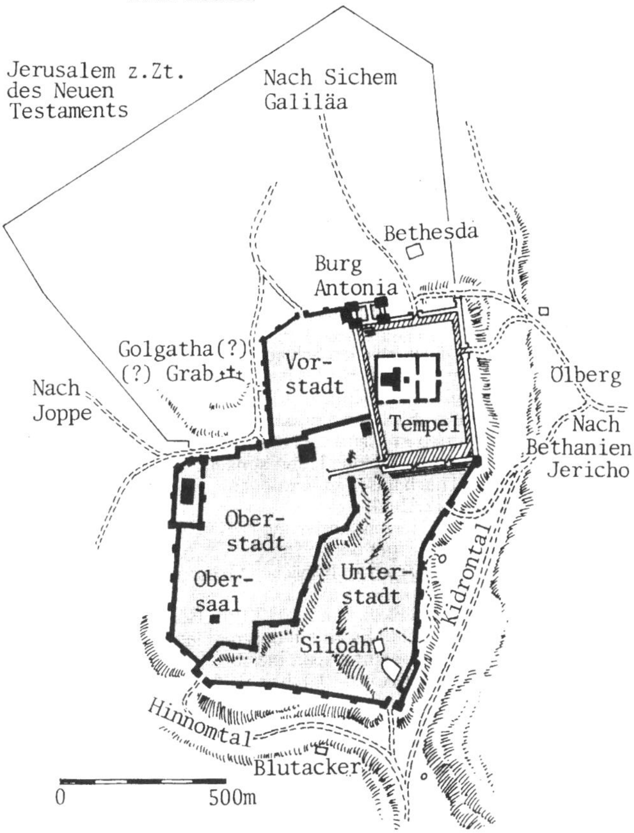

Christliche Verlagsgesellschaft Dillenburg, Moltkestraße 1, 35683 Dillenburg 1, Tel.: 02771/8302-0

Buchauszug: Schritte durch die Bibel

198.

Notizen

I. Die Vorbereitung. V. 29-35
Der Esel dient in der Heiligen Schrift als ein Bild für die stellvertretende Erlösung, die dem sündigen, unreinen Menschen aus Gnade zuteil wird.

1. Seine Natur. Hiob 39,5-8
   a) Er stammt aus der Wildnis, V. 5; 1. Mose 4,23; 10,8-9; 16,12; 25,27,
   b) sein Aufenthaltsort ist die Steppe, das Salzland, V. 6; 1. Mose 21, 20-21,
   c) Sein Verhalten: Er ist
      a) spöttisch, V. 7a; 1. Mose 21,9; 2. Chron. 36,15-16; Ps. 22,8; Luk. 23,35-36,
      b) störrisch, V. 7b; Jer. 5,3; 7,13; 25,7; Luk. 13,34; 19,14; Joh. 5,40,
      c) ruhelos, V. 8a; 5. Mose 28,58.65; Spr. 4,16; Offb. 14,11,
      d) suchend, V. 8b; Spr. 14,6; Jes. 58,2; Röm. 11,7; Phil. 2,21.
2. Seine Stellung vor Gott, 2. Mose 13,13; 34,20; Eph. 2,3
   a) er ist unrein, 3. Mose 11,3-4; Jes. 64,6,
   b) er steht unter dem Fluch. 2. Mose 13,13; Joh. 3,18.36; Röm. 3,19; 6,23.
3. Seine Erlösung. Sie erfolgte durch das Blut eines an seiner Stelle getöteten Lammes. 2. Mose 13,13; Mark. 10,45; Joh. 1,29; Gal. 3,13; 1. Tim. 2,5-6; 1. Petr. 1,18-19.
4. Seine Losbindung zum Dienst für Christus. Mark. 11,1-7; Luk. 19,29-35.
   a) Sein erster Zustand:
      a) Das Füllen war angebunden, Luk. 19,30, ein Bild der Knechtschaft Satans, Luk. 13,16,
      b) es befand sich draußen, Mark. 11,4, ein Bild für die Entfremdung des Menschen von Gott, Eph. 2,12-13,
      c) es stand am Scheidewege, Mark. 11,4 Schlachter, ein Bild für die Entscheidung, die jeder Mensch zu treffen hat zwischen dem Weg des Lebens und dem Weg des Todes. 5. Mose 30,19; Jos. 24,15; Jer. 42; Apg. 13,46; 28,23-24.

   b) Sein erneuerter Zustand:
      a) Der Herr sandte nach ihm, er benötigte es. Luk. 19,31. Der Herr vermag sehr wohl ohne uns auszukommen, 1. Chron. 29,14; Ps. 50,12, aber es ist seine Freude, uns in seinen Dienst zu stellen, uns ihm nützlich und wohlgefällig zu machen durch
         aa) unseren Glauben, Hebr. 11,6,
         ab) unsere Liebe, Joh. 12,3,